The Shell Collector

Anthony Doerr

シェル・コレクター

アンソニー・ドーア
岩本正恵 訳

CREST BOOKS
Shinchosha

ショーナに捧げる

THE SHELL COLLECTOR

by

Anthony Doerr

Illustration: Plate II by F. M. Regenfus
from *Choix de Coquillages et de Crustacés*, 1758

Design by Shinchosha Book Design Division

目 次

シェル・コレクター

貝を集める人

老貝類学者が流しでカサガイを洗っていると、水上タクシーがサンゴ礁をこすって近づいてくるのが聞こえた。その音に彼は身を固くした――船体がハマサンゴのさかずきやクダサンゴの細かな管をこすり、花やシダの形をしたソフトコーラルをひきちぎり、貝も傷つけるだろう。マクラガイやアクキガイやエゾバイに、ミスガイやハデクダマキガイに穴をあけるだろう。彼を探しにきた人間は、これが初めてではなかった。

水をはね散らして浜に上がる足音、ラムに戻る水上タクシーのモーター、そして歌うような軽いノックが聞こえた。メスのシェパード、ツマイニが、寝台の下にうずくまったまま鼻を低く鳴らした。彼はカサガイを流しに落として手を拭き、しぶしぶ戸口に向かった。

ふたりはどちらもジムという名で、いずれも太っており、ニューヨークのタブロイド紙の記者だった。握手した手はぬらりと熱かった。彼はチャイをすすめた。ふたりは台所の空間を驚くほどふさいだ。あなたを記事にするためにここまで来たんです、と記者たちは言った。ふた晩だけで帰ります、謝礼ははずみます。どうですかね、米ドル一万で。彼はシャツのポケットから貝をひとつとりだし——ウミニナだ——指のあいだで転がした。記者たちは少年時代のことをたずねた。子どものころカリブーを撃ったっていうのはほんとうですか？　目がよくないとだめですよね？

彼は正直に答えた。どの答えにも、気まぐれのような、作りごとのような空気が漂った。このふたりの巨漢のジムが、現実にこの家のテーブルにいるとは、こんな質問をして、貝の死骸の悪臭に文句を言っているとは信じがたかった。最後に彼らはイモガイとその毒の強さについてたずね、何人ぐらい来たかとたずねた。息子のことは、なにもきかなかった。

暑さは夜どおしつづいた。稲妻がサンゴ礁の向こうの空に大理石模様を描いた。寝台に横たわっていると、アリが巨漢をかじる音と、寝袋のなかで体を掻く音が聞こえた。明けがた、サソリがいるから靴をよく振るように男たちに注意した。男たちが靴を振ると、一匹転がりでた。サソリはかすかなこする音をたてて冷蔵庫の下に滑りこんだ。

彼は貝を入れるバケツを持ち、ツマイニにハーネスをつけた。ツマイニは先頭に立って小道を下り、サンゴ礁に向かった。空気は稲妻のようなにおいがした。ふたりのジムは息を切らしながらついてきた。動きが敏捷で驚いた、と彼らは言った。

「どうして」

「それはその」彼らは口ごもった。「失明しているじゃないですか。歩きやすい道じゃないし。木はとげだらけだし」

遠くで、拡声器を通した甲高い声が聞こえた。ラムの町で礼拝の時刻を告げる声だった。「いまはラマダーンだから」彼はジムたちに説明した。「太陽が水平線の上にあるあいだは人々は食べものを口にしない。陽が沈むまではチャイしか飲めない。いまごろ食事しているはずだ。なんなら今晩出かけてみるかね。肉を焼く屋台が出ているだろう」

正午には歩いて一キロほど沖に向かい、大きく湾曲した環礁に出た。背後ではラグーンが静かに揺れ、前方では干潮の海に波が立っていた。潮が満ちはじめていた。ハーネスを解かれたツマイニはきのこ形の岩に乗り、水から半分上がって荒く息をしていた。老貝類学者は身をかがめ、砂地の溝につっこんだ指を細かく揺すりながらつぎつぎに貝を拾った。欠けたイトマキボラを拾いあげると、殻に刻まれたらせんを爪でたどった。「フシヌス・コルスだな」

つぎの波が来ると、バケツを持ちあげて水をかぶるのを防いだ。波が過ぎるとまた両腕を砂につっこみ、イソギンチャクに囲まれたくぼみを指で探り、手を止めてノウサンゴの群体を同定し、砂に潜って逃げる巻貝を追った。

片方のジムがシュノーケリングのマスクで海中をのぞいていた。「すごい青だなあ、あの魚」彼は息をのんだ。「あんな青、見たことない」

そのとき老貝類学者は、刺胞《しほう》の冷淡さについて考えていた。この小さな細胞は死後もなお毒を出す――岸に落ちて干からびたたった一本の触手が、八日もまえのものなのに、村の少年を刺して両足を腫れあがらせたのは去年のことだ。ウィーバーフィッシュの背のとげに刺されただけで、人間の右半身がまるまるふくれあがり、目のまわりは黒ずみ、皮膚は黒紫色になった。老貝類学者自身も、何年もまえにオニダルマオコゼの針にかかとを刺されて皮膚が腐食し、いまもしわのないつるりとした状態のままだった。折れてもなお毒を出しつづけるウニのとげを、何本ツマイニの足から抜いてやったことだろう。ウミヘビが太い足のあいだをするする上ってきたら、このジムたちはどうするだろう。襟首《えりくび》にミノカサゴをつっこまれたら？

「お目当てはこれだろう」彼は崩れかけたトンネルから巻貝を引っぱりだした。イモガイだった。貝をくるりと回し、平らな面を下にして二本の指にのせた。すでに貝は毒吻《どくふん》を突きだして相手を探りあてようとしていた。ジムたちは騒がしく水をかきわけて近づいてきた。

「これはアンボイナガイ。魚を食べる」

「こんなのが魚を食う？」片方のジムが言った。「おれの小指のほうがよっぽどでかいぜ」

「この生物は」老貝類学者は貝をバケツに入れた。「歯に十二種類の毒を持っている。刺されたらしびれてその場で溺れる」

すべての始まりは、ナンシーという名のマラリアにかかったシアトル生まれの仏教信者の女が、老貝類学者の家の台所でイモガイに刺されたことだった。貝は海から這いだして、ヤシの下を通り、背の低いアカシアの茂みを抜け、百メートルの道のりを苦労してやってきて、彼女を刺して出ていった。

あるいはナンシーのまえから始まっていたのかもしれない。老貝類学者自身から生じたのかもしれない。貝が成長するように、内から上へらせんを描き、なかに棲む生物の周囲で渦巻く。その一方で、海のさまざまな気候がたえまない摩耗をもたらす。

ふたりのジムは正しかった。彼がカリブーを撃ったのはほんとうのことだった。九歳のとき、カナダのホワイトホースで、肌を刺すみぞれのなか、父親がヘリコプターのバブルキャノピーから息子に身を乗りださせ、望遠照準付きのカービン銃で病気のカリブーを間引かせたのだ。だがその後、脈絡膜欠損と網膜変性が生じた。一年のうちに視野は狭まり、ぼやけた虹色の光輪だらけになった。十二歳になって、父親が六千四百キロ南のフロリダの専門医に連れていったときには、視力は衰えて完全な暗闇になっていた。

眼科医は、少年が盲目だとすぐに気づいた。片手で父親のベルトをしっかりつかみ、もう片方の手は障害物を避けるためにまっすぐ広げて入ってきたからだ。眼科医は診察よりもまず——もはや診察するまでもなかった——少年を診察室に迎えいれて靴を脱がせ、裏口から砂の小道に出て、海に細長く突きだした砂浜に連れていった。少年は海を見たことがなく、すぐには理解できなかった。あのぼやけているのが波、にじんでいるのは満潮線に生えている草、黄色くて丸いしみは太陽。医者はふくらんだ海藻を少年に渡し、両手で球を割らせ、親指で内側に触れさせた。そんな小さな発見がたくさんあった。波打ちぎわでは大きなカブトガニの上に小さなカブトガニが乗っていた。岩の裏の濡れたところにひとつかみのイガイがしがみついていた。だが、決定的な出会いは、くるぶしほどの浅い海を歩いているときに訪れた。足の指が触れた小さな丸い貝、少年の親指の先ほどしかない貝が、彼を心《しん》から変えた。貝を指で掘りだし、卵のようになめらかな殻に触れ、ぎざぎざした開口部に触れた。こんなに美しく洗練されたものを手にするのは初めてだった。「それはネズミタカラガイだ」医師が説明した。「いいものを見つけたね。茶色い斑点があって、底の部分には虎のようなこげ茶色の縞がある。でも、きみには見えないね」

だが、彼には見えた。こんなにはっきり見えたのは生まれて初めてだった。彼は指でやさしく貝をなで、裏返し、回した。こんなになめらかなものに触れたのは初めてだった――こんなに深く磨かれたものがあるとは思いもしなかった。彼はささやくようにたずねた。「だれがこれを造ったの？」少年は貝をいつまでも握りしめていた。悪臭に耐えかねた父親が、手を無理やり開いてとりだしたのは、一週間後のことだった。

一夜にして、彼の世界は貝と貝類学と軟体動物門一色になった。ホワイトホースの太陽のない冬のあいだは点字を学び、貝の本を郵便でとりよせ、雪が解けると倒木をひっくりかえして陸生貝類を探した。十六歳のとき、『驚異のグレートバリアリーフ』などの本で知ったサンゴ礁に思いこがれ、永遠にホワイトホースをあとにして、帆船に乗り組んで熱帯を旅した。サニベル島、セントルシア、バタン諸島、コロンボ、ボラボラ、ケアンズ、モンバサ、モーレア。目はもちろん見えなかった。肌は褐色になり、髪は白くなった。指と感覚と精神が――彼のすべてが――外骨格の形状に、カルシウムの彫刻に、傾斜の、とげの、結節の、渦の、溝の進化の原理に魅了された。貝を手のなかで転がして同定する方法を修得した。貝を回転させ、その形を指で吟味して分類した。ホタルガイ、イチジクガイ、タケノコガイ。フロリダに戻り、生物学で学士号を、軟体動物学で博士号を取得した。赤道をまわり、フィジーの町でひどく道に迷い、グアムで強盗に遭い、セイシェルでもやられた。二枚貝の新種を発見し、ツノガイの新しい科を発見し、新しいヨフバイを、新しいザルガイを発見した。

四冊の著書、三頭の盲導犬のシェパード、そしてジョシュという息子。その後、彼は教授の職を定年前に辞め、ケニアのラムのすぐ北にある草ぶき屋根の小屋に移り住んだ。そこは赤道の南百キロ、湾曲したラム群島の一番はずれにある小さな海洋公園に位置していた。五十八歳だった。彼はついに悟った。理解できることには限界がある。軟体動物学の研究は、彼をさらなる深みへ、その先の疑問へ導くばかりだった。形や模様の無数のバリエーションの意味は、どうしても理解できなかった。なぜこの格子模様なのか？　なぜこの縦溝のある殻皮《かくひ》なのか？　このごつごつした結節なのか？　無知は――結局のところ、多くの面で――特権だった。貝を見つけ、触れ、なぜこれほど美しいのか言葉にならないレベルでのみ理解する。彼はそこにかぎりない喜びを見いだした。そこには純粋な謎だけがあった。

六時間ごとに潮が岩床から美をすくいだし、世界の浜辺に打ちあげた。ここにいれば、そのなかに歩みでて、手を差しいれ、拾いあげて指で愛《め》でることができた。貝を集め――ひとつひとつが驚異だった――名前を知り、バケツに入れる。それが彼の人生を満たし、あふれた。

朝、気持ちよさそうに水をはね散らすツマイニにつづいてラグーンを歩いていると、ときにうやうやしく頭を下げずにはいられなかった。

ところが二年まえ、彼の人生にねじれが生じた。その渦はウミニナの殻口《かくこう》に似て、必然的であると同時に予想しがたかった。（想像してみてほしい。ウミニナに親指で触れてらせんをたどり、平らな螺肋《らろく》をなぞっていると、突然ねじれた殻口に出くわすのだ）。彼は六十三歳だった。小屋の裏の日陰のない浜辺に出て、打ちあげられたナマコをつま先でつついていると、ツマイニが鋭く吠えて走りだし、首輪を鳴らして浜を駆けていった。老貝類学者が追いついてみると、日射病にやられて錯乱したナンシーが、カーキ色の旅行スーツ姿で浜辺をさまよっていた。まるで雲から降ってきたか、ジェット機から落ちてきたようだった。彼は女を小屋に連れ帰り、寝台に寝かせ、熱いチャイをのどに流しこんだ。激しい震えはおさまらなかった。彼はカビル医師を無線で呼んだ。医者はラムから船でやってきた。

「熱にやられている」とカビル医師は言い、胸に海水をかけ、ブラウスと小屋の床を水びたしにした。やがて熱は下がり、医者は帰り、彼女は眠り、二日間目覚めなかった。驚いたことに、だれも探しにこなかった――なんの連絡もなかった。半狂乱のアメリカ人捜索隊を乗せた水上タクシーが、猛スピードでラグーンに入ってくることもなかった。

回復して口がきけるようになると、彼女は休みなくしゃべりつづけた。個人的な問題が急流のように噴きだし、赤裸々な私生活が洪水のようにあふれでた。夫と子どもたちを置いて出てきた理由を小一時間にわたって整然と説明した。ある日、全裸でプールに入ってあおむけに浮かんでいると、自分の人生は――子どもふたり、三階建てのチューダー様式の家、アウディのワゴン――求めていたものとは違うことに気づいた。その日のうちに家を出た。カイロを旅行中に会った新仏教の信徒のおかげで「内なる平安」や「心の平衡」といった言葉に目覚めた。その男と一緒に暮らそうと、彼のいるタンザニアに向かっている途中でマラリアにかかった。「それで、ほら！」女は両手を挙げて叫んだ。「いまはここにいるってわけ！」これで万事解決、というように。

老貝類学者は看病し、話を聞き、トーストを焼いてやった。女は三日おきに意識を失い、震えてうわごとを口走った。彼は彼女のそばにひざまずき、カビル医師に指示されたとおり、海水を少しずつ胸にかけた。

たいていの日は体調がよく、秘密をしゃべりつづけた。彼は彼女に心を寄せた。言葉に出さない彼なりのやりかただった。ラグーンで彼女に呼ばれると、泳いでそばに行った。六十三歳の腕の力をふりしぼって、なめらかなストロークを見せた。台所ではパンケーキ作りに挑戦し、彼女はくすくす笑いながら、おいしくできていると言った。

そしてある日の深夜、彼女が彼の上に乗った。彼がすっかり目覚めるまえに、ふたりは愛を交わしていた。ことが終わり、彼女が泣いているのが聞こえた。セックスのせいだろうか？「子どもに会いたいのかい」と彼は声をかけた。

「いいえ」彼女は枕に顔を埋め、言葉はくぐもっていた。「子どもなんてもうどうでもいいの。バランスを手に入れたいだけ。平衡を」

「家族が恋しいんだろう。自然な感情だよ」

彼女は彼のほうを向いた。「自然ですって？あなたはどうなの？自分の子を恋しがってるように見えないけど。息子さんからあんなにたくさん手紙が来てるのに、返事を書いてるようすはないじゃない」

「まあ、あいつはもう三十だし……」彼は言った。「わたしは家を捨てたわけじゃない」

「家を捨てたわけじゃないですって？よく言うわ、ふるさとから五兆キロも離れておいて。すばらしい隠居生活ですこと。真水はない、友だちもいない。バスタブは虫だらけ」

彼はどう答えればいいのかわからなかった。この女はいったいなにを求めているのだろう。彼は小屋を出て貝を拾いにいった。

ツマイニはうれしそうだった。海に入れたし、空には月が輝いている。もしかしたら、ご主人のおしゃべりな客から離れられたのが、ただうれしかったのかもしれない。彼はツマイニのハーネスを解いた。ツマイニは浅瀬を歩く彼のふくらはぎを鼻先でつついた。美しい夜だった。涼やかな微風が体を包み、暖かな潮が足のあいだに押しよせた。ツマイニは泳いで小高い岩に乗り、老貝類学者は歩きまわっては体をかがめ、指で砂を探った。タケノコガイ、イボヨフバイ、割れたアクキガイ、ホタルバイ、潮が固めた砂山を進む小さな探検者たち。彼は感嘆をこめてそれらに触れ、もとの場所に戻した。夜明けが近づいたころ、名前のわからない二匹のイモガイを見つけた。体長八センチのその貝は強欲で、麻痺させたスズメダイをむさぼり食おうとしていた。


数時間して戻ったときには、太陽が頭と肩に暖かかった。笑顔で小屋に入ると、ナンシーが寝台で硬直していた。ひたいは冷たく湿っていた。胸骨をこぶしでたたいても、硬直は解けなかった。脈拍は二十しかなく、やがて十八に落ちた。無線で連絡を受けたカビル医師は、大型ボートでサンゴ礁を越えてくると、彼女のかたわらにひざまずき、耳元でつぶやいた。「マラリアにしては妙だ。心臓がほとんど動いていない」

老貝類学者は小屋をうろつき、十年間ずっと同じ場所にある椅子やテーブルにぶつかった。しまいには、祈るというよりも崩れおちるように台所の床にひざまずいた。ツマイニは興奮してわけがわからず、ご主人の絶望を遊びととりちがえて、駆けよって押したおした。タイルの上に横たわり、ツマイニにほほをなめられているとき、イモガイがいるのに気づいた。イモガイは盲目的に、心になにか秘めているように、戸口に向かってじりじり這っていた。

顕微鏡で見ると、ある種のイモガイの歯は長く鋭く、小さな半透明の銃剣のように、小さな氷の悪魔の鋭い牙《きば》のように見える、と老貝類学者は聞いたことがあった。丸まった吻が水管溝からするりと伸び、とげのある歯がとびだす。刺された者の知覚は徐々に奪われ、麻痺が満ち潮のように広がる。まず手のひらが怖ろしいほど冷たくなり、前腕、肩とつづく。冷えは胸に達する。飲みこめず、視力が奪われる。焼けるように苦しむ。凍りついて死に至る。

「わたしには」カビル医師は巻貝に目をやった。「手の施しようがない。解毒剤もない。注射もない。どうすることもできない」医者はナンシーを毛布にくるみ、かたわらの帆布製の椅子に座ると、折りたたみナイフを出してマンゴを食べた。老貝類学者はイモガイをチャイのやかんでゆで、中身を鉄針でほじりだした。貝殻を手にとり、暖かな螺塔《らとう》に指で触れ、無機質の渦を感じた。

寝ずの看病と硬直は十時間におよんだ。太陽が沈み、コウモリが餌をとり、満腹になって洞穴に戻り、夜が明けたとき、ナンシーが意識をとり戻した。突然、奇跡のように、目を輝かせて。

「信じられない」彼女は起きあがった。そばにいた医者は、驚いて口がきけなかった。「こんなの、生まれて初めて」まるで催眠術のような漫画を十二時間ぶっとおしで見ていたような言いかただった。海が氷になり、吹きつける雪が彼女を包み、あらゆるものが――海が、雪の結晶が、白く凍った空が――脈打っていたという。「脈打ってたのよ！」彼女は叫んだ。「しーっ！」医者に、あっけにとられた老貝類学者に向かってわめいた。「まだつづいてるわ！　ウワーン、ウワーン！」

マラリアは治った、昏睡と幻覚も治った、と彼女は言い放った。平衡が得られたという。「しかし」老貝類学者は言った。「まだ完全に良くなったわけではないだろう」そう言いながらも半信半疑だった。彼女はまったく違うにおいがした。雪解け水のような、解けかけた氷のような、春になってゆるみはじめた氷河のようなにおいだった。午前中ずっと、彼女はラグーンで泳ぎ、甲高い歓声をあげ、水をはね散らした。ピーナツバターをひと缶平らげ、浜辺でハイキックの練習をし、ごちそうを作り、小屋を掃除し、ざらざらした高い声でニール・ダイアモンドを歌った。医者は首を振りながらボートで帰った。老貝類学者はポーチに座り、ヤシの木と、その向こうの海に耳を澄ませた。

その晩、さらに驚くことがあった。もう一度イモガイに刺されたいと彼女が懇願したのである。子どもの待つ家にまっすぐ飛んで帰るから、朝になったら夫に電話して許しを請うから、そのまえにもう一度、あのものすごい貝を見つけて刺してほしい。彼女はひざまずいた。彼の半ズボンをなでまわした。「お願い」彼女はまったく違うにおいがした。

彼は断った。疲れ果て、めまいを感じながら、彼女を水上タクシーに乗せてラムに送りだした。

驚きはこれで終わりではなかった。彼の人生の道筋は、いまや逆行するらせんに入りこみ、暗く渦巻く穴に落ちていった。ナンシーの回復から一週間後、ふたたびカビル医師の大型ボートがサンゴ礁を越え、モーターを響かせてやってきた。さらにそのうしろからも船が来た。四、五隻のダウ船がサンゴ礁を乗りこえる音がした。人々が水しぶきをあげて飛び降り、船を岸に引きあげる音がした。たちまち彼の小屋は人であふれた。入口の階段に干してあったエゾバイは踏まれ、浴室わきのヒザラガイの山は崩された。ツマイニは寝台の下に引っこみ、前足に鼻をのせた。

医者が老貝類学者に告げた。ムアッジンが、ラムでもっとも古く、もっとも大きいモスクで礼拝の時刻を告げているムアッジンが会いにきた。ムアッジンの兄弟と義兄弟も一緒だ。老貝類学者は男たちと握手を交わした。ダウ船の船大工の手。漁師の手。

医者は説明した。ムアッジンの娘は重い病にかかっている。まだ八歳なのに悪性のマラリアに苦しんでおり、不幸にも極度に悪化して、もはや手の施しようのない容態だ。肌はからしの種のように黄ばみ、日に何度も嘔吐し、髪は抜けおちた。この三日は昏睡してうわごとを口走り、やつれ果てた。肌を掻きむしるので、寝台の頭板に手首をくくりつけてある。ここにいる男たちは、老貝類学者がアメリカ人の女にしてやったのと同じ治療を娘にもしてほしいと言っている。お礼はする。

男たちが続々と部屋に詰めかけるのがわかった。衣ずれの音がする白く丈の長いカンズを着て、甲高い音をたてるサンダルをはいた海のムスリムたち。それぞれが仕事のにおいをさせ——はらわたを抜いたスズキ、肥料、船のタール——みな彼の返事を聞こうと身をのりだしていた。

「ばかなことを」彼は言った。「死んでしまうぞ。ナンシーの場合はまぐれのようなものだ。あれは治療などではない」

「試せるものはすべて試した」と医者は言った。

「不可能だ」老貝類学者はくりかえした。「不可能どころか、正気の沙汰ではない」

部屋は静まりかえった。やがて彼の正面の声が、よく響く執拗な声が、日に五度、拡声器からラムの家並みの上を流れ、人々に祈りを呼びかける声が話しだした。「娘の母親」ムアッジンは言った。「わたし、わたしの兄弟、その妻たち、島のすべての人々が、娘のために祈った。何カ月も祈りつづけてきた。たえず娘のために祈っていると思うことさえある。今日、医者から同じ病が巻貝で治ったアメリカ人の話を聞いた。じつにシンプルな治療法だ。じつに美しい。研究室で作られたカプセルができないことを、一匹の巻貝がやってのけた。これほど美しいものにはアッラーの御心があるにちがいない。おわかりだろう。われわれのまわり、いたるところに徴《しるし》がある。無視してはならない」

老貝類学者はもう一度断った。「八歳ではまだ体も小さい。イモガイの毒にはとても耐えられない。ナンシーだって死んでいた可能性もある——いや、死ぬべきだったんだ。お嬢さんは命を落としますよ」

ムアッジンは老貝類学者に近づき、その顔を両手で包んだ。「これを」まるで詠唱のような口調だった。「驚くべき不思議な偶然と呼ばずになんというのかね。あのアメリカ人が病を癒《いや》され、わたしの娘が同じような病に苦しんでいる。あなたがここにいて、わたしがここにいる。そして、いまこの瞬間に戸口の外で砂を這っている生きものが、その治療法を宿している」

老貝類学者は口をつぐんだ。やがて彼は言った。「たとえばヘビが、きわめて強い毒を持つウミヘビがいたとします。体を腫れあがらせ、どす黒く変えてしまう猛毒です。心臓は止まり、はり裂けんばかりの苦痛に襲われる。あなたはそんなヘビにお嬢さんを嚙ませたいとおっしゃるわけですか」

「そんな返事が聞きたいんじゃない」ムアッジンのうしろから声がした。「そんな返事を聞くために来たんじゃない」老貝類学者の顔は、まだムアッジンの両手に包まれていた。長い沈黙のあと、彼はわきに押しやられた。男たちが、おそらく娘のおじたちだろう、向こうの流しで水をかきまわす音がした。

「そこにはイモガイはない」彼は怒鳴った。見えない目の端に涙があふれた。見えない男たちに家を荒らされるのは、なんとも異様だった。

ムアッジンの声はつづいた。「娘はわたしのたったひとりの子だ。娘がいなくなれば家族は空《から》になる。もはや家族ではない」

彼の声は驚くほど自信に満ちており、その自信がゆるやかに美しく文を装飾し、音節を編みあげた。老貝類学者は理解した。ムアッジンは、巻貝のひと刺しがかならず娘を癒すと確信していた。

声は綿々とつづいた。「裏庭できょうだいたちがあなたの貝を騒がしくあさっているのが聞こえるだろう。みな絶望してやけになっている。姪が死にかけているのだ。必要とあれば、あなたのまねをしてサンゴ礁を歩きまわり、岩をどかし、サンゴを切りきざみ、シャベルで砂を掘りかえして、求めているものが手に入るまで探しつづけるだろう。見つけたら彼ら自身も刺されるかもしれない。体が腫れあがって死ぬかもしれない。あなたが言ったように、そう、はり裂けんばかりの苦痛に襲われるかもしれない。その生きものの捕らえかたも、さわりかたも知らないのだから」

彼の声、老貝類学者の顔を包む手。すべてが催眠術のようだった。

「そんなことになってもいいのかね」ムアッジンはつづけた。彼の声は低くささやき、歌い、ざわめくソプラノになった。「わたしのきょうだいたちまで嚙まれてもいいのかね」

「わたしはただ、ひとりにしておいてほしいだけだ」

「よかろう」ムアッジンは言った。「孤独。隠者。世捨て人。ムタワ。好きにするがいい。だがそのまえに、娘のためにイモガイを探して刺してもらおう。そうすれば好きなだけひとりにしてやる」

潮が引き、ムアッジンのきょうだいたちにとり囲まれて、老貝類学者はツマイニを連れてサンゴ礁に向かい、岩を裏がえし、その下の砂を探ってイモガイを探した。ゆるい砂地やカニが見張るサンゴのくぼみにおそるおそる指を突っこむたびに、恐怖が電流のように腕を流れ、指を激しく震わせた。イモガイの仲間、ハルシャガイ、アンボイナガイ、ムラサキアンボイナガイ——なにに出くわすかわかったものではない。ひそんでいる吻、獲物を待ちわびる飛びだしナイフのような毒刺。いま探しているのは、これまでひたすら避けてきたものだった。

彼はツマイニにささやいた。「小さいやつが欲しい。できるだけ小さいのを」ツマイニには通じたのだろう、彼のひざに肋骨をそっと当てて歩き、深いところでは水をかいて泳いだ。男たちは、それでも彼のまわりから離れず、カンズを濡らし、水をはね散らしながら、暗く香る注目を注ぎつづけた。

正午までに一匹手に入った。ごく小さなハルシャガイで、家猫でも麻痺することはなさそうだった。彼は貝をマグに入れ、海水を注いだ。

彼は船でラムのムアッジンの家に連れていかれた。海辺の邸宅で、床は大理石だった。裏にまわり、曲がりくねった階段を上り、涼しげな音の噴水を過ぎ、娘の部屋に通された。彼は娘の手を探して握った。手首はまだベッドの柱にくくりつけられたままだった。手は小さくて湿っており、扇のように広がる薄い骨が肌越しに感じられた。彼は娘の手のひらにマグの中身を注ぎ、指を一本ずつ閉じて貝を握らせた。貝はそこで、娘の手に包まれた繊細な空間で、脈打っているように思われた。美しい声でさえずる小鳥の中心で息づく、小さな暗い心臓のように。彼の心には、貝の姿が細部まで鮮やかに浮かんだ。巻貝の半透明の吻が水管溝からするりと出て、針のような歯が娘の肌を刺し、毒が体に入っていった。

沈黙に向かって彼はたずねた。「お嬢さんのお名前は？」

驚きはこれで終わりではなかった。シーマという名の娘は、回復した。完全に。体の冷たい硬直は十時間にわたってつづいた。老貝類学者は夜どおし窓辺に立ってラムの町の音を聞いていた。ひづめを鳴らして道を行くロバ、右手のアカシアで騒ぐ夜の鳥、金属を叩くハンマー、波止場の門塔に打ち寄せる遠い波。モスクから朝の礼拝の詠唱が聞こえた。彼は忘れられてしまったのだろうか、娘は数時間前にそっと息をひきとったのに、知らせるにはおよばないと思われたのだろうか。暴徒が静かに結集し、彼を引きずりだして石を投げつけようとしているのかもしれない。彼はそのすべての石に値するにちがいない。

だがそのとき、料理人たちのあいだにささやきが広がり、夜どおし娘のそばにうずくまって嘆願するように手を上に向けていたムアッジンがあわただしく出ていった。「チャパティを」熱くほとばしるような言いかただった。「娘はチャパティが欲しいと言っている」そしてみずからマンゴジャムをたっぷり塗った冷たいチャパティを運んできた。

翌日には、ムアッジンの家で起きた奇跡はだれもが知るところになった。うわさの広がりは雲状に漂うサンゴの卵に似て、つぎつぎに放出され、熱を帯びた。うわさは島を離れ、しばらくケニアの海沿いに住む人々のあいだで生きつづけた。『デイリー・ネイション』紙は情報面に記事を載せ、KBCラジオはカビル医師のインタビューを含む一分ほどのスポットを放送した。「効くかどうか百パーセント確信があったわけではありません。ですが、さらに研究した結果、確信を……」

数日のうちに、老貝類学者の小屋はある種の巡礼者の聖地と化した。時刻を問わず、モーター付きのダウ船のうなる音や、手漕ぎ船の櫂《かい》がぶつかる音が聞こえた。訪問者がサンゴ礁を越えてラグーンに入ってくる音だった。だれもが病に苦しみ、特効薬を求めているようだった。業病に苦しむ人も来た。中耳炎の子どもも来た。台所から浴室に行こうとすると、だれかにぶつかることも珍しくなかった。スイショウガイは荷車で持ち去られた。汚れを落として積んであったカサガイも、山ごと持っていかれた。コガネオニコブシガイのコレクションは、まるごと姿を消した。

十三歳になるツマイニは、ご主人との長年の日常にすっかりなじんでいたので、うまくついていけなかった。もともと気の強いほうではなかったが、いまではあらゆるものを怖がった。シロアリやフシアリやイバラガニにもおびえた。昇りゆく月に向かって吠えたてた。ほとんどの時間をご主人の寝台の下で過ごし、他人の病のにおいに尻ごみした。台所のタイルの床に餌皿を置く音がしても、うれしそうなそぶりを見せなかった。

さらにまずい問題があった。人々はラグーンまで老貝類学者を追ってきて、岩や低い椅子状の生きているサンゴにつまずいた。コレラを病む婦人が火炎サンゴに触れ、痛みで失神した。人々はそれを恍惚のあまり卒倒したと勘違いして、われさきにサンゴに身を投げ、ひどいみみずばれを作り、泣きながらその場を離れた。夜になっても、ツマイニを連れてこっそり小道を行こうとすると、巡礼者たちが砂地から立ちあがってついてきた——見えない足が近くで水を跳ね、見えない手が静かに採集バケツをあさった。

老貝類学者にはわかっていた。怖ろしいことが起きるのは時間の問題だった。毒でふくれあがった死体が波打ちぎわに浮かんでいる悪夢を見た。ときには海そのものが大勢の悪党を宿した毒の桶《おけ》のように思えることもあった。ネズミギス、火炎サンゴ、ウミヘビ、カニ、エボシダイ、バラクーダ、オニイトマキエイ、サメ、ウニ——つぎにどの牙が皮膚を貫いて敗血症をひき起こすか知れたものではない。

彼は貝の採集をやめ、ほかのことをして過ごした。大学に貝を送ることになっていたが——二週間ごとに一箱送る許可を得ていた——箱には古い標本を、戸棚に放りこんであったり新聞紙にくるんであったウミニナやオウムガイを詰めた。

それでも訪問者はとぎれることがなかった。チャイをいれてもてなし、手持ちのイモガイはないし、刺されれば重傷か死ぬかだと丁重に説明した。BBCからはレポーターが来た。『インターナショナル・トリビューン』紙からはすばらしい香りの女性が来た。彼はイモガイの危険性について書いてくれるよう懇願した。だが、記者たちの興味は巻貝よりも奇跡のほうにあった。ご自分の目にイモガイをあててみましたか、と彼らはたずねた。彼がいいえと答えると、声に落胆が混じった。

奇跡が起きないまま数カ月が過ぎ、訪問者の数は減りはじめ、ツマイニは寝台の下からそっと出てきた。それでも人はとだえたわけではなく、もの好きな観光客や、医者に払う金のないコレラに苦しむ年寄りたちが、水上タクシーでやってきた。老貝類学者はあとを追われるのを怖れてまだ貝の採集には出なかった。そのとき、船で月に二度届く郵便で、ジョシュの手紙が着いた。

ジョシュは老貝類学者の息子で、ミシガン州カラマズーでキャンプ・コーディネータをしていた。母親に似て（三十年にわたって夫の冷凍庫に料理を補充しつづけたが、そのうち二十六年は離婚後のことだった）ジョシュも善行家だった。十歳のときには、母親の家の裏の芝生でズッキーニを育て、セントピーターズバーグの慈善食堂に一本ずつ配ってまわった。外を歩けばかならずゴミを拾い、スーパーには袋を持参し、毎月ラムに航空便で手紙をよこした。半ページを点字で埋めた手紙は感嘆符だらけで、内容のある文はひとつもなかった。お父さん、元気ですか！ こちらミシガンは絶好調！ ケニアはきっとすばらしいお天気でしょうね！ レイバーデイの連休を楽しんでください！ たくさんの愛をこめて！

　ところが、今月の手紙は違っていた。

「愛するお父さんへ！」と始まっていた。

　……平和部隊に入りました！ 三年間ウガンダで仕事します！ もうひとついい知らせがあります！ そのまえにしばらくお父さんのところに行くからね！ お父さんの奇跡の話を読みました――ニュースはこんな遠くまで伝わってるんだよ。『博愛新聞』に大きく載ってました！ ぼく、めちゃくちゃうれしかった！ 早く会いたいです！

　六日後、水上タクシーの水しぶきとともにジョシュはやってきた。着いたとたんに、どうして小屋の裏の日陰に群がっている病気の人たちにもっとなにかしてやらないのかと言った。「かわいそうじゃないか！」ジョシュは腕に日焼けローションを塗りたくりながら声をはりあげた。「この人たち、苦しんでいるんだよ！ このみなしごたち、かわいそうに！」と言って、三人のキクーユ族の少年の上にかがみこんだ。「顔じゅう小さなハエだらけじゃないか！」

同じ屋根の下に息子がいるのはなんとも奇妙だった。巨大なダッフルバッグのジッパーを開ける音。流しになにげなく置かれた息子のカミソリ。非難する声（犬にエビなんかやっちゃだめだよ）、パパイヤジュースを勢いよく飲む音、鍋を洗う音、カウンターを拭く音――家にいるこの人物は何者なのだろう。どこから来たのだろう。

老貝類学者はむかしから息子のことが少しもわからないような気がしていた。ジョシュは母親に育てられた。子どものころは浜辺よりも野球場を好み、貝類学よりも料理を好んだ。いまは三十歳。なんと精力的で、なんと善良で……なんと愚かなのだろう。まるでゴールデンレトリバーのようだ。ものをとってきて、舌をたらしてよだれを流し、息を弾ませ、懸命に喜ばせようとする。ジョシュは二日分の真水を使ってキクーユ族の少年にシャワーを浴びさせた。せいぜい七シリングのサイザル麻のかごに七十シリング払った。訪問者を帰すときは見舞いの品を持たせるべきだと主張した。料理用バナナかマンギ印のティービスケットを紙で包み、ひもでくくって渡した。

「うまくいっているんだからさ、お父さん」ある晩、夕食の席でジョシュが言った。来て一週間たっていた。毎晩、見知らぬ人たちを、病んだ人たちを夕食に呼んだ。今夜は両麻痺の少女と母親だった。ジョシュは客の皿にジャガイモのカレー煮をスプーンでたっぷりよそった。「このぐらい余裕あるでしょう」老貝類学者はなにも言わなかった。言うべき言葉が見つからなかった。ジョシュは血を分けた子だ。この三十歳の善行青年は、どういうわけか彼から生まれでた、彼の

DNAらせんから生まれでた人間なのだ。

ジョシュと顔をつきあわせて過ごすのは無理だった。あとを追われるのが怖くて貝の採集もできなかった。老貝類学者はツマイニを連れて島のあちこちにこっそり散歩に出るようになった。木陰のある木立や、平らな砂地や、焼けつくような葉のない茂みを歩いた。浜辺に向かうのではなく、離れるように歩くのは、奇妙な感じがした。たえまないセミの声に包まれて細い小道を登った。シャツはとげで破れ、肌は虫に刺された。杖でなにかに触れても判別できなかった。いまのは杭《くい》だろうか。木だろうか。すぐに散歩は短くなった。やぶのなかで乾いた物音が、おそらくヘビか野犬の物音がすると――この島の茂みにはどんな怖ろしいものがうごめいているか知れたものではない――彼は杖を宙でふりまわし、ツマイニは吠え、あわてて小屋に戻った。

ある日、小道でイモガイに出くわした。土ぼこりのなかを苦労して進み、海から五百メートルも這ってきたのだ。タガヤサンミナシガイ、サンゴ礁にはごくふつうにいる危険な生物だが、海からこれほど離れたところにいるのは変だった。一匹のイモガイがどうやってこんなところまで来たのか。しかも、なぜ。彼はイモガイを道から拾い、背の高い草むらに投げこんだ。それからというもの、散歩に出ると頻繁にイモガイに出くわすようになった。手を伸ばして触れたアカシアの幹に、さまようイモガイがいた。マンゴの木立を進むヤドカリを拾いあげると、その背にイモガイがちゃっかり乗っていた。ときには石がサンダルに入っただけで、刺されるのではないかととっさに跳びあがり、あとずさりした。松かさをウミノサカエイモガイだと思い、カタツムリをヒロクチイモガイと勘違いした。彼は先日の同定に自信がなくなった。もしかしたら、小道で見つけたイモガイはイモガイなどではなく、フデガイか丸い小石だったのではないか。村人が落とした貝殻だったのではないか。イモガイの奇妙な増殖などないのではないか。彼の想像にすぎないのではないか。悲しいことに、彼には知りようがなかった。

あらゆるものが変化していた。サンゴ礁、彼の家、おびえたかわいそうなツマイニ。外では島じゅうが悪意に満ち、毒をはらみ、しびれさせた。家では息子があらゆるものを他人に分け与えていた――米、トイレットペーパー、ビタミンBのカプセル。一番安全なのは、ただ椅子に座り、手を組み、できるだけ動かずにいることかもしれない。

来て三週間たったある日、ついにジョシュが切りだした。

「アメリカを離れるまえにちょっと調べたんだ」と彼は言った。「イモガイのこと」日が昇るところだった。老貝類学者はテーブルにつき、ジョシュがトーストを焼いてくれるのを待っていた。彼はなにも言わなかった。

「毒にほんものの医学的な力があるかもしれないって考えてるみたいだよ」

「だれが」

「科学者だよ。毒素の一部を分離して、脳卒中の患者に与えてみるんだって。麻痺を改善するために」

老貝類学者はなんと答えればいいかわからなかった。すでに半分麻痺した人間にイモガイの毒を注入するとは、まるで奇跡のような愚行だ、と心のなかでつぶやいた。

「お父さん、すごいと思わない？　お父さんのしたことが、何万人もの人を救うことになるかもしれないんだよ」

　老貝類学者は笑顔を作ろうと気まずく体を動かした。

「ぼく、最高に充実してるんだ」ジョシュは話しつづけた。「だれかを助けているときが」

「トーストが焦げているんじゃないか、ジョシュ」

「世界にはほんとうにたくさんの人がいるんだよ、お父さん。ぼくらが助けてあげられる人が。ぼくらがどれほど幸運かわかってる？　健康でいられるっていうだけで、どれほどすごいことかわかってる？　だれかを助けられるってさ？」

「おい、トースト」

「トーストなんてどうだっていいだろ！　なに言ってるんだよ！　わからないの！　この家の戸口に死にそうな人がいるっていうのに、お父さんはトーストのほうが大事だっていうわけ！」

　ジョシュはドアをたたきつけて出ていった。老貝類学者は、座ったままトーストが焦げるのをかいでいた。


　ジョシュは貝の本を読みはじめた。彼はリトルリーグ時代に点字を修得していた。ユニフォーム姿で父親の研究室に座り、母親が車で試合に送ってくれるのを待つあいだに覚えたのだ。彼は小屋の棚から本や雑誌をとりだし、ヤシの木陰に持っていった。そこでは三人のキクーユ族の孤児が野宿していた。彼は子どもたちに読みきかせた。『インド洋＝西太平洋海域軟体動物学』『アメリカ貝類学会報』といった学術誌の論文をつっかえながら読んだ。「シミツキマクラガイの殻は細長く、縫合は深い。殻軸《かくじく》はほぼ直線である」少年たちは読んでいる彼を見つめ、意味のない楽しげな鼻歌を歌った。

ある日の午後、老貝類学者はジョシュが少年たちにイモガイについて読みきかせているのを耳にした。「テンジクイモガイの殻は厚く、比較的重く、とがった殻頂《かくちょう》を有する。もっとも希少なイモガイのひとつで、色は白く、茶色いらせん状の帯がある」

徐々に、驚いたことに、午後の読書が始まって一週間すると、少年たちは興味を示しはじめた。大潮が残した貝のかけらを彼らがふるいにかける音がした。「バブル貝だ！」ひとりの子が叫んだ。「カフナがバブル貝見つけた！」子どもたちは手を岩のあいだにつっこみ、歓声をあげ、叫び、シャツいっぱいの二枚貝を引きずって小屋に戻ってくると、自分で作った名前をつけて同定した。「青くてきれい！　ムババチキン貝だ！」

ある晩、三人の少年と一緒に食事をした。椅子に座った少年たちが体を上下左右に揺すり、ナイフとフォークで太鼓のようにテーブルをたたくのを老貝類学者は聞いていた。「きみたちは貝を採りにいったんだね」と彼は言った。

「カフナはチョウチョ貝飲んじゃった！」とひとりの子が大声で言った。

老貝類学者は身をのりだした。「いいかい、貝のなかには危険なのもいるんだ。海には危険な生きものが、悪い生きものがいるんだよ！」

「悪い貝！」ひとりの子が奇声をあげた。

「わるぅいかぁい！」残りの子が声を合わせた。

そして食べた。静かだった。老貝類学者は怪訝な思いで座っていた。

翌朝、もう一度試みた。ジョシュは玄関の階段でヤシの実を割っていた。「あの子たちが浜辺に飽きてサンゴ礁に出ていったらどうする。火炎サンゴの上で転んだらどうするつもりだ。ウニを踏んづけたらどうするんだ」

「ぼくがちゃんと目を配っていないって言いたいわけ？」ジョシュは言った。

「わたしが言いたいのは、あれでは刺してくれと言ってるようなものだってことだ。あの子たちがここに来たのは、わたしが治す力のある魔法の貝を見つけられると思ったからだ。イモガイに刺されたくてここに来たんだ」

「お父さんは全然わかってないんだね」とジョシュ。「なんであの子たちがここにいるのか」

「おまえにはわかるって言うのか。あの子たちにたくさん貝について読んでやったから、イモガイの探しかたはわかってるはずだって言うのか。あの子たちが大きいのを見つけて、刺されて、治ればいいと思ってるんだろう。どんな病気か知らんが、あの子たちが治ればいいと思ってるんだろう。いったいどこが悪いのか、わたしにはさっぱりわからんがね」

「お父さん」ジョシュがうんざりしたように言った。「あの子たちは知能に障害があるんだ。どこかの巻貝で治るなんて、ぼくは思わないね」

老いと盲目を強く感じ、老貝類学者は少年たちを貝採りに連れていくことにした。ラグーンは波が平らで水は暖かだった。ほとんど胸まで海につかって少年たちは歩きまわった。彼はそのそばで貝を採りながら、どの生きものが危険なのかできるだけていねいに教えた。「わるぅいかぁい！」と子どもたちは叫び、老貝類学者が気性の荒いワタリガニをサンゴ礁の外の深い海に放り投げると歓声をあげた。ツマイニも一緒に吠えた。愛する海で少年たちと過ごして、むかしのツマイニに戻ったようだった。

とうとう、少年のだれかではなく、ほかの訪問者のだれかでもなく、ジョシュが刺された。彼は父を呼びながら、浜辺をあわてて走ってきた。顔は蒼白だった。

「ジョシュ？　ジョシュか？」老貝類学者は声をはりあげた。「いま、この子たちにこのトウマキボラを見せていたところだ。ほら、美しい貝だね」

握りしめたこぶしの指はすでに硬直し、手の甲は赤くなり、皮膚がふくれかけていた。ジョシュは自分を刺したイモガイを持っていた。きれいな巻貝だと思って濡れた砂から拾いあげたのだ。

老貝類学者はジョシュを引きずって浜辺を横ぎり、ヤシの木陰に運びこんだ。体を毛布でくるみ、子どもたちを使いにだして無線で連絡させた。ジョシュの脈はすでに弱く速く、息は浅かった。一時間のうちに呼吸が止まり、心臓が止まり、死んだ。

老貝類学者は砂浜にひざをつき、呆然としていた。ツマイニは木陰に伏せて前足に頭をのせ、ご主人を見ていた。そのうしろには少年たちがしゃがみ、ひざに手をのせておびえていた。

医者がモーターをうならせてボートで駆けつけたが、二十分遅かった。そのうしろから警察が巨大なモーター付きの小型カヌーでやってきた。警察は老貝類学者を彼の家の台所に連れてゆき、離婚のこと、ジョシュのこと、少年たちのことをしつこくたずねた。

さらに多くの船が行き来する音が窓ごしに聞こえた。湿った風が窓から入ってきた。もうすぐ雨になる、と男たちに、彼の家の台所にいる、なかば攻撃的でなかば物憂げな声に言ってやりたかった。あと五分で降るぞと言いたかったが、彼らはジョシュと少年たちとの関係をあきらかにするよう求めていた。もう一度（三度目だったか五度目だったか）妻が離婚を申したてた理由をたずねた。彼は言うべき言葉が見つからなかった。分厚い雲が彼と世界のあいだに押しこまれたような感じがした。指が、感覚が、海が――すべてどこかへ消えようとしていた。わたしの犬。彼は言いたかった。あの犬は理解できないはずだ。犬を連れてきてほしい。

「わたしは盲目だ」ようやく彼は口を開き、手のひらを上に向けて言った。「わたしにはなにもない」

そのとき、雨が降りだした。モンスーンが草ぶき屋根を襲った。床下のどこかで歌っていたカエルたちは、嵐に叫ぶようにトレモロを速めた。

雨が上がり、屋根からしずくがしたたる音が聞こえ、冷蔵庫の下でコオロギが歌いだした。台所で新たな声がした。聞き覚えのある声、ムアッジンの声だった。「これであなたは好きなだけひとりになれる。約束したとおりだ」

「息子が——」老貝類学者は言いかけた。

「盲目は」ムアッジンは台所のテーブルにあったタケノコガイをとり、板の上を転がした。「貝に似ていないかね。貝殻はなかの生きものを守る。生きものは貝に引きこもり、安全に丸まっていられる。病む者が来た。治療法を求めてやってきた。だが、これで平穏はあなたのものだ。もうだれも奇跡を求めに来ることはない」

「あの子たちは——」

「連れていかれるだろう。保護が必要だ。ナイロビかマリンディあたりの孤児院だろう」


そしてひと月後、小屋にはふたりのジムがおり、夕方のチャイにバーボンを注いでいた。彼らの質問に答え、ナンシーとシーマとジョシュについて話した。ナンシーは彼らの独占取材に応じたという。どんな記事になるか想像がついた——真夜中のセックス、青いラグーン、危険なアフリカの貝の薬、秘薬を知る盲目の導師とそのオオカミ犬。世間の好奇の目にさらされるのだ。貝だらけの小屋、あわれな悲劇。

夕闇が迫るころ、彼らと一緒にラムに出かけた。桟橋で水上タクシーを降り、丘を登って町に向かった。道端のやぶや、せりだしたマンゴの木から鳥の声が聞こえた。空気はかぐわしく、キャベツとパイナップルを合わせたようなにおいがした。ふたりのジムは息を弾ませていた。

ラムの通りは混みあっており、並んだ屋台では料理用バナナやカレー風味のヤギ肉を流木の炭火で焼いていた。パイナップルは串に刺して売られ、子どもたちは揚げ菓子やジンジャーを塗ったチャパティを入れた箱を首から下げて売り歩いた。ふたりのジムと老貝類学者はケバブを買い、路地に腰を下ろして、彫刻をほどこした木のドアにもたれた。ほどなく通りがかった十代の少年がハッシシの水パイプを勧め、ジムたちが応じた。老貝類学者は甘くねばつく煙をかいだ。パイプで水が泡だつ音がした。

「いい？」少年がきいた。

「いいねえ」ジムたちは咳きこんだ。ろれつがまわらなくなっていた。

老貝類学者の耳に、モスクで祈る男たちの声が聞こえた。彼らの詠唱が細い路地を震えながら流れてきた。その声を聞きながら、奇妙な感覚に襲われた。まるで自分の頭がもはや体とつながっていないような感じがした。

「タラウィの祈りだ」と少年が言った。「今夜、来たる年の世界の道筋をアッラーがお決めになる」

「どうだい」片方のジムが老貝類学者の顔のまえにパイプを押しやった。「たっぷり吸いなよ」もう片方のジムがくすくす笑った。

老貝類学者はパイプを受けとり、深く吸った。

真夜中を大きく過ぎていた。モーター付きのムテペに乗ったカニ漁師が、島々をさかのぼって、マングローブ林の先まで送りとどけてくれた。老貝類学者は舳先《へさき》にあった金網製のカニわなに腰かけ、かすかな風を顔に感じた。船が速度をゆるめた。「降りな」と漁師は言った。老貝類学者はジムたちとともにボートから降り、水しぶきをあげて胸までの海に入った。

カニ漁船のモーター音が遠ざかり、ふたりのジムが燐光《りんこう》に驚いてなにやらつぶやいた。水をかきわけて歩く彼らの背後には光の筋が花開いていた。老貝類学者はサンダルを脱ぎ、裸足で歩いた。岩状のサンゴのとがった突起から下りてラグーンの深みに入り、潮間地帯の砂地に刻まれた固い溝を感じ、ときおり広がる藻の原を、綱のような筋ばった感触をたしかめた。切りはなされたような感覚はつづいており、ハッシシで増幅されて、足と体がつながっていないつもりになるのはたやすかった。突然、ある感覚に包まれた。彼は浮遊していた。海上高く昇り、下方に広がる海中の世界を感じた。青緑色の浅瀬に入り、サンゴに囲まれた小道に入った。彼の下で、この小さなサンゴ礁で――探検中のカニ、頭を揺するイソギンチャク、くるりと向きを変え、止まり、勢いよく泳ぎだす魚たちの小さな嵐――すべてがあるがままにくりひろげられるのを感じた。ハコフグ、モンガラカワハギ、ハーレクインピカソ、漂うカイメン――どの生命も懸命に生きていた。毎日毎日、これまでと同じように。彼は超常的な感覚を得た。うねる波が砕ける向こう、まだら模様のラグーンの向こうに、アジサシの声がした。アカシアの茂みで単調に鳴く虫の声が、アボカドの葉が重く揺れる音が、コウモリの超音波が、ヤシの葉のつけ根の樹皮がこすれる乾いた音が、とがったいがいがやぶから熱い砂に落ちる音が、空のホラガイの内側に響くなめらかな浜辺の音が、黒い卵嚢《らんのう》に包まれたスイショウガイの卵が浜に打ちあげられて腐るにおいが感じられ、島のはるか南、水平線の近くで――そこを歩くこともできた――ひれのないイルカの胴体が波に洗われ、その肉を、すでにタラバガニがひとかけずつ持ち去っていることもわかった。「いったい」ジムたちがきいた。彼らの声は遠く、混じりあっていた。「イモガイに刺されるとどんな感じがするんだ？」

なんとも奇妙なものを見た。イルカの死体？　超常的聴覚？　ほんとうに小屋に向かっているのだろうか。ほんとうに小屋はこのあたりなのだろうか。

「教えてあげよう」そう言って、自分で驚いた。「小さなイモガイを見つけてやろう。ごく小さいのを。刺されたことすらわからないかもしれない。その体験を記事にするといい」

彼はイモガイを探しはじめた。水中をまわっているうちに、しだいに方向感覚を失った。沖のサンゴ礁をめざし、岩のあいだに慎重に歩を進めた。彼は浜辺の鳥、獲物を狙うツルだった。いままさに突き刺そうとくちばしを構え、巻貝を、気まぐれな魚をしとめようとしていた。

あるはずの場所にサンゴ礁はなかった。サンゴ礁は彼の背後にあった。まもなく波が泡だち、長い波が砕けて背に打ちつけ、貝のかけらがかき混ぜられて、足の下で渦巻くのを感じた。すぐ先に海藻に覆われた砂山が、切りたった岩礁が、大きく逆巻くうねりがあるのを感じた。エゾバイ、アクキガイ、マクラガイ——貝が足を洗うように流れていった。あったぞ、この感触はイモガイだ。簡単に見つかったな。彼は貝をくるりと回し、尖端を手のひらにのせてバランスをとった。周期外の波が不意に襲い、あごにかぶさって砕けた。彼は海水を吐いた。また波が来て、すねを岩に打ちつけた。

彼は思った。今晩、神は来たる年の世界の計画を立てる。神が羊皮紙の上にかがみこみ、夢を見ながら、さまざまな可能性に決着をつけようと知恵を絞る姿を想像した。「ジム」彼は声をはりあげた。ふたりの巨漢が水をはね散らしてやってくる音が聞こえたような気がした。だが、来なかった。「ジム！」彼は呼んだ。返事はなかった。ふたりとも小屋に帰り、シャツの袖をまくりあげ、テーブルにつっ伏しているにちがいない。見つけたこの貝を持っていくのを待っているにちがいない。彼らのひじの内側に押しあて、毒を血に注入してやろう。それでわかるだろう。それを記事にすればいい。

サンゴ礁に戻ろうと、なかば泳ぎ、なかばよじのぼって進み、岩状のサンゴに登って落ち、水に潜った。サングラスが顔からはずれ、振り子のように揺れながら落下した。かかとで探したが、しばらくしてあきらめた。そのうち見つかるだろう。

もう小屋は近いはずだ。彼は半分泳いでラグーンに入った。シャツと髪はぐっしょり濡れていた。サンダルはどこだ？　手に持っていたはずだが。まあ、いい。

海は一段と浅くなった。ナンシーは大きくゆるやかな脈動があると言っていた。目覚めたあともまだ聞こえると言っていた。老貝類学者は、巨大な脈動を、ホッキョククジラの重さ一トン半の心臓を想像した。一度の拍動で何十リットルもの血が押しだされた。もしかしたら、いま聞こえているのはそれかもしれない。耳で始まった鼓動はそれかもしれない。

このまま進めば小屋に着くはずだ。ラグーンの底の砂山を足の裏に感じた。波が浜に砕け、上方でヤシの実が乾いた音をたててぶつかるのが聞こえた。彼の手にはサンゴ礁で採った生物がいた。この生物はニューヨークから来た記者を麻痺させ、もしかしたら死に至らしめるかもしれない。彼らに恨みがあるわけではない。それでも彼はこうして彼らの死を画策していた。これが彼の求めることなのか。これが彼の六十余年の人生の行き着く先として、神が定めたことなのか。

彼の胸は激しく脈打った。ツマイニはどこだ。ふたりのジムの姿がありありと想像できた。湿った体を寝袋にくるんでうつぶせになり、酒とハッシシくさい息を吐き、小さなアリが顔を噛んでいた。あの男たちは自分の仕事をしているだけだ。

彼は手にしたイモガイをできるだけ遠くに投げてラグーンに返した。彼らに毒を与えるのはやめよう。そう決めると晴れやかな気分になった。もっと多くの貝を海に投げこみたかった。もっと多くの毒を自分からとりのぞきたかった。肩がひどく強ばって感じられた。

そのとき、唖然とするほどはっきりと、頭上で砕ける波のようにはっきりと、自分が刺されたことに気づいた。自分がどこにいるのか、どこに向かっているのか、わからなかった。このラグーンで、みずからの闇の貝殻で、すでに神経系を冒しつつある毒の渦の深みで、方向を見失った。カモメが舞いおりて鳴きかわした。そのそばで、彼はイモガイの毒に冒されていった。

頭上に星が昇り、無数に震えていた。彼の生命は最後のらせんを下り、暗黒の渦に深く潜り、貝が細まって影になる一点に達していた。ついに毒がまわり、波に消えようとしているとき、彼はなにを思いだしたのだろう。妻だろうか、父親だろうか、ジョシュだろうか。子ども時代がつぎつぎに、映画のリールのように、ひもとかれていったのだろうか。オーロラの下で、父親のベル47ヘリコプターによじのぼって乗りこむ少年の姿が見えたのだろうか。そこにはなにがあったのか、彼の中心にある実は、人間の経験が熱く結実した芯はなんだったのか——夢見るような水中の死、毒、消失、分解、生まれ育った北極地方の、あるいは五十年におよぶ盲目の冷たい光景、カリブー狩りの轟音、ヘリコプターのランディングストラットから群れに撃ちこんだ弾丸。信頼を、悔いを、腹にあるむなしく悲しい風船を見つけただろうか、目にしたことのない未知の息子を見つけただろうか。あるいは見つけたのは、返事を出さなかったジョシュからの美しい手紙だけだっただろうか。

いや。その時間はなかった。毒は胸まで広がっていた。彼の心に浮かんだのはただひとつ、それは青だった。あの朝、ジムのどちらかがサンゴ礁に棲む魚の青い体に感心したのを思いだしていた。「すごい青だ」とジムは言った。老貝類学者は、少年のころホワイトホースで見た氷原の青を思いだした。五十五年たったいまでも、視覚の記憶が夢のなかでさえもすべておぼろになったいまでも——世界のありさまや自分の顔さえも消えて久しかった——狭まったクレバスの底にわずかに見えた青を覚えていた。奇跡のような、濃く鮮やかな青だった。へりから雪を蹴り入れると、小さな銀色が氷の割れ目に消えていった。

そのとき、体が彼を見放した。ぜいたくなほど鮮やかな場所に、自分が溶けてゆくのを感じた。水平線に暗くたちのぼる雲のなかに入り、星は光のない広がりで強く輝き、樹木は砂から芽吹き、生きている海は引いていった。そのとき彼が感じていたのは、凄惨で冷酷な孤独だった。

少女が、ムアッジンの娘シーマが、朝になって彼を見つけた。彼女は回復してから毎週やってきて、米や干し牛肉を棚に補充し、トイレットペーパーやパンや彼あての郵便や紙カートン入りのミルクを持ってきた。ラムからたったひとり、九歳の腕で船を漕ぎ、島もほかの船影もない、マングローブしか見えない海を渡ってきた。ときには黒いチャドルをはずし、肩やうなじや髪に太陽の光を浴びた。

彼女が見つけたとき、彼は白い砂浜にあおむけに打ちあげられていた。小屋からは一キロ離れていた。そばにはツマイニがいて、ご主人の胸で体を丸め、毛はぐっしょり濡れ、そっと悲しそうに鼻を鳴らしていた。

彼は裸足だった。左手はひどく腫れあがり、爪が黒かった。少女は彼を抱きかかえて起こした。彼の体は海によく似たにおいがした。ゆでて貝殻から引きだした何万もの腹足類《ふくそくるい》のにおいがした。少女は彼を自分の小さな船に乗せた。櫂を握り、小屋に向かった。すぐ横をツマイニがついてきた。浜辺を跳ねるように駆け、ときどき止まっては船が追いつくのを待ち、短く吠えてまた走りだした。

少女と犬が戸口に向かってくる音を耳にして、ふたりのジムはあわてて寝袋をとびだした。髪はもつれ、目は赤かった。そしてありったけの知識で手を貸した。老貝類学者を小屋に運びこみ、少女の助けを借りてカビル医師を無線で呼んだ。老貝類学者の顔をタオルでぬぐい、胸に耳を当てると、鼓動は弱々しく緩慢だった。二度、呼吸が止まり、二度とも巨漢の記者のどちらかが老貝類学者の口に口を重ね、肺に生命を吹きこんだ。

感覚を失ったまま永遠の時が過ぎた。どれほど時計のない時間が流れ、週が、月が過ぎたのか、彼にはわからなかった。彼はガラスの夢を見た。ミニチュアの職人が、ガラスを吹いてイモガイの歯を作る夢を見た。それは微小な雪の針に、かぎりなく薄い魚の骨に、雪の結晶の枝羽根に似ていた。海が一枚の厚いガラス板に覆われる夢を見た。その上をスケートで滑り、サンゴ礁を見おろし、変化しつづける危険な彫刻を、広大なミニチュアの王国を眺めた。そのすべてが――サンゴのポリプのしなやかな触手、噛まれて漂うクマノミの死体――灰色で孤独で引き裂かれていた。凍てつく風が襟元から吹きこみ、筋状にちぎれた雲が怖ろしいほどの速さで流れていった。地球の表面を見わたしても、ほかに生きものはいなかった。出会うものも、見るものも、足場になる地面もなかった。

ときおり、口にチャイを注がれて目を覚ました。体がチャイを凍らせ、氷のかたまりが騒々しくぶつかりながら内臓を動いていくのを感じた。

彼がようやく温《ぬく》もりをとりもどしたのは、シーマのおかげだった。シーマは毎日やってきた。船を漕ぎ、父の邸宅から老貝類学者の小屋まで、白い太陽の下を、青緑色の海を越えて通った。抱きかかえて起こし、顔のアリを追いはらい、トーストを食べさせた。つき添って戸外に連れだし、日なたに座って一緒に過ごした。彼の震えは止まらなかった。彼の人生について、見つけた貝について、彼女の生命を救ったイモガイについてシーマはたずねた。やがて彼女は彼の手首をとって歩き、ラグーンに入った。濡れた肌に空気が触れるたびに彼は震えあがった。

老貝類学者は足の指で貝を探りながら歩いていた。刺されてから一年が過ぎていた。ツマイニは小高い岩に乗り、水平線を向いてにおいをかいだ。積雲の下を一列の鳥がぬうように飛んでいた。シーマも一緒だった。これまでも毎日のように一緒だった。彼女の肩にチャドルはなかった。いつもうしろに束ねている髪はうなじを包むように広がり、陽の光を受けて輝いた。目の見えない人と、なにも気にしない人といるのは心が安まった。

シーマは小さな槍《やり》に似た小魚の群れが水面のすぐそばでひらひら動くのを見ていた。十万の丸い瞳が彼女を見あげ、けだるそうに向きを変えた。魚たちの影が、溝のある砂地を、シダの形をしたサンゴのコロニーの上をすべるように移動した。この魚はダツ。彼女は心のなかで思った。あれはキセニアというサンゴの仲間。わたしはあの生きものたちの名前を知っている。たがいに頼って生きていることを知っている。

老貝類学者は、数メートル動くと立ちどまって体をかがめた。ホタルバイらしき貝がいて——溝と高い螺塔を持つ盲目の貝だ——覆うように手をかぶせ、二本の指で尖端に軽く触れた。しばらくすると、じっと待っていた貝はためらいがちにすきまから足を出し、砂山を越えようと体を引きずって動きだした。老貝類学者は指で追ったが、すぐに体を起こした。「美しい」彼はつぶやいた。足元では巻貝が這いつづけていた。ゆく手を探りながら、貝殻の家を引きずり、砂に体を沿わせ、まわりに渦巻く自分だけの光のない水平線に向かって進んでいった。

ハンターの妻

ハンターがモンタナ州の外に出るのは、これが初めてだった。目覚めても、数時間まえの光景にまだ圧倒されていた。ばら色に照らされた積雲を上昇したときのようす、雪に閉ざされた谷に深く埋まる点のような家と納屋。はるか下で移りかわる地上は十二月そのものだった――茶と黒の丘には白い雪の筋があり、凍結した湖は輝き、谷底には長い三つ編みを思わせる川がきらめいていた。翼の上の空は青さを深めて澄み、見つめすぎると涙がこぼれそうだった。

いま、外は暗かった。シカゴ上空で飛行機は高度を下げた。空港を目指して滑空するにつれて、電灯の銀河と広大な市街がしだいに鮮明になった――街灯、ヘッドライト、建ちならぶビル、スケートリンク、信号で曲がるトラック、倉庫の屋根に積もった雪のかけら、遠くの丘で点滅するアンテナ。やがて滑走路の青いライトが、並行して一点へ収斂《しゅうれん》するいく筋もの長い線が現われ、飛行機は着地した。

彼はターミナルに入り、並んだモニターのまえを通りすぎた。すでにある種の喪失感を覚えていた。美しい見晴らしを失ったような、楽しい夢が消えたような感じだった。シカゴに来たのは妻に会うためだ。会うのは二十年ぶりだった。妻は州立大学のお偉がたのまえで魔術を披露することになっていた。どうやら大学まで彼女の能力に関心があるらしい。

ターミナルの外はどんよりした灰色の空で、風に吹かれてせわしなく移りかわっていた。雪が近づいていた。大学から女性が迎えにきており、そのジープに乗った。彼は窓の外を見つめつづけた。

車には四十五分乗った。まずあかりの灯ったダウンタウンの高い高層ビル群を抜け、つづいて落葉したカシの並ぶ郊外を通り、除雪された雪の山と、ガソリンスタンドと、太陽熱発電所と、電話ケーブルを通りすぎた。奥さまの魔術の会にはよくいらっしゃるんですか、と女性がきいた。

いや、と彼は答えた。これが初めてです。

車は凝った造りのモダンな邸宅のまえに停まった。台形をしたふたつの車庫の上に正方形のバルコニーが斜めに張りだし、正面には大きな三角形の窓があって、つややかな柱の上に半球形のあかりが灯り、泥板岩の屋根が急角度でせりだしていた。

玄関のドアを入ると、三十ほどの名札がテーブルに並べられていた。妻はまだ来ていなかった。まだだれも来ていないようだった。彼は自分の名札を探してセーターに留めた。タキシードを着た若い女が無言で現われ、彼の上着を持って姿を消した。

ロビーはすべてみかげ石でできており、小さな斑点のちらばる表面はなめらかだった。奥には堂々たる階段があり、下のほうは幅広く、上に行くにしたがって狭まっていた。ひとりの女性が下りてきた。あと四、五段のところで足を止め、こんばんは、アン、と彼を送ってきた女性に言い、ミスター・デュマですね、と彼に言った。彼は彼女の手をとった。骨ばった青白い手は重さが感じられず、羽根をむしられた鳥を思わせた。

夫は、つまり大学総長は、いま蝶ネクタイを結んでいるところですのよ、と彼女は言い、さびしげに笑った。まるで蝶ネクタイが忌むべきものであるような笑いかただった。ロビーにつづく広々とした客間には高い窓が並び、じゅうたんが敷きつめられていた。ハンターは窓辺に行き、そっとカーテンを開けて外を見た。

かすかな光のなかで、建物の端から端までしつらえられた木製のテラスが見えた。テラスは傾斜して段になっており、幅はまちまちで、低い手すりがあった。その向こうの青い影は、生け垣に囲まれた小さな池で、まんなかに大理石で作られた小鳥の水浴び台があった。池の向こうには落葉した木が並んでいた――カシ、カエデ、骨のように白いシカモア。ヘリコプターが緑のライトを点滅させて通りすぎた。

雪になった、と彼は言った。

あら、と女主人は言った。さも関心のありそうな言いかただったが、おそらく偽りだろう。心からのものとそうでないものを見分けるのは不可能だった。車で送ってくれた女性はバーに移り、グラスをそっと両手で包んでじゅうたんを見つめていた。

彼はカーテンから手を離した。総長が階段を下りてきた。ほかの客もそわそわと集まりだしていた。グレーのコーデュロイを着て〈ブルース・メイプルズ〉という名札をつけた男が近づいてきた。デュマさん、奥さんはまだですか、と彼は言った。

お知りあいですか、とハンターはきいた。いえいえ、とメイプルズは首を横に振った。違います。彼は足を広げて腰を回した。まるで徒競走にそなえて準備体操をしているようだった。でも、奥さんのことは読んで知ってます。

ハンターは、並はずれてやせた背の高い男が玄関から入ってくるのを見ていた。あごの下と目の下のくぼみのせいで、古びた骸骨のように見えた――まるでやせ衰えた別世界からやってきたようだった。総長はやせた男を出迎え、しばし抱きしめた。

あれはオブライエン学長ですよ、とメイプルズが言った。なんというか、この手のことを研究する人間のあいだでは有名な人物です。お気の毒ですよね、今回のご家族のことを思うと。メイプルズはドリンクの氷をストローでつついた。

ハンターはうなずいた。なんと言えばいいのかわからなかった。来るべきではなかったと初めて思った。

奥さんの本はお読みになりましたか、とメイプルズはたずねた。

ハンターはうなずいた。

奥さんの詩では、ご主人はハンターだとか。

ハンターのガイドです。彼は窓の外に目をやった。雪が生け垣に積もりはじめていた。

悩んだこと、あります?

なにを?

動物を殺すことですよ。つまりその、生活のために。

ハンターは雪片が窓に触れて消えるのを見つめた。人は狩猟をそんなふうに思っているのだろうか。動物を殺すことだ、と。彼は指でガラスに触れた。いいえ、と彼は言った。悩んだことはありません。

ハンターが妻に出会ったのは、モンタナ州グレートフォールズで、一九七二年の冬のことだった。その年、冬はあっというまに、いちどきに訪れた――やってくるのが目に見えるようだった。北に二枚の白いカーテンが現われ、はるか上空まで白く覆い、この世の終わりのように南へ突き進んだ。行く手には風が吹き荒れた。疾走するオオカミのような、堤防の割れ目から噴きだす洪水のような風だった。家畜はわめきながら囲いに沿って走りまわった。木は倒れた。納屋の屋根は道に転がった。川は向きを変えた。風は叫ぶツグミを谷に叩きつけ、木のとげにグロテスクに突き刺した。

彼女は奇術師の助手で、美しく、十六歳で、身寄りがなかった。目新しい話ではない。派手な赤いドレス、長い足、セントラル・キリスト教会の集会室に来た巡回マジックショウ。ハンターは食料品を抱えて歩いていた。そのとき、向かい風に行く手をはばまれ、教会の裏の小道に押しこまれた。あんな風は初めてだった。まるで身動きがとれなかった。顔は低い窓に押しつけられ、なかでやっているマジックショウが見えた。奇術師は小男で、薄汚れた青いマントをはおっていた。その上には〈ザ・グレート・ベスプッチ〉と書かれた横断幕がだらしなく下がっていた。だが、ハンターは娘だけを見つめていた。娘は気品があり、若く、笑顔だった。風はレスラーのように彼を窓に押しつけて放さなかった。

奇術師は娘をベニヤ製の棺桶《かんおけ》に入れ、留め金をかけた。棺桶には赤と青の稲妻が描かれ、毒々しく塗られていた。片方の端から娘の首と頭が突きだし、もう片端からは足首から先が突きだしていた。娘はほほえんだ。鍵のかかった棺桶に入れられた人間とは思えない、晴れやかな笑顔だった。奇術師は電気ノコギリのスイッチを入れ、派手な音をたてながら箱の中央を切断し、娘をまっぷたつにした。つづいて台を動かし、娘をばらばらにした。足は一方に運ばれ、胴体はもう一方に運ばれた。頭はうしろに垂れ、ほほえみは消え、目は白目をむいた。照明が暗くなった。子どもが悲鳴をあげた。足の指を動かしてみよ、と奇術師が魔法の杖を振ると、娘の足の指が動いた。切断された足の指が派手なハイヒールのなかで動いた。観客は甲高い歓声をあげた。

ハンターは娘の薄桃色の上品な顔だちを、垂れた髪を、ぐっと反《そ》らせたのどを見つめた。娘の目にスポットライトが光った。こちらを見ているのだろうか。窓に押しつけた顔が見えただろうか。風に首筋を押さえられ、食料品が――タマネギと小麦粉の袋が――足元に転がっているのが見えただろうか。娘の口がかすかに動いた。あれはほほえみだろうか、あいさつのしるしだろうか。

彼女に感じた美しさは、これまでなににも感じたことのない美しさだった。雪が襟に吹きこみ、ブーツのまわりに吹きだまった。風はおさまったが、雪は激しく降りしきり、ハンターは窓に釘づけになったままだった。やがて奇術師が切断した箱を合わせ、留め金をはずし、魔法の杖を振ると、娘はもとどおりになった。箱から出て台を下り、深いスリットの入った派手なドレスで、ひざをかがめてお辞儀した。彼女はにこやかにほほえんだ。まるでキリストの復活そのもののような笑みだった。

そのとき、一本のマツが吹雪にもまれて役場のまえに倒れ、電気がとだえて街灯がひとつずつ消えてゆき、まもなく町じゅうのあかりが消えた。娘が動くまえに、案内係が懐中電灯で観客を誘導するまえに、ハンターは集会室にそっと入り、娘を呼びながら舞台に向かった。

彼は三十歳、娘の倍の歳だった。娘は彼にほほえみかけ、非常口の赤い光のなかで壇上から身をのりだし、首を横に振った。ショウはおしまい、と彼女は言った。猛吹雪のなか、彼はトラックで奇術師のバンを追い、つぎのショウに行った。ビュートで行なわれた図書館の資金集めのショウだった。翌晩は彼女を追ってミズーラに行った。ショウが終わるたびに舞台に駆けよった。せめて夕飯を一緒に食べてくれ、と彼は懇願した。せめて名前を教えてほしい。獲物を狙うようにねばり強く追った。ボーズマンで娘は折れた。平凡な名前だった。メアリ・ロバーツといった。ふたりはホテルのレストランでルバーブパイを食べた。

どうやるか知ってるよ、と彼は言った。ノコギリで切る箱の足はにせものだろ。ほんものの足は胸に抱きかかえて、糸を使ってにせものを動かすんだ。

娘は笑った。それがあなたの仕事なの？　女の子を追って四つも町をまわって、手品はいんちきだって言うことが？

いいや、おれの仕事は狩りだ。

狩りが仕事。じゃあ、狩りをしていないときは？

狩りの夢を見る。彼女はまた笑った。おかしいか、と彼は言った。

いいえ、と彼女はほほえんだ。おかしくなんかないわ。わたしにとって魔術がそうだもの。わたし、魔術の夢を見るの。いつでも夢に見てる。眠ってないときでも。

彼は皿を見つめた。心がわきたった。言うべき言葉を探した。ふたりは食べた。でも、もっと大きな夢も見るの、とあとで彼女は言った。パイをふた切れ、スプーンでていねいに食べたあとで言った。彼女の声は静かで真剣だった。わたしのなかには魔法がある。一生ずっと、トニー・ベスプッチにノコギリで切られつづけるつもりはないわ。

そりゃそうだろう。

あなたなら信じてくれると思った。

ところが翌冬、ふたたび彼女はベスプッチに連れられてグレートフォールズを訪れ、同じベニヤ製の棺桶でノコギリでまっぷたつにされた。その翌冬も。どちらの年も、ショウが終わるとハンターは彼女をビタールート・ダイナーに連れてゆき、パイをふた切れ食べるのを見守った。彼は見ているのが好きだった。飲みこむのどの動き、くちびるからスプーンがきれいにすべり出るようす、髪が耳にかかるかげん。

彼女は十八歳になった。パイを食べたあと、彼女は彼の車に乗り、彼の小屋に向かった。グレートフォールズからミズーリ川を六十五キロさかのぼり、スミス川渓谷を下って東に進んだ。彼女の荷物は小さなビニールのハンドバッグだけだった。除雪されていない道に入ると、トラックはスリップしてハンドルをとられ、深い雪のなかで後部が左右に揺れた。どこに連れていかれるのか、彼女は怖がることも、不安がることもなかった。トラックが吹きだまりに沈むかもしれないとか、けばけばしいステージ衣装にピーコートをはおっただけでは凍え死ぬかもしれないと心配するようすはなかった。吐く息が彼女の顔のまえに白い羽根のように広がった。気温は零下三十度。まもなく道は雪に覆われ、春まで通行できなくなるだろう。

小屋はひと部屋しかなく、壁には毛皮や古いライフルが掛けてあった。彼は地下貯蔵庫のかんぬきをはずし、冬の蓄えを見せた。薫製にした百匹のマスがあった。フックには皮をはいだキジと四つ割りにしたシカが凍ってぶら下がっていた。おれふたり分はたっぷりある、と彼は言った。彼女は暖炉の上の本を見た。ライチョウの行動に関する論文、高地の猟鳥の専門誌、『クマ』とだけ記された大部の本。疲れたかい、と彼はたずねた。なにか見てみたいかい。彼はつなぎの防寒着を彼女に渡し、ブーツに革のかんじきをはかせて、ハイイログマの音を聞きにいった。

多少ぎこちなかったが、彼女はかんじきで歩くのが下手ではなかった。耐えがたいほどの寒さのなか、ふたりは風で波打った雪を踏みしめて歩いた。足元で雪がきしんだ。毎冬、そのクマは同じスギのうろで冬眠した。てっぺんが嵐で折れたスギだった。その黒い巨木は三つ叉に分かれ、星あかりで見ると地面から突きだした骸骨の手のように見えた。地底から懸命に這いだそうとする悪鬼のようだった。

ふたりはひざをついた。頭上には星がナイフの先端のように硬く白く輝いていた。ここに耳をあててごらん、と彼はささやいた。彼の言葉を運んだ息は凍って結晶し、どこかに飛んでいった。

言葉そのものが形になり、力尽きて消えたようだった。ふたりは幹に開いたキツツキの穴に耳をあて、向かいあって耳を澄ませた。一分後、彼女は聞いた。眠たいため息のような、まどろむ長い吐息のような音に耳をそばだてた。彼女は目を見開いた。たっぷり一分が過ぎた。もう一度聞こえた。

姿が見えるよ、と彼はささやいた。だが、絶対に音をたててはいけない。ハイイログマの冬眠は浅い。巣穴の外で小枝を踏んだだけで目覚めてしまうこともある。

彼は雪を掘りはじめた。彼女は一歩下がり、口を開け、目を見開いていた。彼は腰をかがめ、足のあいだから雪をかきだした。一メートルほど掘ると、木の根元の大きな穴を覆うなめらかな氷の層にぶつかった。彼は板状の氷をそっとはずし、わきに置いた。開いた穴は暗く、暗黒の洞窟か地獄につづく穴をぶち抜いたようだった。彼女は穴から漂うクマのにおいを感じた。濡れた犬のような、野生のキノコのようなにおいだった。ハンターは木の葉をほんの少しとりのぞいた。その下には毛むくじゃらのわき腹が、茶色い毛のかたまりがあった。

あおむけに寝ている、とハンターはささやいた。ここが腹だ。前足はきっとこのへんにある。彼は幹の上のほうを指さした。

彼女は片手で彼の肩につかまり、巣穴の上の雪にひざをついた。目を大きく見開き、まばたきひとつしなかった。口は開いたままだった。その肩の上で、銀河からわかれた星がひとつ、空に溶けていった。さわりたい、と彼女は言った。森のなかで、裸のヒマラヤスギの下で、彼女の声は大きく場違いに響いた。

しーっ、彼はささやき、だめだと言うように首を横に振った。声が大きいよ。

ちょっとだけ。

だめだ、彼は小声でたしなめた。どうかしてる。彼は彼女の腕を強く引いた。彼女は反対の手の手袋を嚙んではずし、手を下に伸ばした。彼はもう一度引っぱったが、足が滑り、尻もちをついた。手は空っぽの手袋を握りしめていた。恐怖に震える彼の目のまえで、彼女は穴をのぞき、両手の指を大きく広げてクマの胸の分厚い粗毛に触れた。つづいて雪のくぼみから水を飲もうとするかのように顔を下げ、くちびるをクマの胸に押しあてた。彼女の頭はすっぽり木のうろに隠れた。クマの毛のやわらかい銀色の先端がほほをなでるのを感じた。鼻のすぐ下で巨大なあばら骨がかすかに動いた。肺がふくれ、空になるのが聞こえた。血が血管をゆっくり流れるのが聞こえた。

なんの夢を見ているか知りたい？　と彼女は言った。彼女の声は木の上方に反響し、先が折れた中空の枝の端から降りそそいだ。ハンターは上着からナイフを出した。夏よ、彼女の声がこだました。黒イチゴ。マス。川の小石にわき腹をこすりつけてるわ。


できることなら、とあとで彼女は言った。小屋に戻り、彼は火をおこしていた。あのクマの隣にもぐりこみたかったな。腕のなかに入って、耳をつかんで、目にキスしたかった。

ハンターは火を見つめた。炎は激しく揺れ、どの薪も燃えさかる橋のようだった。三年のあいだ、これを待っていた。三年のあいだ、炉辺にこの娘を迎えるのを夢見ていた。だが迎えてみると、なぜか想像とは違っていた。狩りのようなものだろうと思っていた——泥浴び場のそばでライフルを荷物の上に構えて何時間も待つような、オスのエルクの巨大な枝角のある頭が空を背にたち現われるのを、オスの背後に控える群れ全体が息を吸い、ちらばるように丘を下る音が聞こえるのを待つようなものだろうと思っていた。チャンスが来たら銃を撃ち、動物を追いつめてしとめる。それで予測不能なことはすべて終わる。だが、これは違った。彼に選ぶ自由はなく、撃つ弾も、撃たずにおく弾も彼の思いどおりにはならなかった。三年まえの若さのまま、いまもセントラル・キリスト教会の外に足止めされて、風か、なにかほかのもっと大きな力で低い窓に押しつけられているような気がした。

一緒にいてくれるかい、彼はささやいた。彼女に向かって、火に向かって。一緒に冬を過ごしてくれないか。

ブルース・メイプルズは、彼の隣に立ってドリンクの氷をストローでつついていた。

わたしは体育なんです。ここの体育学部の学部長でしてね。

さっき聞きました。

そうでしたか、覚えてないなあ。むかし陸上のコーチをしてましてね。ハードル競技の。

ハードル、ハンターはおうむ返しに言った。

ええ、そうなんです。

ハンターは相手を観察した。ブルース・メイプルズはここでなにをしているのだろう？　どんな奇妙な好奇心と恐怖心に動かされてここに来たのだろう。いま玄関で列になっている人たち、黒いスーツや黒いドレスに身を包んだ人たちは、なにを思ってここに来たのだろう。彼は、やせた悲しげな男、オブライエン学長を客間の隅から見つめた。数分おきに二、三人の客が彼のそばに来て、その手をとって自分たちの手で包んだ。

知ってるかもしれませんが、とハンターはメイプルズに言った。オオカミはハードル選手なんです。オオカミを追跡すると、ときどき思わぬ障害に出くわして、そこで足跡がとだえていることがありましてね。まるで群れ全体が一本の木にとびこんで姿を消してしまったみたいに。そのうちまた足跡は見つかるんですが、十メートル以上離れてるんですよ。かつては魔法だと考えられていました――空飛ぶオオカミだってね。ですがオオカミはジャンプしただけなんです。いっせいに大きく跳ぶんですよ。

ブルースは部屋を見まわしていた。へえ、そりゃ知らなかったな、と彼は言った。

彼女は残った。初めて愛を交わしたとき、あまりに大声で叫ぶので、コヨーテたちは屋根に上り、煙突の穴をのぞきこんで吠えた。彼は汗まみれになって転がり、彼女から離れた。コヨーテは、庭ではしゃぐ子どものように、咳きこむようなのどの奥を鳴らすような音をひと晩じゅう出しつづけ、彼は悪い夢を見た。ゆうべ、夢を三つ見たでしょう、どの夢もオオカミになる夢だった、と彼女はささやいた。飢えて気が荒くなって、月あかりのなかを駆けていたわ。

ほんとうにそんな夢を見たのだろうか？ 彼は覚えていなかった。おそらく寝言を言ったのだろう。

十二月、気温は零下二十五度を上回ることがなかった。川は凍結した――彼も初めて見る光景だった。クリスマスイブ、彼はヘレナまで車を走らせ、彼女のためにフィギュアスケートの靴を買った。翌朝、ふたりは頭のてっぺんからつま先まで毛皮にくるまり、川にスケートに出かけた。彼女は彼の腰につかまり、青い夜明けをなめらかに滑った。凍った渦や浅瀬をどこまでもさかのぼった。頭上には葉の落ちたハンノキとヒロハコヤナギがそびえ、雪の上に出ているのは裸のヤナギの先端だけだった。ふたりの行く手には広々とした白い川がつづき、その先は暗闇に消えていた。一羽のフクロウが枝で体を丸め、大きな目でふたりを見ていた。メリークリスマス、フクロウさん！　彼女は冷たい空気に声をはりあげた。フクロウは大きな羽を広げ、枝から落ちるように飛びたち、森に消えた。

風に吹きさらされた曲がり目に、死んだサギがいた。足首から先が川に凍りついていた。くちばしでたたき割って逃れようと、まず足をとらえて放さない墓のような氷をつつき、つづいてうろこ状の皮膚に覆われた自分の細い足をつついた跡があった。ついに死が訪れたとき、サギは直立したまま翼をたたみ、最期の叫びをふり絞るかのようにくちばしを開き、足は二本のアシのように深く氷に埋まった。

彼女は鳥のまえにひざまずいた。鳥の目は凍って曇っていた。死んでるよ、とハンターはそっと声をかけた。さあ行こう、あんたも凍えちまう。

いや、と彼女は言った。手袋を脱ぎ、サギのくちばしを握って閉じた。そのとたん、彼女の両眼がぐるりと裏返った。わぁ、と彼女は低くつぶやいた。この鳥のこと、感じるわ。数分のあいだ、彼女は動かなかった。彼女を見おろすように立ったハンターは、足を上ってくる冷気に震えながら、なにか怖れを感じて、鳥のまえにひざまずく彼女に触れられずにいた。彼女の手は血の気を失い、風に吹かれて青黒くなった。

やがて彼女は立ちあがった。埋めてあげなきゃ、と彼女は言った。彼はスケートの刃でたたき切って鳥を氷から離し、雪の吹きだまりに埋めた。

その晩、彼女は体を硬くして横たわったまま、眠ろうとしなかった。ただの鳥じゃないか、と彼は言った。彼女を悩ませているよくわからないなにかに、彼自身も悩まされていた。死んだ鳥にはなにもしてやれないよ。埋めてやったのはいいことだが、明日になればなにかが見つけて掘りだすさ。

彼女は彼のほうを向いた。目は大きく見開かれていた。彼は彼女がクマに両手で触れたときの目を思いだした。あのメスのサギにさわったとき、どこに行ったか見えたの。

なんだって？

あの子が死んで、どこに行ったか見えたの。ほかのサギと一緒に湖畔にいたわ。百羽のサギがみんな同じほうを向いて、石のあいだを歩いていた。夜明けで、サギたちは向こう岸の木立の上に日が昇るのを見ていた。まるで自分がそこにいるみたいに、はっきり見えたの。

彼はあおむけになり、影が天井を動くのを眺めた。冬にやられたんだな、と彼は言った。翌朝、彼女を毎日かならず外に連れだそうと心に誓った。それはむかしから信じていることだった。冬のあいだは毎日外出しないと、心がおかしな方向に行ってしまう。冬になるたびに、新聞にはその手の話がたくさん載った。農場主の妻が雪に降りこめられて精神を病み、肉切り包丁や錐《きり》で夫を殺してしまうのだった。

翌晩、車で北に向かい、カナダとの国境の町、スウィートグラスに行って、オーロラを見せた。すみれ色、琥珀《こはく》色、薄緑色の巨大な幕が遠くから立ちのぼった。ハヤブサの頭のような形が、スカーフのような、翼のような形が山々の上で波打った。ふたりはトラックの運転台に座り、ひざにはヒーターの温風が吹きつけていた。オーロラの向こうには天の川が燃えていた。

あっ、タカ！　彼女が歓声をあげた。

オーロラは地球の磁場の関係で発生するんだ、と彼は説明した。はるか太陽からの風が地球をかすめて吹き、帯電した粒子をかきまわす。それがいま見えているんだよ。黄緑は酸素。下のほうの赤と紫は窒素。

違うわ。彼女は首を横に振った。赤いのはタカ。ほら、くちばしが見える。翼が見えるわ。

冬が小屋に襲いかかった。彼は毎日彼女を連れだした。千匹のテントウムシがオレンジ色の球になって川岸のくぼみにぶらさがっているのを見せた。つがいのカエルが凍った泥に埋まり、春まで血液を結晶させて冬眠しているのを見せた。集まって丸くなったミツバチを巣からひきはがした。ハチたちはゆっくり羽を鳴らし、突然外気にさらされて驚き、一匹一匹が温もりを求めて小刻みに震えた。ミツバチのかたまりを彼女の手にのせると、彼女は気を失い、目がぐるりと裏返った。彼女はその場に横たわり、ハチたちの夢を一度に見た。たくさんの働きバチの冬の夢想は、ひとつひとつが荒々しいまでに鮮やかだった。野バラの茂みにつづく、とげのすきまの輝く道、百の巣に整然とあふれる蜜。

みずからの力を、彼女は日々学んでいった。血のなかにこれまでにない鋭い感性がわきあがるのを感じた。まるで遠いむかしにまかれた種が、いま芽吹きつつあるようだった。動物が大きければ大きいほど、強い力で彼女を揺さぶった。死んだばかりの動物は夢想の宝庫で、長いつなぎ縄を一本ずつたち切るように、ゆるやかに衰えゆく力でひとつひとつ解きはなった。彼女は手袋を脱ぎ、触れられるものにすべて触れた。コウモリ、サンショウウオ、巣からころげ落ちたまだ暖かいコウカンチョウのひな。岩の下で十匹のガーターヘビがとぐろを巻いて冬眠していた。まぶたは固く閉じ、舌は動かなかった。凍った昆虫に、眠る両生類に、死んだなにかに触れるたびに、彼女の眼球はぐるりと裏返り、動物たちの夢想と天国が彼女の体を震わせて伝わった。

こうして最初の冬が過ぎた。彼が小屋の窓から外を見ると、オオカミが川を渡った跡があり、フクロウは木から獲物を狙い、二メートルの雪はキルトのようにいまにもはねのけられそうだった。彼女は根の下の穴にこもる動物たちを見つけた。動物たちが長い夜明けにあらがうように見る夢は、オーロラのように波打ちながら空に昇っていった。

愛をとげのように心に刺したまま、彼は春のぬかるみの訪れとともに彼女と結婚した。

ハンターの妻がついに到着すると、ブルース・メイプルズは息をのんだ。玄関に入ってきた彼女は、ホースショウの馬を思わせた。目を伏せたようすは控えめだが、足どりは自信に満ちていた。先細のヒールを一歩一歩踏みおろし、みかげ石に打ちつけた。ハンターが妻を見るのは二十年ぶりだった。すっかり変わっていた——洗練され、野性味が減り、そのせいでなぜか、悪くなったように彼には感じられた。目のまわりにはしわが刻まれ、まわりのものを避けるように動いた。まるで玄関のテーブルやクロゼットの扉が突然とびかかってきて、襟をつかまれるのではないかと怖れているようだった。装身具はいっさい、結婚指輪もしておらず、ただシンプルな黒いダブルのスーツに身をつつんでいた。

彼女はテーブルにあった名札を見つけると襟に留めた。応接室にいた人々はみな彼女を見つめ、また目をそらせた。ハンターは気づいた。今夜の主賓はオブライエン学長ではなく、彼女なのだ。ここにいる人々は、いわば彼女に求愛していた。これが彼らの、総長のやりかただった——無言のバーテンダー、タキシードを着たコート係の娘、氷が浮かぶ大ぶりなドリンク。彼女にはパイを食べさせろ、とハンターは思った。ルバーブパイを。眠っているハイイログマを見せてやれ。

ディナーは幅の狭い、細長いテーブルで供された。背もたれの高い椅子が十五ほど両側に並び、両端にひとつずつ置かれた。ハンターの席は妻から何人か離れていた。ようやく彼女が彼を見た。だれだかわかると表情がなごみ、また目をそらせた。彼は歳とって見えたことだろう——これまでもずっと歳とって感じられたはずだ。彼女がふたたび彼を見ることはなかった。

糊のきいた白い服を着た給仕係が、オニオンスープとクルマエビとポーチトサーモンを運んできた。ハンターのまわりでは客たちがささやくような声で彼の知らない人々の話をしていた。彼は窓の外に目をやり、その向こうの吹雪を見つめつづけた。

川の氷が解け、巨大な皿状の氷塊をミズーリ川に押しだした。水の流れる音が、解放の、やわらぎの音が、開いた窓から軽やかな渦のように小屋に流れこんだ。ハンターはあのなつかしいうずきを、魂の鼓動を感じた。広々とした桃色の夜明けとともに起床し、フライロッドを手に川に急いだ。すでに茶色く冷たい水面にはマスが浮かび、春一番の虫を食べていた。まもなく小屋の電話が客からの連絡で鳴りだし、狩猟ガイドの季節が始まった。

ときにはクーガーをしとめたがる客や、猟犬を連れて鳥を追いたがる客もいたが、晩春と夏はマス釣りの季節だった。彼は毎朝夜明けまえに小屋を出て、コーヒーを詰めた魔法瓶を車に積み、この一帯に生息するカットスロートを好む、弁護士や妻と別れた男や政治家を迎えにいった。客を家に送ると急いで引きかえし、つぎの釣りのためにマスを探した。マス探しは日が暮れるまで、ときには暗くなってもつづき、岸辺のヤナギの茂みにひざをついて魚が水面に現われるまで待った。魚のはらわたのにおいをさせて小屋に戻ると、彼女を起こして熱っぽく話した。カットスロートが五メートルもある滝を上った話、ニジマスが沈んだ木の下から頑として動かなかった話。

六月には、彼女は退屈して孤独を感じるようになった。森を歩いたが、遠くへは行かなかった。夏の森は濃密でせわしなく、静かな墓場のような冬の森とはまったく違った。夏は六メートル先が見えなかった。長く眠る生きものはいなかった。ありとあらゆるものがさなぎから羽化し、羽を動かし、うなり、繁殖し、子をはらみ、重さを増した。クマの子は川で水をはね散らした。ヒナは虫を欲しがって甲高く鳴いた。彼女は冬の静けさが恋しかった。長いまどろみ、むきだしの空、オスのエルクが枝角を木に打ちつける骨と骨のぶつかるような音。八月、彼女は川に行って夫が客と一緒にフライフィッシングするのを見た。夫の釣りざおから、水に投げかける呪文のようにループが飛んだ。彼は手ににおいが残らないように川のなかではらわたを出す方法を彼女に教えた。彼女は魚の腹を割《さ》き、はらわたが流れのなかでほどけていくのを眺めた。マスの最期の恍惚とした夢想が、ゆっくりと彼女の手首を上り、川へ流れでた。

九月、大型獣を狙うハンターが来た。客ごとに求める獲物は異なった。エルク、アンテロープ、オスのムース、メスのシカ。ハイイログマを見たがり、クズリの跡を追いたがり、ときにはカナダヅルを撃ちたがることさえあった。書斎用に縦横二メートルの立派なオスのムースの頭を欲しがった。彼は数日おきに血のにおいをさせて小屋に戻り、ばかな客の話をした。太りすぎで息が切れて座りこみ、射撃ポイントの丘の上まで登れなかったテキサス人の話。クロクマの写真が撮れればいいと言っていたのに、二頭の子グマと母グマを見たとたん、ブーツからピストルをとりだして乱射した血に飢えたニューヨーカーの話。夜、彼女はハンターのカバーオールについた血を洗った。川の水のなかで、血のしみが錆色《さびいろ》から赤になり、ばら色に変わるのを眺めた。

彼は週に七日、朝から晩まで狩りに出て、家に戻っても、ソーセージを焼くかロースト肉を切り、ライフルを掃除し、肉を入れる容器を洗い、電話に出ると、すぐに出ていった。彼女は彼の行動をほとんど理解できなかった。ただ、彼が渓谷を愛していること、そこに行ってワタリガラスやカワセミやサギを、コヨーテやオオヤマネコを見なければならないこと、それ以外のほとんどすべての生きものを狩らなければならないことだけはわかった。あっちの世界には秩序というものがない、とあるとき彼は、南にある町、グレートフォールズのほうを漠然と手で指して言った。だが、ここにはある。ここならあそこで見たことのないものが、たいていの人には見えないものが、おれには見える。さほど想像力を働かせなくても、五十年後の彼の姿が彼女には見えた。同じようにブーツのひもを結び、同じようにライフルを抱え、外には広い世界があるのに、この渓谷しか見ることなく幸せに死んでゆくだろう。

彼女は眠るようになった。長い午睡をとり、三時間以上眠りつづけた。眠りは技術のひとつであることを彼女は学んだ。のこぎりでまっぷたつに切られてもとどおりになったり、死んだコマドリの夢想を読みとったりするのと同じように、ひとつの技術だった。暑さにも音にもわずらわされず眠る方法を学んだ。虫が網戸にぶつかり、スズメバチが煙突に飛びこみ、南向きの窓から太陽が熱くぎらぎら射しこんでも、彼女は眠りつづけた。秋のあいだ毎晩、彼が腕に血のしみをつけ、疲れきって戻っても、彼女は何時間も眠ったままだった。外ではすでに風がヒロハコヤナギの葉を散らせはじめていた——早いな、と彼は思った。彼は横になり、眠っている彼女の手をとった。ふたりとも自分ではどうすることもできない力に捕らわれて生きていた——十一月の風、地球の自転。

その冬は、彼の記憶にあるかぎり最悪の冬だった。十一月末の感謝祭を境に雪で渓谷に閉じこめられ、トラックは二メートルの吹きだまりに埋まった。十二月には電話線が切れ、四月までそのままだった。一月はロッキー山脈から吹きおろす暖かく乾燥した風で始まり、つづいて猛烈な寒波が襲った。翌朝、雪は厚さ八センチのクラストに覆われた。南の牧場では家畜がクラストを踏みぬき、逃れようともがいて血を流して死んだ。シカは小さなひづめで踏みぬいてもぐり、その下の深い雪で窒息した。どの丘にも血の跡が血管のように広がった。

朝になると、地下貯蔵庫の扉のまわりの雪にコヨーテの跡があった。冬を越すための食料をコヨーテから守る厚さ五センチの堅材の扉は、床板の下に凍りついてぶら下がっているだけになっていた。彼はオーブンの天板を打ちつけて、木材と蝶番《ちょうつがい》を覆って補強した。つめが金属をひっかく音で二度目覚め、外にとびだしてコヨーテを追いはらった。

どこを見ても、雪の吹きだまりに沈んでぶざまに死にかけている動物がいた。エルクはひっくり返り、やせ衰えたメスのシカは酔っぱらった骸骨のように氷を踏みぬいていた。ラジオでは南の牧場で家畜に大きな被害が出たと報じていた。毎夜、彼はオオカミの夢を見た。オオカミと一緒に走り、柵《さく》をとびこえ、雪に覆われて湯気をたてる家畜の体に食いついた。

まだ雪はつづいた。二月、小屋の下にもぐりこんだコヨーテの音で三度目覚め、三度目はただ怒鳴るだけでは追いはらえなかった。彼は弓とナイフを手にとり、裸足のまま雪のなかに飛びだした。足の感覚はたちまち失われた。コヨーテは今度は扉の下にもぐりこみ、土台の下の凍った地面にかじりついて掘っていた。彼は扉のかんぬきの残骸をはずし、開けはなった。

一頭のコヨーテがのどを詰まらせて咳きこんだ。ほかのコヨーテは息を弾ませてうろついた。おそらく十頭はいただろう。彼の手元にあるのはエルク用の矢だけだった。アルミニウムの軸に扁平な矢じりがついている。暗い通路にしゃがみ——コヨーテの唯一の退路だ——弓をいっぱいに引き、矢をつがえた。頭上で妻が床板を静かに踏む音が聞こえた。一頭のコヨーテが咳きこんだ。彼は暗闇に向かって一本ずつ着実に矢を放ちはじめた。何頭かは地下貯蔵庫の奥の土台のブロックにかじりつき、残りは肉をむさぼっていた。彼は十二本の矢をすべて使った。射抜かれたコヨーテの金切り声が響いた。何頭かが彼に突進してきた。彼はナイフを激しくうち下ろした。歯が腕の骨まで食いこみ、ほほに熱い息がかかるのを感じた。彼はナイフをコヨーテの肋骨に、尾に、頭蓋骨に向かってうち下ろした。彼の筋肉は悲鳴をあげた。コヨーテは逆上していた。彼の手首とふとももから血が噴きだした。

彼女は上で聞いていた。傷ついたコヨーテのこの世のものとは思えぬ叫びと、戦う彼のうめきとのろいの言葉が床板をとおして伝わってきた。まるで地獄からトンネルが延々と掘られ、この家の下に口を開けたかのような音だった。いま噴きだしているのは、かの地から届きうる最悪の惨劇だった。彼女は暖炉のまえにひざをつき、床を抜けて空へ向かうコヨーテの魂を感じた。

彼は血みどろで空腹で、ふとももをひどく嚙まれていたが、丸一日かけて雪に埋まったトラックを掘りだした。食料を手に入れなければふたりとも餓死してしまう。彼は気力をふりしぼってトラックのことを考えつづけた。雪から引っぱりだした平らな岩と樹皮をタイヤの下に差しこみ、トラックの荷台から山のような雪をとりのぞいた。暗くなってようやくエンジンがかかり、風に吹きさらされてクラストになった雪の上にトラックを出すことができた。つかのま、すばらしい瞬間が訪れた。トラックは凍ったクラストの上を左右に揺れながら走り、窓から星の光が流れこみ、タイヤは軽やかに回転し、エンジンはここちよい音をたて、ヘッドライトの先には道路らしきものがつづいていた。そのとき突然、トラックは轟音とともに沈んだ。ふたたび彼は、のろのろと、痛む体にむち打って、トラックを掘りだす作業にとりかかった。

状況は絶望的だった。トラックを掘りだしても、数キロ走るとまた沈んだ。雪の表面にトラックの重さを支えられるだけの氷が張っている箇所はほとんどなかった。二十時間にわたって、三メートルの吹きだまりに落ちてはエンジンをふかして引きあげる作業がくりかえされた。さらに三回、トラックは氷を破り、窓まで雪に埋まった。ついに彼はトラックを捨てた。小屋からは十五キロ、町からは五十キロ離れていた。

折れた大枝でくすぶる弱いたき火をおこし、その横で眠ろうとしたが、眠れなかった。たき火の熱で雪が解け、細い筋になってゆっくり流れてきたが、彼に届くまえに凍りついた。頭上の星座できらめく星が、これほど遠く冷たく感じられたことはなかった。完全に眠っているのでも完全に目覚めているのでもない状態で、彼はオオカミがたき火のまわりを軽やかに駆けるのを見た。光の届く範囲のすぐ外を、やせたオオカミがよだれを垂らして駆けていた。煙のなかを一羽のワタリガラスが舞いおり、地面を跳ねて彼に近づいてきた。体を暖めなければ死ぬかもしれない、と初めて彼は思った。なんとかひざをついて体を起こし、小屋に向かって這いはじめた。まわりにオオカミの気配を感じた。オオカミの体についた血がにおい、足のつめが氷をひっかく音が聞こえた。

ひと晩じゅう、そして翌日も彼は移動しつづけた。強ばる体を無理やり動かし、たまに二本の足で歩き、たいていはひじとひざをついて這った。ときに自分はオオカミだと思い、ときにもう死んでいるのだと思った。ようやく小屋にたどり着くと、ポーチのまわりに足跡はなく、彼女が外に出た形跡はなかった。地下貯蔵庫の扉はだらりと開いたままで、羽目板と扉枠の破片がちらばっていた。まるでどこかの傷ついた悪魔が、かぎづめのある手で小屋の土台から這いだし、夜の闇に走り去ったあとのようだった。

彼女は床にひざまずいていた。髪は氷に覆われ、低体温による麻痺状態のように意識を失っていた。彼はわずかに残った力をふりしぼり、火をおこして一杯の湯を彼女ののどに流しこんだ。眠りに落ちるとき、遠くから見るように自分の姿が見えた。彼は泣きながら、凍りかけた妻を抱きしめていた。

戸棚には小麦粉と凍ったクランベリーひと瓶と数枚のクラッカーしかなかった。外に出ても、手に入るのは薪だけだった。彼女はようやく口をきけるようになったが、その声は静かで遠かった。驚くほどすごいものを夢で見たわ、と彼女は小さな声で言った。コヨーテが死んだあとに行く場所を見たの。クモが行くところも、ガンが行くところも知ってる……。

雪は休みなく降りつづいた。もしや世界じゅうが氷河期かなにかに突入したのではないかと彼は思った。夜は延々とつづき、昼はひと息で通りすぎた。じきに地球全体が白くのっぺりした球体になり、宇宙を猛スピードで進んで行方不明になるだろう。立ちあがるたびに視界に色とりどりの筋が浮かび、鈍い吐き気を催した。

小屋の屋根から下がったつららはポーチに達し、ドアは氷の柱で閉ざされた。外に出るには、おのでたたき切って進まなければならなかった。彼はランタンを持って魚を捕りにいった。川面の氷まで雪を掘り、手動ドリルで穴を開け、震えながら水で練った小麦粉をつけた釣り針を垂らして揺すった。ときにはマスが手に入った。川から小屋までかんじきで歩いて戻るわずかなあいだに、マスは固く凍りついた。そうでなければリスかノウサギを食べ、餓死したシカを食べたことも一度あった。彼はシカの骨を砕いてゆで、最後には碾《ひ》いて粉にした。ときにはひとつかみかふたつかみの野バラの実でしのぐこともあった。三月の最悪の時期には、ガマの塊茎《かいけい》を掘りだし、皮をむいて蒸した。

彼女はほとんど食物を口にせず、日に十八時間か二十時間眠った。目覚めるとノートになにか書きつけ、ふたたび眠りに落ち、生命の糧であるかのように毛布を握りしめた。力は弱さの中心に隠れていること、果てしなく深い穴の底に押しこまれていることを彼女は学びつつあった。胃を空にして静かに体を休め、日々の欲求と無縁でいるいま、重要な発見をしつつあるのを感じた。彼女はまだ十九歳で、彼と結婚してから十キロ近く体重が減っていた。裸になると、あばら骨と骨盤ばかり目立った。

彼は彼女が書きつけた夢を読んだが、意味のない詩としか思えず、彼女を知る手がかりはなにも得られなかった。「カタツムリ」と彼女は書いていた。

雨のなか、刃《やいば》の上をそりのように滑る。
フクロウ——ノウサギを見すえ、月から落ちるように降下する。
馬——きょうだいとともに平原を横ぎる……

彼は、彼女をここに連れてきた自分を、冬じゅう小屋に隔離した自分を憎んだ。今年の冬は彼女を狂わせた——彼らふたりを狂わせた。彼女に起きていることは、すべて彼のあやまちだった。

四月、気温は零下二十度を超え、やがて零下七度を超えた。彼は予備のバッテリーを背負子《しょいこ》にくくりつけ、トラックを掘りだしにいった。掘りだすまで丸一日かかった。月あかりのなか、雪解けのぬかるむ道をゆっくり運転して戻り、小屋に入って、明日、町に行かないかと彼女にきいた。驚いたことに、彼女は行くと言った。彼らは湯を沸かして風呂を浴び、この六カ月間袖を通すことのなかった服を着た。彼女はズボンがずり落ちないようにベルト通しに麻ひもを通した。

ハンドルを握る彼の胸は、彼女がそばにいるうれしさと、山の外へドライブできるうれしさと、木々の上に輝く太陽を見られるうれしさでふくらんでいた。春が近づいていた。渓谷は着飾りはじめていた。見てごらん、と彼は言いたかった。道の上をガンが流れるように飛んでいくよ。渓谷は生きている。あれほどの冬のあとでさえ。

図書館で降ろしてほしい、と彼女は言った。彼は食料品を買った——冷凍ピザ一ダース、ジャガイモ、卵、ニンジン。バナナを見たときは涙があふれそうになった。駐車場に腰を下ろし、牛乳を二リットル飲んだ。図書館に迎えにいくと、彼女は貸出カードを作って本を二十冊借りていた。ふたりはビタールート・ダイナーに寄ってハンバーガーとルバーブパイを食べた。彼女はパイを三切れ食べた。彼は彼女が食べるようすを、口からスプーンがすべり出るようすを見つめた。このほうがいい。このほうが夢見ていたものに近い。

なあ、メアリ、と彼は言った。おれたち、なんとかなったみたいだな。

わたし、パイ大好き、と彼女は言った。

電話線が復旧すると、すぐに電話が鳴りだした。彼は釣り客を川に案内した。彼女はポーチに座り、ひたすら本を読みつづけた。

まもなく彼女の読書欲はグレートフォールズ市立図書館では満たせなくなった。彼女はほかの本を、魔術に関する論文や魔法と呪文の入門書を求め、ニューハンプシャーやニューオリンズ、さらにはイタリアから郵便でとりよせた。週に一度、ハンターは車で町に出て、郵便局で本の小包を受けとった――『古代ローマの魔術』『千里眼者の事典』『魔術典範』『古代のオカルト科学』。彼は一冊手にとり、適当にページを開けて読んでみた。「水を用意する。祭壇の周囲にやわらかいヒレ肉をくくりつけ、新鮮な小枝と乳香であぶる……」

彼女は健康をとりもどし、活力がみなぎり、もはや一日じゅう毛皮のふとんをかぶって夢を見つづけるようなことはなかった。彼より早く寝床を出て、コーヒーをいれるあいだも読書に没頭した。肉と野菜を十分に食べて、体はすこやかに花開き、髪はつややかになった。瞳とほほは輝いた。夕食後、炉辺のあかりで本を読む彼女を彼は見つめた。クロウタドリの羽根を髪じゅうに結び、胸の谷間にはサギのくちばしがぶらさがっていた。

十一月のある日曜日、彼は仕事を休んで彼女とクロスカントリー・スキーに出かけた。涸れ谷で凍死したオスのエルクがいた。ワタリガラスが甲高く鳴くなかを、ふたりはスキーで近づいた。彼女はエルクのかたわらにひざまずき、皮に包まれた頭蓋骨に手のひらを当てた。眼球が裏返った。ほら、感じる、と彼女は低い声で言った。

なにを感じるんだ？　彼は彼女のうしろに立ってきいた。どんなことだ？

彼女は震えながら立ちあがった。エルクの生命が流れでるのを感じた、と彼女は言った。エルクがどこに行くのか、なにを見ているのかわかった。

そんなはずないだろ、と彼は言った。じゃあ、おれがどんな夢を見るか知ってるっていうのか。

知ってるわ、と彼女は言った。オオカミの夢でしょう。

だが、あのエルクは死んでから一日以上たっている。どこにも行くはずないさ。ワタリガラスどもの嗉嚢《そのう》に入るだけだ。

彼にどう言えばいいのか。どうわかってもらえるというのか。そもそもだれかにわかってもらえるのか。彼女の読んだ本には、なにも書かれていなかった。

夢と覚醒、生者と死者は、ごく細い線で隔てられているだけであることが、彼女にはますますはっきり見えるようになった。その線ははかなく、ときには存在しないこともあった。彼女にとって、それがもっとも鮮明にわかるのは冬だった。冬、この渓谷では生と死にさほど違いはなかった。冬眠中のイモリの固く凍った心臓を、彼女は手のひらで暖めて目覚めさせることができた。イモリにしてみれば線はまったく存在せず、柵も三途《さんず》の川もなく、ただ生と死の中間領域があるだけだった。それはふたつの湖のあいだに広がる雪原に似ていた。そこはそれぞれの湖に棲む者たちが、もう一方の湖に向かう途中で、ときに出会う場所だ。そこでは存在の様態はただひとつ、生でも死でもない状態しかない。そこでは死は可能性のひとつにすぎず、さまざまな夢想がかすかにきらめきながら煙のように星へ昇ってゆく。必要なのはひとつの手だけ、手のひらの熱と、そっと触れる指だけだ。

その年の二月、日中は太陽が照り、夜のあいだに凍結した――小麦畑や屋根や道路はなめらかなガラスのような一枚の氷に覆われた。彼は彼女を図書館で降ろすと、タイヤチェーンを騒がしく鳴らして車を出し、ふたたびミズーリ川を北上してフォートベントンに向かった。

正午ごろ、ハンターの小学校時代からの知りあいで、除雪車の運転手をしているマーリン・スポークスが、サンリバー橋から除雪車で滑りおち、十二メートル下の川に転落した。トラックから救出されたときにはすでに死んでいた。彼女は一ブロック先の図書館で本を読んでいて、除雪車が川床に激突する音を聞いた。千本の梁《はり》が落ちたような音だった。ジーンズとTシャツのまま橋に駆けつけたときには、すでに男たちが川に入っていた――ヘレナから来た電話会社の男、宝石商、エプロン姿の肉屋、みな土手を駆けおりて急流に入り、ドアをこじあけようとしていた。彼女は橋の下の雪の斜面を前のめりに駆けおり、水をはね散らして男たちのそばに行った。男たちは運転席からマーリンを引きだし、よろめきながら運んだ。男たちの肩とつぶれた除雪車のボンネットから湯気があがった。彼女は片手で宝石商の腕をつかみ、肉屋の足に足を押しつけて、マーリンの足首に手を伸ばした。

指がマーリンの体に触れたとたん、彼女の眼球は裏返り、ある夢想が飛びこんできた。マーリン・スポークスは自転車を漕いでおり、後輪にとりつけた座席にはヘルメットをかぶった少年が――マーリンの息子だ――シートベルトを締めて乗っていた。ふたりの上を光の粒がきらきら流れ、自転車は枝を広げた大木の下を走っていった。少年は小さな手を握ってマーリンの髪に触れた。自転車が通りすぎると落ち葉が裏返った。店先のウィンドウにふたりの姿が映って消えた。この静かな夢想は――豊かな絹のリボンのように――ゆっくりなめらかに流れでて、大きな力で彼女を揺さぶった。自転車を漕いでいるのは彼女だった。少年の指が彼女の髪を引っぱった。

彼女かマーリンに触れていた男たちは、彼女と同じものを見て、同じことを感じた。彼らはその話をしないようにしていたが、葬儀が終わり、一週間すると、黙っていられなくなった。初めは自宅の地下室で夜ひそかに語られるだけだったが、グレートフォールズは大きな町ではないし、地下室に閉じこめておけるような話でもなかった。すぐにいたるところで話題になった。スーパーマーケットで、ガソリンスタンドで。まもなくマーリン・スポークスとも、彼の息子とも、ハンターの妻とも、あの朝、川に入った男たちのだれとも知りあいでない人々まで、専門家のように語るようになった。彼女にさわるだけであんたにも見えるんだ、と床屋は言った。夢のなかにしかないようなとびきり美しい小道なんだよ、想像したこともないほどの大木でね、と総菜屋の店主は熱っぽく語った。あなたは彼の息子を乗せてただ自転車を漕いでいるだけじゃないの、と映画館の案内係はささやいた。その子を愛してるのよ。

どこかで彼の耳にも入った。小屋で、彼は火をおこし、積んである彼女の本をぱらぱらめくった。彼には理解できなかった――一冊は英語ですらなかった。

夕食を終え、彼女は皿を流しに運んだ。

あんた、いまじゃスペイン語も読むのか、と彼はたずねた。

流しのなかで彼女の手が止まった。あれはポルトガル語よ、少ししかわからないけど。

彼は両手で持ったフォークを裏返した。マーリン・スポークスが死んだとき、どこにいた？　トラックから引きだすのを手伝ったわ。たいして役にはたたなかったみたいだけど。

彼は彼女の後頭部をにらみつけた。フォークをテーブルに突きたてたかった。どんなトリックを使ったんだ？　催眠術か？

彼女の肩が強ばった。発した声は激しく怒っていた。あなたはどうして、と言いかけ、口をつぐんだ。トリックなんかじゃないわ、と彼女はぼそりと言った。わたしは彼を運ぶのを手伝っただけ。

彼女に電話がかかってくるようになり、彼はとりつがずに切った。だが、相手はあきらめなかった。悲しみにくれる未亡人、孤児の弁護士、『グレートフォールズ・トリビューン』紙の記者。ある涙にくれた父親は、わざわざ小屋までやってきて、葬儀場に来てほしいと懇願し、ついに彼女は行くことになった。ハンターは彼女を送っていくと言いはった。彼女ひとりで行くのはまちがっている、と。彼は駐車場に停めたトラックのなかで、エンジンをうならせ、ラジオを鳴らして待った。

すごく生き生きした気分、と言いながら戻ってくると、彼女は運転台に乗りこんだ。服は汗で濡れていた。血が細かい泡をたてて体を駆けめぐっているみたい。小屋に戻っても、彼女はひと晩じゅう目を開いたまま横たわり、どこか遠くにいた。

つぎつぎに電話がかかってくるようになり、そのたびにハンターは送っていった。ときには一日じゅうエルクを追い求めたあとに連れていくこともあり、疲労のあまりトラックで待ちながら眠ってしまった。目覚めると隣に彼女がいて、彼の手を握っていた。彼女の髪は濡れ、目はぎらぎら光っていた。

オオカミと一緒にサケを食べている夢を見たでしょう、と彼女は言った。サケは打ちあげられて浅瀬で死にかけていた。小屋のすぐそばで。

すでに真夜中をかなり過ぎており、翌朝は四時まえに起きなければならなかった。むかしこのあたりにサケがよく来たんだ、と彼は言った。おれが子どものころな。すごい数で、川に手を入れればいくらでもさわれたよ。彼は暗い畑のあいだを家に向かって車を走らせた。つとめておだやかな声を出した。あんた、なかでなにやってるんだ。ほんとうのことを教えてくれ。

なぐさめてるの。愛する人にさよならを言う手伝いをしてるのよ。わたしがいなければ知りえないことを伝える手伝い。

いや、と彼は言った。おれが知りたいのはどんなトリックかってことだ。どうやるんだ。

彼女は両手の手のひらを上に向けた。わたしにさわれば、わたしの見たものが見えるの。今度、一緒に来て。なかに入って手をつないで。そうすればわかるわ。

彼はなにも言わなかった。フロントガラスの上の星は、永遠にその場所から動かないように見えた。


家族は彼女にお礼を渡したがった。たいていは渡すまで帰さなかった。トラックに戻ってきた彼女のポケットには、五十、百、あるときは四百ドルがたたまれて入っていた。彼女は髪を伸ばし、魔よけを手に入れて雰囲気を出した。コウモリの翼、ワタリガラスのくちばし、小枝で束ねたひとつかみのタカの羽根。ろうそくの燃えさしを詰めた段ボール箱。彼女は週末のたびに出かけるようになった。彼が起きるまえにトラックに消え、大胆な運転をした。車にはねられて死んだ動物を見つけると、車を停めてかたわらにひざまずいた――潰れたヤマアラシ、ばらばらのシカ。彼女はトラックのグリルに手のひらを押しつけた。そこでは百匹の昆虫の死骸が煙をあげていた。季節がめぐり、去っていった。彼女は冬の半分は小屋にいなかった。彼女も彼も孤独だった。口をきくこともなかった。彼女は長い旅に出ると、このまま小屋に戻らず、トラックを走らせつづけたいと思うことがあった。

彼は最初の雪解けとともに川に出て、釣り糸を投じるリズムに、小石がぶつかりあって下流に流れていく音に没頭しようとした。だが、釣りさえも彼にとっては孤独なものになった。なにもかも彼の手のおよばないところにあるように思えた――トラックも、妻も、人生の道筋も。狩猟のシーズンになっても、彼の心はどこかよそにあった。彼は好機に失敗を重ねた――エルクの風上にまわったり、もうやめにしようと客に言った三十秒後に、隠れていたキジがとびだして悠々と空へ羽ばたいたりした。ある客が的をはずしてアンテロープの首を矢で射ったとき、ハンターは不注意だといって激しく非難し、アンテロープの足跡にひざをついて、血で染まった雪を握りしめた。自分のしたことがわかってるのか、と彼は怒鳴った。刺さった矢は木にぶつかるんだぞ、あのアンテロープは走りつづけ、オオカミに追われて休むことすらできないんだ。客は顔をまっ赤にして怒った。オオカミだって、と客は言った。この二十年、オオカミなんてこのあたりにはいないないじゃないか。

彼がブーツのなかの金を見つけたのは、彼女がビュートかミズーラにいるときだった。六千ドルと小銭があった。彼はガイドの仕事をキャンセルし、二日間いらいらしながら待った。ポーチを歩きまわり、彼女の持ちものをかきまわし、心のなかで言いあらそいの準備をした。帰ってきた彼女は、彼のシャツのポケットから札束がつきだしているのを見た。彼女は途中で立ちどまった。片方の肩にかばんをかけ、髪はうしろになびいていた。彼の背後から照らす光が、肩ごしに地面に落ちた。

まちがっている、と彼は言った。

彼女は彼の横を抜けて小屋に入った。わたしはみんなの手助けをしているの。わたしは好きなことをしてるだけ。終わったあと、わたしがどんなにすばらしい気分になるか知ってるでしょ。あんたは人を利用しているだけだ。悲しむ人から金を受けとるなんて。だってどうしてもお礼がしたいって言うんだもの、と彼女は叫んだ。あの人たちが心の底から見たいと思っているものを見られるように、わたしは手伝っているだけよ。

金をだましとってるんだ。いかさまだよ。

彼女はポーチに出てきた。違うわ。彼女の声は静かで力強かった。これはほんものよ。ほかのすべてのものと同じように。この渓谷、川、木、貯蔵庫にぶら下がっているあなたのマスと同じようにほんものなの。わたしには才能があるの。生まれつきの才能が。

彼は鼻を鳴らした。いかさまの才能か。未亡人の貯えをだましとる才能かよ。彼は金を地面に投げつけた。紙幣は風に乗り、雪の上にちらばった。

彼女は彼を殴った。横っ面を強く一発殴った。なんでそんなことするの、と彼女は泣いた。あなたは、あなただけは、わかってくれると思ったのに。毎晩、オオカミの夢を見るあなたなら。

翌晩、彼はひとりで出かけた。彼女は雪を踏みわけて彼のあとを追った。彼は毛布をかぶり、シカ狩りの見張り台にいた。白いカムフラージュに身を包み、顔には黒い塗料で横縞模様を描いていた。彼女は百メートルほど離れてうずくまった。彼の見張り台の木のうしろで、雪に濡れて震えながら四時間以上待ちつづけた。彼は眠ってしまったのだろうと思ったそのとき、一本の矢が空気を震わせて見張り台から降下し、メスのシカの胸に命中した。そのメスがいることに彼女はまったく気づいていなかった。シカはひどく驚いたようすであたりを見まわし、勢いよく走りだして木々のあいだを駆けていった。アルミニウムの矢軸が枝に当たる音が、シカがやぶにとびこむ音が彼女の耳に聞こえた。ハンターは一瞬静止したのち、見張り台から下りてシカを追いはじめた。彼女は彼が見えなくなるまで待ってあとを追った。

遠くまで追う必要はなかった。血の跡はおびただしく、彼はべつのシカを、同じ道を駆けてきたべつのシカも傷つけ、生命を大量に流失させてしまったにちがいないと彼女は思った。メスは二本の木のあいだに倒れてあえぎ、肩から細い矢が突きだしていた。どす黒い血がわき腹を脈打って流れた。ハンターはシカをまたいで立ち、首をかき切った。

メアリはうずくまっていた姿勢からとびだした。足はしびれて痛んだ。パーカを着た彼女は雪原を急いで横ぎり、とびこむようにシカのまだ暖かい前足をつかんだ。彼女はもう片方の手でハンターの手首をつかみ、しっかり握った。ナイフはまだシカののどに突きたてられたままで、彼がナイフを引くと血がどっと雪に広がった。すでにメスのシカの夢想が彼女の体を波のように伝わりはじめていた――五十頭のシカがきらめく小川に入り、流れを腹に受けながら、垂れさがるハンノキの葉を首を伸ばして噛みちぎり、その体に光が降りそそいだ。一頭のオスが角のある頭を王者のようにそびやかせていた。鼻づらから銀色の水滴がしたたり、太陽の光を受けて落ちた。

なんだこれは――ハンターは息をのんだ。彼の手からナイフが落ちた。逃れようと、ひざをついた姿勢から立ちあがろうと力まかせに体を引いた。彼女は手を離さなかった。片手で彼の手を握り、もう片方でシカの前足をしっかりつかんだ。彼はシカと彼女の両方を引きずって歩き、雪の上にはシカの血の筋が残った。ああ、とささやくような声が彼の口から漏れた。彼は感じた。世界が——雪の粒が、葉の落ちた木の茂みが——遠ざかっていった。口にはハンノキの葉の味がした。体の下を黄金色の小川が勢いよく流れ、彼の体に光が降りそそいだ。オスは顔を上げ、彼の視線をとらえた。世界中が琥珀色に洗われた。

ハンターは最後にもう一度体を引き、手をふりほどいた。夢想は急速に遠ざかった。うそだ、と彼はつぶやいた。そんなはずはない。彼は手首を、彼女がつかんでいたところをこすり、一撃から目を覚まそうとするように頭を振った。彼は駆けだした。

メアリは血に汚れた雪に長いあいだ横たわっていた。メスの温もりが彼女の腕を伝い、やがて森は冷えて彼女はひとりになった。彼女は彼のナイフでシカを始末し、死体を四つに分け、肩にかついで持ち帰った。夫はベッドで寝ていた。暖炉の火は消えていた。そばに来るな、と彼は言った。おれにさわるな。彼女は火をおこし、床で眠った。

それからの数カ月、彼女は小屋をさらに頻繁に、より長いあいだ離れるようになり、モンタナ州中部一帯の家や事故現場や葬儀場を訪れた。ある日、彼女は南に向かってトラックを走らせ、二度と戻らなかった。ふたりが結婚して五年がたっていた。

二十年後、ビタールート・ダイナーで、彼が天井に据えつけられたテレビを見あげると、画面には彼女がいて、インタビューを受けていた。彼女はマンハッタンに住み、世界各地を旅して、二冊の本を書いていた。全米から依頼があった。あなたは死者と心を通わせて交信するのですか、とインタビュアはたずねた。いいえ、と彼女は答えた。みなさんのお手伝いをしているだけです。わたしは生きている人と心を通わせます。みなさんが心の平和を得られるように。

いかがでしょう、とインタビュアはカメラを向いて言った。すばらしいお話、ありがとうございました。

ハンターは本屋で彼女の本を買い、ひと晩で読んだ。彼女は渓谷の詩を、動物たちに語りかけるように書いていた。奔放なコヨーテよ、輝かしい雄牛よ。スーダンに行ってステゴザウルスの化石の背骨に触れ、なにも感じられなかったいらだちを書いた。あるテレビ局は彼女をカムチャツカ半島に連れてゆき、永久凍土から飛行機で運んだマンモスの巨大な毛むくじゃらの前足を抱かせた——このときは運に恵まれ、群れ全体がぬかるむ波打ちぎわを大きな足で重たげに進み、浜辺の草をひきちぎり、鼻で口に運ぶようすを描写した。さらに、彼について漠然とほのめかすようにうたったものもいくつかあった——境の外をうろつく血に染まった陰鬱な存在として、近づく嵐のような、地下室にひそむ殺し屋のような存在として。

ハンターは五十八歳になっていた。二十年は長い歳月だった。峡谷はゆるやかに、しかし目に見えて衰えた。道路が開通し、ハイイログマはもっと高い土地に消えた。木こりたちは立ち入れる木立をあらかた伐採し、森はまばらになった。春になると、伐採道路を流れる雪解け水が川に注ぎこみ、流れは暗褐色になった。彼はこの一帯でオオカミを見つけるのをすでにあきらめていたが、夢にはいまも現われて、月に照らされた凍った平原を一緒に走らせてくれた。あれからともに暮らした女性はいない。小屋でテーブルに身をかがめ、彼女の本をわきにどけ、鉛筆をとって彼女に手紙を書いた。

一週間後、航空宅配便のトラックがはるばる小屋までやってきた。封筒のなかには浮き彫り模様をほどこした便箋に記された彼女の返事があった。走り書きながら整った筆跡だった。あさってシカゴに行きます、と手紙には書かれていた。飛行機のチケットを同封します。どうぞいらしてください。お手紙ありがとうございました。

シャーベットのあと、総長はスプーンでグラスを鳴らし、客を客間に呼んだ。バーはかたづけられており、その場所に棺《ひつぎ》が三つ、じゅうたんの上に置かれていた。棺はマホガニーで、磨きあげられて深いつやがあった。中央の棺は両側のものよりも大きかった。ふたに落ちたわずかな雪が——屋外に置いてあったのだろう——解け、しずくがじゅうたんに落ちて黒いしみになった。棺をかこむように床にクッションが置かれていた。炉棚には一ダースのろうそくが灯されていた。係が食堂をかたづける音がした。ハンターは入口にもたれ、客たちがおずおずと部屋に入ってくるのを眺めた。客たちは手にしたコーヒーカップを大事そうに持ち、あるいは背の高いタンブラーからジンかウォッカをぐっと飲んでいた。ようやく全員が床に座った。

そこにハンターの妻が入ってきた。黒いスーツに身を包み、気品にあふれていた。彼女はひざまずき、オブライエンを身ぶりで招いて隣に座らせた。オブライエンの顔はやつれ、表情は読みとれなかった。やはりこの世ではなく、やせ衰えた別世界から来た人のようだ、とハンターは思った。

オブライエン学長、と妻は言った。おつらいお気持ち、お察しいたします。死は究極の終わりと感じられるものです。自分の存在の中心を刃で貫かれたように。けれど死の本質は終わりとはまったく違うものです。暗い崖から飛び降りるのとは違うのです。死は霧にすぎないことを、なかをのぞいたり外を見たりできるものであることを、それを知り、向かいあえるものであることを、けっして怖れる必要はないものであることを、お伝えできればと思います。わたしたちの集合的な生からひとつの生命が奪われると、そのたびにわたしたちは衰えます。けれども死においてさえ、祝福することは数多くあるのです。死は、ほかの多くのことがらと同じように、ひとつの変化にすぎません。

彼女は輪のなかに入り、棺の留め金をはずした。ハンターが座っている場所からは、なかは見えなかった。妻の手は腰のあたりで鳥の翼のように細かく震えた。考えてください、と彼女は言った。眼前に現われてほしいことを強く思ってください。いまは失われ、とりもどしたいなにかを——お嬢さんたちと過ごした瞬間、なくした感情、心からの願いを考えてください。

ハンターはまぶたを閉じた。気づくと妻のことを考えていた。ふたりのあいだの長い隔たりを、雪のなか、血を流す一頭の雌鹿と彼女を引きずって歩いたときのことを考えた。さあ、と妻は言っていた。すばらしい瞬間のことを考えてください。ともに過ごした、すばらしい晴れやかな瞬間を思ってください。奥さまとお嬢さま、みなさんで分かちあった瞬間を。彼女の声は心を鎮め、落ち着かせた。彼のまぶたの下にろうそくの光が広がり、一面のオレンジ色になった。妻は棺に横たわるなにかに——だれかに——手を伸ばしているはずだ。彼女の存在が部屋のすみずみまで広がるのが、心のどこかで感じられた。

妻はさらに、美と喪失は同じものであり、それが世界を秩序づけていると言った。そのとき、なにかが起きつつあるのを彼は感じた――奇妙な温もりを、すばやくよぎる存在を、首筋をなでる羽根のような、おぼろに不安を誘うなにかを感じた。両側から手が伸びて彼の手を握った。指が彼の指と固く組みあった。彼女に催眠術をかけられているのだろうかと思ったが、かまわなかった。退けなければならないものも、抜けださなければならないものも、彼にはなかった。いま彼女は彼のなかにいた。彼女は離れたところから手を伸ばし、つついて探っていた。

彼女の声が遠ざかり、彼は自分が吹きあげられるのを感じた。天井に向かって昇っているようだった。空気が軽やかに肺を出入りした。彼の手を握る手に温もりが脈打った。心のなかで、霧のあいだから海が現われるのが見えた。海は広々とおだやかで、磨かれた金属のように輝いていた。砂丘の草がすねをくすぐり、風が肩ごしに吹きぬけるのが感じられた。海は明るく光っていた。まわりではミツバチが砂丘の上を行き交っていた。はるか沖で、海辺の鳥がカニを狙って急降下した。二、三百メートル向こうでふたりの少女が砂の城を作っているのがわかった。やわらかく軽やかな彼女たちの歌声が聞こえた。そばにいる母親はビーチパラソルの下でくつろぎ、片足を曲げ、片足を伸ばしていた。母親はアイスティを飲んでおり、彼は口にその味を感じた。甘く、ほろ苦く、かすかにミントの香りがした。体の細胞のひとつひとつが呼吸しているようだった。彼は少女たちになり、急降下する鳥になり、行き交うミツバチになった。彼は少女たちの母親であり、父親だった。自分自身が外に向かって流れていくのを、豊かに溶解しながらそっと世界に漕ぎだすのを感じた。巨大な青い海の、まさに最初の細胞のように……。

まぶたを開くと、麻のカーテンと、ドレスを着た女性がひざまずいているのが目に入った。多くの人々のほほに涙が伝っていた——オブライエンのほほにも、総長のほほにも、ブルース・メイプルズのほほにも。妻は頭を垂れていた。ハンターは彼の手を握っている手をそっと離し、歩いてキッチンに向かい、泡だらけの流しと積みあげられた皿の横を通りすぎた。わきの出入口から外に出ると、そこは建物の横にしつらえられた長い木製のテラスだった。すでに五センチほど雪が積もっていた。

彼は引きよせられるように、池に、小鳥の水浴び台に、生け垣に向かった。池に着き、そのふちに立った。雪は軽やかにゆっくり舞い落ち、雲の下側は町の光を映して黄色に輝いていた。邸内のあかりはすべて消え、炉棚に置かれた十二本のろうそくだけが見えた。窓越しにちらちら揺れる炎は、囚われた星座のようだった。

まもなく妻がテラスに出てきた。彼女は雪のなかを池までやってきた。彼には言おうと思っていたことがあった。最後に得た確信を伝えよう、彼女の考えを信じると言おう、渓谷を離れる理由を——たったひと晩でも——与えてくれたことへの感謝を伝えよう。オオカミはいなくなったが、それまでもいなかったのかもしれないが、いまも彼の夢には訪れることを話したかった。そこで鋭く自由に走れるだけで十分だと伝えたかった。彼女ならわかってくれるだろう。彼よりもずっとまえにわかっていたのだから。

だが、口を開くのが怖かった。言葉にすれば、このうえなく繊細な絆は粉々に砕けてしまうだろう。タンポポの綿毛を蹴るように、霞《かすみ》のようにはかない球体は風に散ってしまうだろう。ふたりはただ一緒に立っていた。雲から舞い落ちた雪は水に溶け、水面に映ったふたりの影は異世界のガラスに閉じこめられた人影のように震えていた。やがて彼は手を伸ばし、彼女の手をとった。

たくさんのチャンス

ドロテア・サンファン、十四歳。茶色のカーディガン。掃除夫の娘。うつむいて歩き、安物のスニーカーをはいて、口紅はつけたことがない。昼食の時間はサラダをつつく。自分の部屋の壁に地図を貼る。緊張すると息を止める。長年、掃除夫の娘として生きてきたせいで、目立たないように、うつむいて、だれでもない人になるのが身についている。あれはだれ？　だれだろうね。

男にはたくさんのチャンスがある。それがドロテアの父親の口癖だ。父はいま、その言葉を口にする。日が暮れたオハイオ州ヤングズタウンで、ドロテアのベッドに腰かけて。こうも言う。これはおれたちにとって正真正銘のチャンスなんだ。父の手が開いて閉じる。その手は空気をつかむ。おれたちってだれのことだろう、とドロテアは思う。

船を造るんだ、と父は言う。なんたって、男にはたくさんのチャンスがある。引っ越すんだ。海に。メイン州に。ハープスウェルってところに。学校が終わったらすぐ。

船？　ドロテアはききかえす。

母さんは大賛成だ、と父は言う。少なくとも父さんはそう思う。賛成しないはずないさ。ドロテアはドアが父を追うように閉まるのを眺め、お母さんがなにかに賛成したことなんてないのに、と思う。お父さんは船なんて持っていたことも、借りたことも、話題にしたこともないのに、と思う。

彼女は手を伸ばして世界地図をとる。なにも印のない青い広がりを、大西洋をじっと見る。彼女の目はぎざぎざの海岸線をたどる。ハープスウェル。青い広がりを指さす小さな緑の指。海を想像してみる。花びらのように青い水に、えらがぶつかりそうなほどひしめく魚。メイン州のドロテアに変身した自分を想像する。やしの実のネックレスをつけた裸足の娘。新しい家、新しい町、新しい暮らし。ヌエバ・ドロテア。新しいドロシー。彼女は息を止め、二十数える。

ドロテアはだれにも言わず、だれもきかない。一家は学校が終わった日に出発する。その日の午後に。町からこっそり逃げだすように。ウッドパネルのステーションワゴンが、水しぶきをあげて濡れたアスファルトを走る。オハイオ、ペンシルバニア、ニューヨーク、マサチューセッツ、ニューハンプシャー。運転する父親の目はうつろで、ハンドルを握るこぶしは白い。母親は険しい顔のまま、一睡もせず、左右に動くワイパーのまえに座り、くちびるは雨に溺れた二匹のミミズのようにあごの上でゆがみ、小柄な体は百本の鉄のベルトで縛られたように強ばっている。骨ばった手を岩が砕けそうなほど握りしめている。ひざの上でトウガラシを薄切りにする。厳重に封をしたビニール袋に詰めたトルティーヤチップスをうしろの席に渡す。

夜明け、ポートランドが見える。マツがアスファルトにせりだす道を何キロも走り、ようやく見える。サケの切り身のような色をした雲のかたまりの背後から、太陽が横目でにらむように顔を出す。

海が近づいていると思うと、ドロテアはぞくぞくする。落ち着いて座っていられない。かごに囚われた十四歳のエネルギーが、大皿の上のビー玉のように高まる。道がカーブして、ついに目のまえにカスコー湾が輝く。湾の向こうから、太陽がきらめく光の筋を投げつける。彼女は窓枠に鼻を押しつけ、イルカがいるはずだと思う。海の輝きを見つめ、背びれや尾びれを注意深く探す。

ドロテアは母親のうなじに目をやり、母も気づいているだろうか、感じているだろうか、海の輝く広がりに心を動かされているだろうかと思う。四日間、貨車に積まれたタマネギの下に隠れてオハイオ州に来た母。沼地に作られた町で、ひび割れた舗道と汽車の汽笛とぬかるむ冬の町で夫に出会った母。家庭を守り、家から離れない母。果てしなく広がる海を見て、わくわくしているにちがいない。だが、ドロテアにはそんなしるしは読みとれない。

ハープスウェル。ドロテアは借家の戸口に立つ。楽園の入口だ。霧に包まれた海を背景に、やわらかに葉を揺するマツともつれたブラックベリーの茂みが見える。

父親は狭い台所に立っている。戸棚の取っ手には貝殻の飾りものがぶらさがっていて、窓枠には色あせたびんが並んでいる。父はめがねを押しあげ、握った手を開いて閉じる。ここに来れば、船の設計マニュアルやぴかぴかの真鍮《しんちゅう》や丸い船窓があると思っていたというように。この部分は、戸棚からハマグリの貝殻がぶらさがっている台所は、予想していなかったというように。母親は突ったったねじのように居間に立ち、車から降ろした箱とかばんとスーツケースを見おろす。髪は大きなだんごにまとめている。

ドロテアは腕を伸ばして背伸びする。茶色いカーディガンを脱ぐ。マツの向こうでカモメが騒々しく輪を描く。ミサゴの影が流れる。

スペイン語で母が言う。セーター着なさい、ドロテア。お日さま出てないから。

まるでここの太陽は太陽ではないような言いかただ。ドロテアは砂の小道を歩き、茶色い草のあいだを抜けて海に出る。小道は岩に行きあたる。錆色で、刻み目のように層が重なっている、遠いむかしに地中から隆起した岩だ。岩の両端はかすんで霧に溶けこむ。ここにあるのは、海と、風に曲がったマツと、朝霧だけだ。波打ちぎわに立ち、小さな緑色の波がなめらかな岩の斜面に打ち寄せて、泡のリボンが押しだされ、引きもどされるのを眺める。寄せる、引く。寄せる、引く。

ふりかえると、マツの幹のあいだに小さな白い家がちらりと見える。頭の重たいタンポポ、砂だらけの庭、はげかけたペンキ。建物は土台の上で崩れかけて濡れている。父親が戸口でなにか言っている。母親を、車を、借家を指さす。言いあらそいだ。父親の手が開き、閉じるのが見える。母親が車に乗りこみ、ドアを勢いよく閉め、助手席に座ってまっすぐまえをにらむのが見える。父親は家のなかにひっこむ。

ドロテアはまた海のほうを向く。ひたいに手をかざして見ると、霧が晴れはじめている。左には緑色のゆるやかな流れがある。河口だ。右のほうは海沿いに木が並んでいる。五百メートルほど先に岩の岬が見える。

彼女は岬に向かって歩く。急な岩を登るとスニーカーがしなる。ところどころ海に入らないと通れない。海水がひざのまわりに渦巻き、冷たい塩がももに痛い。海泥が足の下を流れる。霧の切れ端が下りてきて、岬を見失う。険しく切りたつ岩にはばまれ、海に入って迂回する。海水は胸の下まで達し、腹を打つ。ようやく岩が上り坂程度の勾配になり、足をかけてよじ登る。指は泥だらけで、肌についた塩は早くも乾き、体を持ちあげる足から岩棚に水が垂れる。岬はまだ半分霧に隠れている。

ひたいに手をかざし、もう一度海をじっくり眺める。沖にはイルカがいるのだろうか。サメは？　ヨットは？　その気配はまったくない。なんの気配もない。海というのは岩と草と水だけなのだろうか。泥だけなのだろうか。想像とまったく違う。空っぽの海、弱々しい光、しみだらけの水平線。かすんだもやのなかから押しよせる波。ふと、この惑星には生命あるものは自分しかないのではないかと思い、怖くなる。引きかえそうかと思う。

そのとき、漁師が目に入る。彼女のすぐ左。海のなかを歩いている。どこからともなく現われたように感じる。なにもないところから。海そのものから。

彼女は彼を観察する。観察できるなんて運がいいと思う。世界の表面がめくれ、この光景だけが残される。静かな一瞬の魔法。釣りざおは彼の腕の延長のように、特別で完璧な付属物のように見える。回転の軸になる肩、褐色の裸の胸。足はふくらはぎに向かって締まり、その先は海につかっている。これがメイン州なんだ、これなのね、と彼女は思う。この漁師。この美しさ。

彼は釣りざおもろとも体をそらし、振りだされた釣り糸は、ほどけて大きなループを描く。遠く後方に引き、遠く前方に投げる。釣り糸が伸びて海と平行になると、さおの先を軽く持ちあげる。すると釣り糸は逆方向に飛び、岩を越え、ほとんど木立に届きそうになり、低い枝にからまる寸前で、ふたたび前方に、沖に向かって飛ぶ。そしてまた後方に飛ぶ。釣り糸は投げるたびに長くなり、木立ぎりぎりまで伸びる。やがて後方にキャストした釣り糸がやぶに数メートル入りこむほどになると、彼は釣り糸をまっすぐ前方に、いくつもの波頭を越えて遠い沖に投じる。そしてさおの根元をわきの下にはさみ、両手で釣り糸を引きだす。ふたたびさおを振る。催眠術のようなループが波の満ち引きのように前後に揺れ、沖に向かって飛び、大波を越えて着水する。ふたたび釣り糸をいっぱいに引きだす。

彼女は岩の上に立ち、固く詰まった化石の列を足の裏に感じる。息を止める。二十数える。岩棚から水をはねあげて海に入る。ふたたびフジツボと滑りやすい海藻の上をスニーカーで歩く。顔を上げて百メートル歩く。漁師のそばに行く。

近づいてみると漁師はまだ少年で、十六歳ぐらいだ。子牛革のような肌。首には小さな白い貝をつないだネックレスをしている。れんが色の髪のあいだから彼女を見る。瞳は緑の丸薬のようだ。こんな朝にセーター着てるのかい、と彼は言う。

えっ？

セーター着てたら暑いだろ。

彼はふたたび釣りざおを投じる。彼女は糸をじっと見る。くるぶしのまわりに釣り糸が整った渦になって浮かび、それがキャストされるのをじっと見る。釣り糸がうしろに揺れまえに揺れ、うしろに揺れまえに揺れ、最後に沖に向かって飛ぶのをじっと見る。少年は釣り糸を引きだし、潮が変わった、と言う。じきに満ちてくる。

ドロテアはうなずく。どういう意味なのかわからない。

彼女はたずねる。その釣りざおはなに？　そんなさお、初めて見たわ。

さお？　さおっていうのは餌釣りするやつが使うもんだ。これはロッドだよ。フライロッド。

釣りするのに、餌は使わないの？

餌。いや……餌は使わない。簡単すぎる。

簡単すぎるって、なにが？

釣りの少年は釣り糸を引きよせ、また投じる。これさ。魚にキャストすることさ。そりゃ、イカの切れっぱしにバスやアミキリはかかるさ。そりゃ、イトミミズにサバは食いつくさ。でも、そんなもん、ルールのないゲームと同じだろ。美しさってものがない。

美しさ。ドロテアは考える。美しさと釣りにどういう関係があるのかまったく見当がつかない。でも、見て！　彼が釣りざおを振っている。ほら、マツの木立から霧が晴れていく。

少年はつづける。餌釣りのやつらは、ニシンを海に放りこんで、ちょこちょこっと動かして、バスをおびきよせる。そんなもん釣りとはいえない。犯罪だよ。

ふうん。ドロテアは餌釣りの野蛮さを懸命に理解しようとする。

彼は釣り糸をたぐりよせ、先に結んだリーダーをつまむ。リーダーに結んだフライをドロテアの目のまえにもってくる。白い毛に糸がきれいに巻かれ、鉄のフックに結びつけられている。塗料で描いた小さな頭。丸い目がふたつ。

それってルアー？

ストリーマーだよ。バックテイルストリーマー。この白い毛は雄鹿のしっぽを染めたものさ。

ドロテアはフライを手のひらにそっとのせる。首の部分に糸が小さく正確に巻かれている。これ、あなたが描いたの？　この目？

そうだよ。全部おれが作ったんだ。彼はポケットに手を入れて紙袋をとりだす。中身を彼女の手のひらにあける。ドロテアはさらに三つのフライを見る。黄色、青、茶色。水中の魚にはどんなふうに見えるか想像する。細くて長い。小さな魚のようだ。スナック菓子のようだ。完璧。信じられない。こんなにやわらかくて美しいものが、こんなに鋭い鉄に結びつけられているなんて。

彼は釣りを再開し、水しぶきをあげて海岸を歩いていく。

ドロテアはあとを追う。水深はすねまであり、さっきより深い。

待って、彼女は声をかける。あなたのフックは。ストリーマーは。

きみにやるよ。おれはまた作るから。

彼女は遠慮する。だが、目はフライに釘づけだ。

彼はキャストする。いいんだよ、プレゼントさ。

彼女は首を横に振るが、ポケットにしまう。砕けた波がひざを打つ。海をじっと見て、生きものの気配を探す。しなうひれは？　跳ねる魚は？　目に入るのは太陽が波の上にばらまく金貨と、晴れてゆく霧だけだ。目を上げると、少年は岬をまわろうとしている。彼女は水をはね散らしてあとを追う。彼がキャストするのを見る。波が音をたてて砕ける。

ねえ、と彼女は声をかける。そこ、魚いるの？　そうじゃなきゃ釣りしてるはずないわね。

少年はほほえむ。そりゃそうさ。海だもの。

わたし、もっといるんじゃないかと思ってた。海ってもっといろいろいると思ってた。たくさんの魚が。まえにいたところにはなんにもなくて、ここに来ればなにかあるんじゃないか、きっとあるはずだって思ってた。でも、来てみたら広くて空っぽなだけみたいに見えるんだもの。

少年はふり向いて彼女を見る。笑う。釣りざおを海中に落とし、体をかがめて足元の海に手をつっこむ。泥を掘り、片手でつかんで差しだす。

ほら、見ろよ。

その黒っぽいかたまりを見ても、ドロテアは初めのうちはなにもわからない。ぼとぼと垂れる泥。貝殻の破片。水滴。やがてかすかな動きに気づく。半透明の小さな粒がもぞもぞ動いている。ノミのように跳ねている。少年は手を揺する。小さなハマグリが手のひらの上に現われる。舌を嚙んだように貝殻に足が半分はさまっている。巻貝が逆さにしがみつき、小さなユニコーンの角のような貝殻の先は地面を指している。小さな半透明のカニもいる。ウナギのような魚がのたうっている。

ドロテアは指で泥をつつく。少年はまた笑って、手を海で洗う。

少年はキャストする。ここ、初めてなんだな。

うん。ドロテアは沖に目を向ける。いま、この足の下にいるにちがいないすべての生きものを思う。学ばなければならないことがたくさんあると思う。少年を見る。名前をたずねる。

夜になり、ドロテアは小さな新しい自分の部屋に立って、見まわす。地図を壁に貼る。寝袋に座ってメイン州を目でたどる。境界線と中心都市と名前のある土地。彼女の目は地図の端までつづく青い広がりに引きよせられる。

一匹の蛾が窓に体当たりする。外の木では虫が耳ざわりな音で叫ぶ。海が聞こえる、とドロテアは思う。ポケットからバックテイルストリーマーをとりだし、うっとり眺める。

父親が部屋の戸口に現われ、戸枠をそっとノックして、よお、と言ってそばに来て、床に座る。寝不足でげっそりしている。背中と肩が丸い。

あ、お父さん。

おまえ、どう思う？

なにもかも初めてのことばっかり。時間がかかると思うわ。慣れるまで。

母さん、口をきかないんだ。

いつも、だれともあんまりしゃべらないじゃない。お母さん、そういう人だもの。

父はだらしなく背を丸める。ドロテアの持っているストリーマーフライをあごで指す。それ、なんだ？

フライよ。釣りの。ストリーマー。

ふうん。父親は心がここにないことを隠そうともしない。

お父さん、わたし、フライフィッシングしてみたいな。明日、行ってもいい？

父親の手が開いて閉じる。目は開いているが見ていない。いいとも、ドロテア。行けばいい。釣りか。クラーロ・ケ・シ。おおいに結構。

父親を追うようにドアが閉まる。ドロテアは息を止める。二十数える。べつの部屋で父親がのろのろ息を吸うのが聞こえる。一度息を吸うと、つぎの息を吸う勇気がなかなか出ないというように。

ドロテアは茶色いカーディガンをはおり、窓を開けてよじ登り、外に出る。濡れた庭に立つ。息を吐く。マツの木立の上で銀河が回る。


たき火は岬に近い木立で燃えている。風はすがすがしく、草は夜露に濡れている。雲が列をなして星の下に滑りこむ。彼女のスニーカーはぐっしょり濡れている。カーディガンには森の落ち葉がついている。彼女はたき火の光が届かない松葉の上にしゃがみ、黒い人影が動くのを、ゆがんだ影がマツの木立に伸びるのを見る。少年たちは丸太や切り株に座っている。笑う。びんがぶつかる音がする。

そのなかにあの少年がいるのが見える。丸太に座っている。炎に照らされて笑顔はオレンジ色だ。ネックレスは白い。少年は笑い、びんをぐっと傾ける。彼女は長いあいだ、一分近く息を止める。立ちあがり、帰ろうとうしろを向き、小枝を踏む。枝は音をたてて折れる。

笑い声が消える。彼女は動かない。

やあ、と少年が言う。ドロシーかい？

ドロテアは影からふり向き、たき火の光のなかに踏みだし、うつむいたまま歩いて少年の隣に座る。

ドロシー。みんな、この子、ドロシーっていうんだ。

炎に照らされた顔が彼女を見て、目をそらす。また会話が始まる。

来ると思ってたよ、と少年が言う。

ほんと？

ほんとうさ。

どうしてわかったの？

わかったんだ。感じたんだよ。さっきも話したけど、おれたち、毎晩こんなふうにたき火してるんだ。たいていね。おれは自分に言いきかせた。待ってろってね。あの子は来る。ドロシーはきっと来る。そしたらほら、ちゃんと来た。

今日はなにか釣れた？　わたしと会ったあと？

少しな。海に帰した。

お父さん、鉄工所で働くことになったの。船の設計をするのよ。

へえ。

うん。これからね。

少年は彼女の手を握る。彼女の手のひらは汗で湿っているが、彼の手を握りかえし、ふたりは指をしっかりからませる。彼女は彼のたくましい手と、荒れた指先を感じる。ふたりは少しのあいだそのまま座る。彼女はできるだけ体を動かさない。なにも話さない。たき火から煙が高く昇り、木のあいだに消える。星がまたたき、流れる。船の設計士の娘でいるのは、すてきな気分だ。

やがて彼は彼女にキスしようとする。ぎこちなく体をのりだし、彼の息が彼女のあごに熱くかかり、彼女は目を固く閉じる。彼女は母親のことを思う。貨車のタマネギの下に隠れている小柄な母親を思う。彼女は少年から体を引き、立ちあがり、うつむいて、低く垂れるマツのあいだを抜けて家に急ぐ。寝室の窓をよじ登って家に入る。濡れたスニーカーを脱ぎ、茶色いカーディガンをフックに掛ける。海の音に耳を澄ませる。緑の丸薬のような瞳を思う。体の内側が熱く煮える。

翌朝、彼女は母親の手首をつかんで海に連れていく。母親を霧に包まれた海に向きあわせるために。この場所は空っぽではないことを母親に見せるために。木立の上を霧が翼を引きずるように移動する。いたるところに霧の切れ端がある。その上に澄みきった青がちらりとのぞく。海は衣を脱ぎつつある。母親はつばの広い帽子を髪に無理やりかぶせている。ゆるやかに移る潮の上で、カモメが空高く輪を描き、騒がしい。ウが朝食を狙って海に急降下する。

ふたりは岩の上に立つ。ドロテアは母親を観察し、顔に変化のきざしが、目覚めのきざしが現われないか探る。ドロテアは息を止める。二十数える。母は心を閉ざし、表情は険しいままだ。

メンティーラス。嘘ばかり、と母親は言う。父さんは船のことなんかこれっぽっちも知らないよ。ずっとずっと、掃除夫だったんだから。みんなに嘘をついた。自分にまで。クビになるさ、今日か明日には。

違うわ、お母さん。お父さんは頭がいいもの。なんとかやっていくわよ。仕事しながら身につけると思う。そうでなくちゃ。チャンスを見つけてつかんだんだもの。みんなでがんばればうまくいくわよ。ほら見て、すてきでしょ。ここ、すてきでしょ。

人生のなりゆきなんて、百万通りあるさ、ドロテア。母親は石ころを吐きだすように英語を話す。でもね、ひとつだけそうはならないものがあるんだ。夢見たようには絶対にならない。どんな夢を見るのも自由だよ、でも、絶対にそのとおりにはならない。絶対にそうはいかない。たったひとつ、夢だけは実現しない。ほかのことは……。

母親は口をつぐみ、肩をすくめる。

ドロテアは濡れたスニーカーに目をやる。革がぼろぼろになりかけている。手をつきながら急な岩を下り、草をつかんでバランスをとる。海中の泥に手をつっこむ。泥をつかんで上に差しだす。ほら見て、お母さん。ここにはこんなにたくさん生きものがいるのよ。このひとつかみの泥のなかにもたくさん。

母親は目を細めて娘を見る。娘は捧げものかなにかのように空に向かって泥を差しだしている。そのとき、霧のなかから緑色のカヌーが滑りでる。ひとりの釣り人が櫂を漕ぎ、船尾には釣りざおがのっている。釣り人の首には白いネックレスがある。

少年は櫂を漕ぐ手を止める。櫂からしずくがしたたる。彼は岩の上のふたりの人影を注意深く見る。やせて険しそうな母親は帽子を片手で押さえ、まるで自分を岩につなぎとめようとしているようだ。娘は腰まで水につかり、海のかけらを差しだしている。彼は手を挙げる。笑顔になる。ドロテアの名前を大声で呼ぶ。


バスの町の金物屋は奥で釣り具を売っている。あごひげを生やし、大きな丸いひざの大男が、腰かけに座って釣り糸にリーダーを結んでいる。父親は釣りざおの棚を見あげ、親指でめがねを押しあげる。

いらっしゃい、と大男が言う。

この子に釣りざおを買ってやりたいんだが。

大男は戸棚に手を伸ばし、ひととおりそろった初心者向けキットを引っぱりだす。ドロテアに渡しながら言う。お嬢ちゃんにはこいつがぴったりだ、必要なものはなんでもついている。スピナーからなにから、全部ね。

ドロテアはキットを受けとり、腕を伸ばしたまま、リールとそっけないツーピースのロッドをしげしげ眺める。釣り糸を通すクロムメッキのガイド、ビニールの包装。タグには漫画のバスが漫画の池からはねでて三本針のルアーに食いつく絵が描かれている。父親は片手を彼女の頭に置き、気にいったかとたずねる。

ドロテアはなにもかも気にいらない。不細工でかっこ悪い。きれいに巻いたフライ用の糸がない。美しくない。フックに肉片をつけ、リールをからから鳴らし、少年に笑われる自分を想像する。お父さん、と彼女は言う。わたしが欲しいのはフライロッド。こんなの餌釣りの人が使うものだわ。

大男は大笑いする。父親はあごをさする。

大男は黒いレジ機を鳴らしてドロテアのフライロッドの代金を打ちこむ。巨大な指でおつりを数える。

フライをやる女の子なんて初めてだ、と大男は言う。女の子がフライをやるなんて話、初めて聞いたよ。大男の言いかたはやさしい。ドロテアを見つめる目。太いピンクの葉巻のような指。おじさんもフライをやるんだよ。まだ勉強中だけどね。きっとみんなずっと勉強中さ。学んで、学んで、死ぬまで学んで、それでも半分もわからない、そんなもんさ。

大男は山のような肩をすくめ、父親におつりを渡す。

見かけない顔だね。大男はドロテアにだけ話しかける。

ハープスウェルに引っ越してきたばかりなの、と彼女は言う。お父さんはバス鉄工所で働いてるんだ。船の設計をしてるのよ。今日は初めての出勤日だったの。

大男はうなずき、父親をちらりと見おろす。父親の手が開いて閉じる。

オハイオに住んでたんですよ、と父親は小さな声で言う。湖の貨物船を設計してたんです。こっちに来て腕試ししようと思ったもんで。なんたって、男にはたくさんのチャンスがありますからね。

大男はまた肩をすくめてみせる。ほほえむ。ドロテアに言う。そのうち一緒に釣りにいこう。ポッファム海岸あたりがいいかな。いいハコフグが来るって話だ。潮のゆるやかな浅瀬でスクーリーが競争してるぞ。あんたのかわいいロッドを持って見にいこう。

大男はにっこり笑ってまた腰かけに座る。ドロテアと父親は店を出て車に乗り、鉄工所の横を通る。造船所、だだっ広い鉄鋼倉庫、背の高い金網フェンス、首を振るクレーン、ドライドックでさびをしたたらせる緑色のタグボート。ミル・ストリートの坂の上からは、ケネベック川が大西洋に重たく流れこむのが見える。


夜、ドロテアは寝袋に座り、釣りざおを組み立てる。ふたつに分かれたロッドをつなぎ、プラスチックのリールをねじってとりつけ、ガイドにフライ用の釣り糸を通す。リーダーを結ぶ。

父親が入口にいる。

釣りざお気にいったか、ドロテア。

とってもすてき、お父さん。ありがとう。

明日の朝、釣りにいくのか。

朝ね。

母さんはなにか言ってたか。

ドロテアは首を横に振る。父親はもっとなにか言うかと思うが、言わない。

父親が行ってしまうと、息を止め、新品のフライロッドを手に窓をよじ登って外に出る。暗いマツの木立の下を通り、月のない夜を道を探りながら歩く。たき火に着く。ギターと歌声が聞こえ、少年がこのあいだと同じ丸太に座っているのが見える。彼女はマツの下にしゃがんで見守る。男にはたくさんのチャンスがあると言う父を思う。手をポケットに入れる。三つのストリーマーを、フックの先端を、羽根を探る。目を閉じる。手が震える。フックが指に刺さる。

彼女は立ちあがり、ためらい、向きを変え、左へ、海に向かって歩く。岩をよじ登り、陰をこっそり移動する。波打ちぎわに立ち、指先の血のしずくを吸う。体が震える。息を止めて抑えようとする。

肺に息を吸いこみ、静かに立って耳を澄ます。ハープスウェルの静けさが彼女の耳に波のように高まり、砕けて小さな音の虹になる。フクロウの声、たき火から聞こえるかすかな笑い声、マツがきしむ音、セミが鳴き、休み、また鳴く音。齧歯類《げっし》がブラックベリーの茂みを鳴らす乾いた音。小石がぶつかる音。木の葉が揺れる音。雲の行進する音まで聞こえる。その下では霧に包まれた海が低く静かに鳴っている。世界ってほんとにぎっしり詰まってるのね、ドロテア。あふれそうなくらい。彼女は息を吐き、腐敗と誕生からなる塩からい海のサイクルを味わう。ロッドを手にとり、ぎこちない手つきで釣り糸をガイドに通す。背後にしならせる。なにかに引っかかる。彼女はふり向く。

少年がいる。指先が彼女の肩に、カーディガンの袖に触れる。瞳が彼女を見つめる。

母親がまっ暗なドロテアの部屋に立っている。腰に当てた手はいまにも骨盤を砕きそうだ。黒い靴は床に根を下ろしている。ドロテアは窓枠にまたがり、片足はなか、片足は外にある。フライロッドは半分部屋に入っている。夜露に濡れたスニーカーに松葉がびっしり貼りついている。

あの男の子には会っちゃいけないと言ったでしょう。

どの男の子？

あなたをドロシーって呼んだ子。

カヌーに乗った子？

わかってるくせに。

わかってないのはお母さんでしょ。あの子のこと知らないくせに。わたしだって知らないわ。

母親はにらむ。体は震え、首の筋が浮かびあがる。ドロテアは息を止める。長く止めすぎて気分が悪くなる。

あの子と一緒にいたんじゃないわ、お母さん。釣りしてたの。練習だけど。釣り糸がめちゃくちゃにもつれちゃって。でも、あの子と一緒じゃないわ。

ペスカドール、ペスカドーラ。怪しいね。

わたしは釣りに行っただけ。


それからというもの、ドロテアは日没後の外出を禁止される。母親みずから手を下す。ドロテアの窓を長いボルトでふさぎ、釘を打ちつける。夜になると部屋のドアに鍵がかけられる。彼女は地図を見つめる。

夏は沈黙のうちに進む。借家は狭く、しばしばきしむ。毎日、父親は夜明けとともに家を出て、帰宅は遅い。夕食は無言だ。母親の顔はつつかれたイソギンチャクのように内側にくぼむ。ナイフとフォークがぶつかる音、テーブルに置かれた大皿。煮すぎて生命を奪われた豆。絞ったように乾いたトルティーヤ。お母さん、トウガラシとって。家がきしむ。マツがささやく。今日、釣りにいったの、お父さん。わたしの足くらいあるロブスターのはさみを見つけたのよ。すごいでしょ。

ドロテアは父親のすぐあとに家を出て、一日じゅう外にいる。釣りをする。あの少年を探しているのではなく、釣りをしているんだと自分に言いきかせる。はるばるサウスハープスウェルまで歩く。足首を泥だらけにして、波打ちぎわを歩き、貝をひっくり返し、棒きれでイソギンチャクをつつき、海辺の生命の小さな秘密を学ぶ。ナマコを強く握ってはいけない。ホタテガイの貝殻は割れやすい。イバラガニは流木の下に隠れる。タマキビガイはヤドカリを探す目印になる。アクキガイは殻にひっこんで出てこない。カブトガニを踏むとろくなことがない。フジツボはいい滑り止めになる。ウは三十メートル上空にいてもハマグリを割る音を聞きつけ、ぐるりと向きを変えて急降下し、地面に降りて貝をせがむ。海は豊かに花咲いていることをドロテアは学ぶ。学んで、また学ぶ。

だが、たいていは釣りをして過ごす。ノットを練習し、バーブドストリーマーが髪にからまり、流木の上にしゃがんで風でからまった結び目やリーダーのひどいもつれをほどく。釣り糸が茂みにからまり、枝に巻きつき、あるときは浮かんでいる洗剤の空ボトルにひっかかる。ロッドを持って歩くこつを学び、やぶを抜け、岩の上を運ぶ。リーダーの先にはティペットが必要なことすら知らない。ロッドのコルク製のグリップは塩と汗で黒ずむ。茶色い肩は古びた銅貨の色になる。スニーカーはぼろぼろになって脱げる。波打ちぎわを裸足のまま顔を上げて歩く。これが新しいドロテア。海辺のドロシーだ。

なにも釣れない。ポッファム海岸に行ってみる。海に突きだした細長いやせた砂地で試し、引き潮の河口で試し、潮がおだやかなときに試す。岩場からキャストし、木の桟橋からキャストする。首まで海につかってキャストする。成果はない。目のまえで、ボートに乗った男たちがバスを二十匹も三十匹も釣りあげる。美しいストライプトバスで、体にチャコールグレーの縞模様があり、半透明の口であえいでいる。彼女のストリーマーフライのフックには、ヒトツバエニシダか漂流物しかかからない。そのうえリーダーが無惨にもつれる。足首に釣り糸が巻きつき、いつのまにかできたノットがティペットをだめにする。

少年の気配はまったくない。

水から魚がとびだすのを、チョウザメがはねるのを見る。海の激しさを見る。アミキリの群れが波から放りだされ、あわてふためくニシンの大群のあいだをくねりながら通りぬけ、半分嚙まれて小刻みに震えるキュウリウオを浜に追いやるのを見る。河口の浅瀬で、死んだタラが白くふくれあがってひっくり返っているのを見る。潮の満ち引きで浜に上がったガンギエイがカツオドリにつつかれてばらばらになるのを、ミサゴが波頭からキスをさらうのを見る。

ある日の昼、少年たちがたき火をする場所に行く。空は灰色で低く、木のてっぺんぎりぎりまで垂れこめている。雨粒がぽつりぽつり、ゆっくり暖かく落ちる。たき火のあとは黒く濡れて平らだ。ビールの空きびんが、丸太の横や、切り株の上にちらばっている。彼女は岬まで歩き、セーターを脱ぎ、海に入って歩く。寄せる波が首にあたる。髪がまわりに浮かぶ。少年を、彼の熱い息を思う。荒れた指先。暗がりでは黒くなるあの緑の瞳。

一日じゅう、彼女はだれとも話さない。カーブを曲がるたびに、少年がいますように、霧に包まれて釣りしていますように、魚を求めて、彼女を求めてキャストしていますようにと祈る。だが、そこにあるのは岩と雑草と、たまに見かける河口に向かって流し釣りする船だけだ。

ある七月の夜。空気は重く湿ってよどみ、ドロテアが経験したことがないほど蒸し暑い。なかなか始まらない嵐を待って、空気は一日じゅう重い。海は鈍い暗灰色で平らだ。水平線はぼやけて灰色に溶け、空は低く垂れこめて借家にのしかかり、いまにも屋根がつぶれそうだ。夜になっても熱気は去らない。

ドロテアは自分の部屋に座って、汗を垂らす。葬ってやるぞと空に脅されているように感じる。戸口に父親が立っている。わきの下で汗が丸いしみを作る。床をモップで拭くとよくこうなった。いまは船の設計士だけど。

やあ、ドロテア。

お父さん、暑いわ。

がまんするしかないさ。

お母さんに頼んで窓を開けてもらえないかな。今晩だけでいいから。これじゃ眠れないわ。汗で寝袋がびしょびしょになっちゃう。

どうだかな、ドロテア。

お願い、お父さん。暑くてたまらないの。

ドアを開けておけばいい。

窓を開けてほしいのよ、お父さん。お母さん、もう寝てるでしょ。絶対わからないわ。今晩だけでいいから。

父親は息を吸って吐く。肩は落ち、背は丸い。ドライバーをとってくる。音をたてないように窓のボルトをはずし、釘を引きぬく。


少年はいない。

ドロテアはたき火の光の外で汗を垂らす。松葉がひざに貼りつく。蚊が円を描き、止まり、刺す。肌に止まった蚊をつぶす。たき火の煙が風のない空に昇る。息を止め、長い時間が過ぎ、目の焦点が合わなくなり、胸が痛くなる。もう一度、汚れたおだやかな顔を、ハープスウェル岬のたき火を囲み、オレンジの炎に照らされた少年たちの顔をぐるりと眺める。彼の顔はない。どこにもいない。

まわって岬に行く。すっかり知りつくした場所だ。小さな秘密の入り江。ある朝、白いロブスターを見つけた深い潮だまり。秘密はすべて彼のおかげだと思う。そこに行けば彼に会える、釣りをしていて、最高に暑い夜にセーターを着ている彼女を笑うはずだ。きっとそこにいて、海のことを教えてくれるはずだ。彼女にのしかかる荷をどけてくれるはずだ。

岬にもいない。

彼女はたき火に戻り、まっすぐ近づく。十四歳の少女は、心を決め、たくましい。ハープスウェルの少年たちの視線が彼女に集まる。その熱を彼女は感じる。煙が目に入る。彼女は少年の名前を言う。

もういないよ、とだれかが言う。少年たちは彼女を見て、目をそらす。みな火を見つめる。ボストンに戻った。一週間まえに。家族と一緒に帰ったんだよ。

彼は夏の観光客だった。

ドロテアはたき火から離れる。やみくもに歩く。マツの枝が顔をこする。つまずいて、濡れた草むらに倒れる。ひざには草のしみがつき、泥で汚れ、すり傷ができる。砂利道に出る。うつむく。体の内側が激しく乱れる。いくつもの私道を通りすぎ、窓にテレビの青い光が映っている家を通りすぎる。犬が吠える。フクロウが鳴く。角を曲がり、舗装された道を下る。材木置き場を通りすぎる。道に迷ったことを心の隅で知っている。体の内側のはるか奥が冷たい。空はかぎりなく低く垂れこめる。

歩き、走り、足は裸足で、体のなかは冷えきったままで、海はどちらかさえわからない。一キロ半、あるいはそれ以上歩く。道は砂利道から舗装路になる。震えながら少し座って休む。一時間たち、さらに一時間たつ。空は桃色になる。一台のトラックが騒がしく揺れながら道を来る。フェンダーは垂れ、片方のヘッドライトは壊れている。彼女の横でスピードを落とす。めがねをかけた男が助手席側に体を伸ばし、ドアを押しあける。彼女は乗りこみ、鉄工所まで乗せてほしいと頼む。

背の高い金網フェンスのゲートで降ろされる。彼女の足はすり傷だらけで赤く、泥で汚れ、髪はもつれ、束になって垂れる。帽子をかぶり、ランチボックスを持った男たちが、早足で彼女を追いぬく。一台のメルセデスがゆっくり進む。窓は色ガラスで、タイヤが砂利を踏む。男たちのあとにつづいてゲートをくぐる。〈事務所〉という看板がある。ブースにはバッジをつけた太った男がいる。その向こうには波形材で作られた巨大な倉庫があり、クレーンが首を振っている。鋼管を積んだはしけが停まっている。

彼女は男のいる窓をノックする。男はクリップボードから目を上げる。

父が、と彼女は言う。サンチャゴ・サンファンっていうんですけど、お弁当を忘れて。届けたいんですが。

太った男はめがねを押しあげ、彼女を、すり傷だらけの茶色い足をしげしげ眺める。震える指を見る。クリップボードに目をやる。書類をめくる。並んだタイムカードに目を走らせる。

なんて名前だって?

サンファンです。

男はまた彼女をしげしげと見る。ようやくクリップボードに目を戻す。サンファンね。あった、あった。C-4ドックだ。ここをまわった裏だよ。

彼女はC－4と書かれた矢印をたどる。コンクリートの埠頭で、頭上には重たいクレーンがのしかかり、高く積まれたコンテナが並んでいる。スーツを着てネクタイを締め、ヘルメットをかぶった男たちが追いこしていく。わきには丸めた設計図を抱えている。フォークリフトが警笛を鳴らして通りすぎる。運転手は彼女をじろりと見る。

父親を見つける。埠頭の端の大きな青いゴミ収集箱のそばにいる。よどんだ川がそばを流れる。発泡スチロールのカップが流れに揺れて浮かぶ。ゴミ収集箱のまわりでカモメがやかましく鳴き、白と灰色の羽が飛びまわる。父親は茶色く汚れたつなぎを着ている。手にはほうきを持っている。カモメに向かって弱々しくほうきを振る。カモメは叫び、父の頭に急降下爆撃を食らわせる。

父親はふり向き、彼女を見る。ふたりの目が合う。父は目をそらす。

ドロテア。

お父さん。ずっと、何カ月も、船の設計をしてるって言ってたじゃない。それ以上言えない。寒気がして震える。父親の横に立つ。父はほうきにもたれる。濁った川が海に注ぐのを並んで眺める。ドロテアは震え、父が抱いても震えは止まらない。

水平線から一隻の駆逐艦《くちくかん》が曳航《えいこう》されてくる。タグボートがエンジンをうならせ、そのうしろで静かな灰色の巨獣が大きな航跡を描き、船体の横に書かれた番号と、船を撃沈する大砲がドロテアの目に入る。大砲は冷ややかで隙がない。船体はマンションのように大きい。こんなに大きなものを父親が学べるなんて、どうして信じたのだろう。そもそも、こんなに巨大なものを学べる人などいるのだろうか。

ドロテアの寒気はおさまらない。ふり払えず、具合が悪くなる。一日じゅう寝袋から出ない。フライロッドは部屋の壁に立てかけたままだ。見るのもつらい。海の音が聞こえ、気分が悪くなる。この世界が回っていると思うと、気分が悪くなる。足のすきまのどこからか霜がこっそり這いこみ、首まで上ってくる。できるだけ長く息を止める。つぎはもっと長く。視界がまだらになるまで、自分では制御できない体内のスイッチが入り、息が吐きだされ、吸いこまれ、視界がいくらかまともになるまで。

彼女は寝袋で丸まって震え、冬が押しよせる夢を見る。海はセメントのような灰色で、水平線は太陽に昇るチャンスを与えないまま葬る。冬じゅう夜がつづく。釣り針の先端のような星。裸足の足の下で雪がきしむ。夢のなかで、彼女はハープスウェル岬にしゃがみ、風が波を引きちぎるのを眺める。少年はどこにもいない。だれも、どこにもいない。鳥も、魚も。魚は逃げ、川を離れ、広がりゆく海に群れをなしてとびこんだ。海と川は空《から》になった。岩からはカサガイもフジツボも海藻もむしりとられた。釣り糸が足首にめちゃくちゃにからまり、太い縄や渦巻くクモの巣もまとわりつく。彼女は網でのたうつ魚になる。彼女は父親になる。父の世界はなにもかもいやらしくもつれている。

目覚めると母親がいる。母親はドロテアに白湯《さゆ》を持ってくる。この役割を与えられて、母親はまえよりもほんの少しやさしい。ドロテアをとりもどした母親、夫は船の設計の仕事をなんとかこなしているとまだ半分信じている母親。ドロテアはかたわらにいる母親を見つめ、首に浮かぶぴんと張った細い筋を見つめる。ドロテアの首にも似たような筋がある。横になってまどろみながら、母親が家のなかを動く音を、流しで鍋を洗う音を聞く。

八月初め。明けがた、ドアをノックする音が響く。ノックの音はあまりに大きく場違いで、ドロテアは寝袋からとび起きる。母親が台所から出てくるまえにドアを開ける。体の内側で熱が勢いよくはじける。目を細めて朝を見る。戸口に巨大な人影がある。金物屋の大男だ。巨大な手に格好いいフライロッドを持っている。

声はばかでかく、小さな家にはおさまらない。やあ、おはよう。大男の声が響く。今日、朝のうちにちょっと釣りにいかないかと思ってね。どうだい、時間あるかい。

大男はドロテアだけを見つめる。ドロテアはパジャマのまま、海とマツの香りがする大男のにおいを感じる。母親は台所からそっとのぞき、タオルで手を拭く。

大男とドロテアはポッファム海岸を歩き、大男は巨大な歩幅で何メートルも先に進む。彼女は小走りについていく。空は、はるか水平線までいつわりなく青い。海に入り、並んで釣りをする。ドロテアは足が海にひっぱられるのを感じる。大男は釣りながら口にくわえた煙草を上下に揺する。ときどき彼女のキャストを見守り、もつれた糸を見てほほえみ、うまく入るとほめる。

大男の釣りは不格好だ。釣り糸は美しくダンスしない。少年のようにわざわざフォールス・キャストすることもない。一度だけうしろに投げて、波頭の上を歌うように飛ばすだけだ。巨大なピンクの手で釣り糸を引きだし、また投げる。

釣りは要するに時間なんだ、と大男はドロテアに言う。釣り糸をどれだけ長く水中に入れておけるかってことだよ。釣り糸が水のなかになきゃ魚は釣れないだろ。

正午まで釣ってもなにもかからず、流木に腰を下ろす。大男がビニール袋に入れて持ってきた干しぶどうを、ふたりで食べる。彼女の質問に彼は答え、彼女は頭上に照りつける太陽が体の奥の小さな場所に届くのを感じる。

午後、大男はつぎつぎにストライプトバスを釣りあげる。釣り糸が沖へ遠く飛び、そのたびにさおの先が急な弧を描いてしなり、魚と戦ってたぐり寄せ、石で頭を殴り、スーパーのビニール袋に入れて砂浜に置く。

夕方、ドロテアは大男の隣に立ち、バスのはらわたを出すのを見守る。手早く腹を割き、内臓が揺れながらくるくると波に流れてる。これもメイン州なんだ、釣った魚を砂浜でさばくこの人も、と彼女は思い、新しくても古くても自分はドロテアだし、いつもいつまでもドロテアだし、この世界には、まだたくさんのチャンスが残っていることを知る。

魚を持って引きあげるとき、大男はドロテアを見つめてほほえみ、優秀な女釣り師だ、ブエナ・スエルテ、がんばれよ、と言う。なんだかメキシコあたりの白人のような言いかただ。ここはメイン州なのに、おまけにこんな大男から言われると、妙な感じがする。だが、もちろん悪い気はしない。

ドロテアは釣りつづけ、水平線が徐々に太陽をのみこむ。釣りつづけて腕が痛むが、いまではキャストも上達し、狙いどおりにフライを入れ、大男に教わったとおりにストリーマーを動かせるようになる。海も読める。魚はくぼみにどんなふうにじっとしているか、どんなふうに隠れているかわかる。小魚やそれを狙う鳥が通るのを待ちかまえる。腕は鉛のように重くなる。足は感覚を失う。足は彼女自身のものではなく、むしろ海につながっているように感じる。

夕日が、燃えさかる光が雲を染める。夕日は光のくさびを水中に沈め、くぼみを照らし、そこにドロテアはストリーマーを落とす。その奇跡のような一瞬、ストリーマーは青いくぼみを舞い、バスが食いつく。

魚は力強く、彼女は力をふりしぼり、釣りざおは想像以上にしなり、彼女は動転する心を抑えつつ、魚を引っぱりながら、ゆっくりあとずさって浜に向かう。魚は跳ね、彼女の裏切りに逆らう。ドロテアは必死にさおをつかむ。魚の力が釣り糸を伝わってくる。気高い戦い。生命をかけた戦い。彼女も応戦する。

ようやく浜に着き、あえいで跳ねる魚を砂浜に引きあげ、その上にまたがり、口からフックをはずす。縞模様のある半透明の大魚が薄暗がりに横たわる。下あごをつかんで魚を持ちあげ、愚鈍な大きい目をのぞく。

魚を両腕でかかえ、歩いて海に入る。肩の深さまで進む。大きく息を吸い、肺にとどめる。魚をわきにかかえる。筋肉を、縦に並んだ引きしまった肉の列を感じる。自分の筋肉を、痛み、疲れた、たくましい筋肉を感じる。体を沈めて海に潜る。二十数える。魚を放す。

長いあいだ、これはグリセルダの物語だった

一九七九年、グリセルダ・ドラウンはボイシ高校バレー部の最上級生だった。背がとてつもなく高く、太ももは木の幹のようで、腕はほっそり長く、バレー部がアイダホ州大会で優勝したのは、「チームワーク」をうたったTシャツとは裏腹に、彼女のくりだすサーブのおかげだった。灰色の瞳で、育ち盛りで、オレンジ色の髪で、早熟な体つきで、いろいろなうわさがあった。へこんだチューバや破れた太鼓がしまってあるブラスバンド部のほこりだらけの物置で一度にふたりの男子を相手にしたとか、すごい格好で物理の教師にまたがっていたとか、自習時間にアイスキューブで破廉恥《はれんち》なことをしていたとか。どれもうわさだった。ほんとうかどうかは問題ではなかった。だれもがその話を知っていた。ほんとうだとしても不思議はなかった。

　グリセルダの父親はかなりむかしにいなくなり、母親はボイシ紡績の工場で二交替ぶっつづけで働いた。妹のローズマリーは、選手になるには背が低くてぽっちゃりしていたので、チームの用具係になった。折りたたみ椅子に座ってスコアボードのスイッチを動かし、記録をつけ、コーチが選手に全力反復疾走をやらせているあいだにボールに空気を入れた。

始まりはある八月の午後だった。練習を終えたグリセルダは、舗道に出て、れんが造りの体育館の日陰に立ち、長い腕に社会科の教科書をはさみ、スクールバスのエアブレーキの音と学校の正面のまばらなポプラの木立を風が揺する音を聞いていた。巻き毛の妹がダッシュボードからかろうじて目を出して、さびが浮いたトヨタを運転してきた。姉妹と母親の三人で使っている車だ。姉妹はアイダホ野外市会場で開かれる〈ザ・グレート・ウェスタン・ショウ〉に向かった。グリセルダは助手席に座り、大きなひざをダッシュボードに押しつけ、面長の顔を窓から出して風を浴びた。ローズマリーの運転はゆっくりで、赤信号のたびにきちんと止まり、ぎこちなくギアを入れかえた。ふたりはなにも話さなかった。

野外市会場の駐車場で、お祭りの空気を胸いっぱい吸いこむふたりの姿をぼくらは見かけた。ドーナツやキャラメルやシナモンの匂い、テントがはためく音、オルゴールのメロディを奏でる回転木馬、テントのロープを伝い、中央通路の雑踏の土ぼこりにのって跳ねてくる肉感的な音。電信柱にステープルで留められ、風に丸まったビラ。ガソリン式の発電機やジャイロトラックの低くうなる音、レモネード売りのトラック、プレッツェル、ポップコーン、ベイクドポテト、星条旗、乗りものが揺れる音、唐突にあがる乗客の悲鳴——そのすべてがふたりのまえに、蜃気楼《しんきろう》のように、夢と現実のはざまにあるように揺らめいていた。

グリセルダはロープでしきった入口と檻《おり》のような入場券売場に大またで近づいた。檻には極端に小さい切符売りがいて、椅子の上に立っていた。ローズマリーはあとからとぼとぼつづき、とがったテントの上にはボイシの丘がそびえ、青白い空に茶色くかすんで溶けていた。グリセルダはポケットからくしゃくしゃの一ドル札を二枚引っぱりだし、切符売りに渡した。

これがあとからぼくらが語ったグリセルダの物語、スーパーのレジ待ちの列や、バレーの試合の観客席でささやいた物語だ。ふたりの姉妹が中央通路を一列になってぶらぶら歩いていた。グリセルダがまえ、ローズマリーがうしろ。二十五セントでわたあめを買い、桃色の砂糖の雲に顔を半分うずめて、屋台のにぎやかな呼びこみのなかをそぞろ歩いた。さあピエロの口にピストルをぶっ放そう！　ほらほらお嬢さん、風船割らないか！　ふたりは二十五セントでコーラびんの輪投げをした。ローズマリーは水槽に浮かべたゴムのアヒルを釣りざおで釣りあげ、うす汚れた小さなパンダをもらった。目はプラスチックのボタンで、縫いとりで描かれた顔はしかめ面をしていた。

太陽の光が長く伸びてオレンジ色になった。姉妹は屋台や乗りもののあいだをぶらつき、ぼんやりした胸焼けを感じながらわたあめを口で溶かした。紫の夕闇が深まるころ、ついにふたりは会場の一番奥にあった金物喰いのテントに着いた。人だかりがしており、ほとんどがジーンズとブーツ姿の男たちだった。グリセルダは立ち止まり、男たちのあいだに腰で割りこんで、帽子をかぶった頭ごしに軽々とのぞいた。テントの奥に正方形の小さなテーブルがあり、地面より一段高くなって、黄色いスポットライトが当たっていた。ゴムくさいテントのにおいがして、スポットライトの光に虫がけだるそうに浮かぶのが見え、まわりの男たちが金物を食べるのがどんなに不可能で異様なことか言いあうのが聞こえた。

ローズマリーは見えなかった。体を左右に動かした。もう遅いから帰ろうと言った。うしろにも大勢集まっていた。グリセルダはわたあめをちぎって口に入れ、舌で上あごに押しつけた。パンダを握ってぶらさげている妹をじろじろ見た。抱っこしてあげようか、と彼女は言った。ローズマリーはまっ赤になって首を横に振った。金物喰いなんて、とグリセルダはささやいた。初めてだわ。どんなだか想像もつかない。いんちきに決まってるわよ、とローズマリーは言った。ほんとうのはずないわ。こういうのって、ぜったいいんちきだもの。グリセルダは肩をすくめた。

姉妹はにらみあった。わたしは見る、とグリセルダは言いはった。わたしには見えない、とローズマリーは口をとがらせた。今度はグリセルダが首を横に振る番だった。じゃあ、見なきゃいいでしょ、と彼女は言った。ローズマリーはむっとして傷ついた表情になった。すねている子どものようにパンダを胸に抱きしめ、重たい足どりで車に向かった。グリセルダは舞台を見つめた。

ほどなく金物喰いが登場した。テントの男たちは静かになり、聞こえるのはささやき声と、黄色いスポットライトのなかで宙返りする虫の羽音と、遠くで鳴る回転木馬の音だけになった。金物喰いはスーツを着た身だしなみのよい男で、細身で小柄で上品だった。グリセルダは心を奪われて立ちつくした。なんてすてきなんだろう。輝くめがね。光る靴。引きしまった体つき。アイダホ州ボイシで金物を食べるのに、あんなピンストライプのスーツを着て、あんなカフスボタンをはめているなんて。こんな男を見るのは初めてだった。

男は壇上のテーブルに着いた。その繊細で端正な動きに、グリセルダはステージに突進して抱きつき、キスを浴びせ、むさぼり、体と体をからませたくなった。男はなにからなにまで違っており、謎めいた底なしの魅力があった。彼女は彼の外見の下に深く隠されたなにかを見抜いたにちがいない。ほかのぼくらには、そこまで鋭く感じられないなにかを。

男はチョッキのポケットからかみそりの刃をとりだし、一枚の紙を横に切った。そしてその刃を呑みこんだ。男はまばたきもせずに彼女の目を見つめていた。のどぼとけが激しく動いた。男はかみそりの刃を半ダース呑みこむと、おじぎをしてテントの裏に消えた。客は礼儀正しく拍手した。ほとんど困惑したような拍手だった。グリセルダの血は煮えたぎった。

暗くなってから、怒って髪がちりぢりになったローズマリーがその場所に戻ると、金物喰いの見世物はとうに終わっていて、グリセルダの姿もなかった。そのころ彼女は、キャピトル通りのギャラクシー・ダイナーでソーセージパティの皿に身をのりだしていた。その目は金物喰いの灰色の目に釘づけになったままで、彼の目も同じだった。真夜中にはボイシを遠く離れ、トラックの座席に横になっていた。金物喰いはオレゴン州の州境を越え、ひざにグリセルダの頭をのせ、華奢《きゃしゃ》な指で彼女の髪をなで、小さな足でアクセルを踏みこんだ。

朝になり、ミセス・ドラウンはローズマリーにことの詳細を話させた。それを聞く交通警官はあくびまじりで、親指はベルト通しにひっかけたままだった。記録ぐらいとったらどうなんですか、とミセス・ドラウンはどもりながら言った。グリセルダさん、もう十八歳でしょう、なんで記録する必要があるんですか、と警官は言った。法律上、大人なんだから。警官は大人という言葉を大きくはっきり発音した。お・と・な。まあ、そんなに気を落とさずに。似たような話は千回も聞いてます。そのうち帰ってきますよ。そういうもんです。

グリセルダの物語は、学校周辺で敵意と悪意をこめて語られ、やがて学校の外にも広がって、スーパーの食品売場や映画館の列でひとしきり話題になった。じきに帰ってくるさ、とぼくらは言いあった。後悔するに決まってるよ、倍も歳の違う見世物小屋の怪物と駆け落ちするなんて。まあ血は争えないってことさ、どんなことをしてるか想像もつかないね。いまごろ腹ボテになってるよ。それくらいじゃすまないかもな。

ミセス・ドラウンが気難しくなったのはまもなくのことだ。スーパーのシェイバーズで見かける仕事帰りの彼女は、すっかり小さくなり、苦々しい顔で、関節炎で痛む腕にセロリを入れたかごを下げ、首にネッカチーフを結んでいた。彼女は自分だけが儀礼的なあいさつのポケットに入りこみ——やあドラウンさん、ひどい雨ですね——外では娘のうわさが渦巻き、彼女の耳に入らないところで町の人がみなささやきあっていると信じていた。

ひと月もしないうちに、母親は家から出なくなった。仕事はクビになった。訪ねてくる友人もいなくなった。みんなしゃべりすぎだよ、と高校を中退して母親のかわりにボイシ紡績で働くローズマリーに言った。母さん、しゃべりすぎるって、だれが？　みんなだよ。みんな陰でうわさしてるじゃないか。あたしがうしろを向いたとたんにしゃべりだす。背中に向かってしゃべりだす。これっぽっちも知らないことをうわさしあうんだ。

もちろん、しばらくするとぼくらはグリセルダの話をしなくなった。彼女は帰ってこなかった。一日十四時間働く太った妹や、いなくなった娘のせいで偏屈になった母親には、なにも目新しいことやおもしろいことはなかった。高校には新しいグラマーな娘がいて、新しいうわさのもとになった。グリセルダの物語は新しいネタがとぎれてお払い箱になった。

不幸なことに、ミセス・ドラウンは、彼女の耳に入らないだけで、うわさはすぐそこで健在だと信じつづけていた。丘に登る途中、ぼくらが小さな平屋の家を通りかかると、窓から彼女の怒鳴り声が飛んできた。べらべらしゃべるんじゃない！　彼女はグリセルダの部屋で過ごし、グリセルダのベッドで寝た。肌は血の気を失って黄ばんだ。家を離れようとせず、郵便さえとりにでなかった。ほこりが積もった。庭は茶色くなった。雨樋には落ち葉が詰まった。家はいまにも地面に沈みそうに見えた。

そのあいだずっと、グリセルダは家に手紙を送りつづけた。郵便で届く手紙は、ローズマリーが見つけた。毎月一通、請求書に混じって、小さな活字体の字で住所が記され、そのつど異なる切手と消印のある封筒が届いた。手紙は短く、つづりはまちがいだらけだった。

愛する母さんと妹へ――いまいる町には、死んだ人のための土地が四千平方メートルもあります。死んだ人は引きだしのついた白い戸棚のようなものに入れられて高く積まれています。戸棚と戸棚のあいだは歩けるように芝生の通路になっています。とてもすてきです。ショウはうまくいっています。島の反対側で暴動が起きています。お母さんたちとおなじで、あんまり遠すぎてよくわかりません。

手紙には言いわけも説明もなく、罪の意識に揺れたり、後悔に言葉がとぎれたりすることもなかった。ローズマリーはベッドに座り、切手や消印に記された地名を、声には出さず口だけ動かして読んだ。モロカイ、ベロオリゾンテ、キナバル、ダマスカス、サマラ、フィレンツェ。ありとあらゆる地名があり、どの封筒にも快い響きの言葉が――シチリア、マサトラン、ナイロビ、フィジー、マルタ――記され、彼女は想像をかきたてられて、ボイシの外にある広大な未知の土地と海を思い描いた。ベッドに座り、一通の手紙を手に何時間も過ごし、その手紙をここまで運んできた数々の手を、姉とボイシのあいだにあるすべての手を、彼女自身と、雲を桃色に染めるネパールの朝焼けと、京都の千年の庭と、カスピ海の黒い波とのあいだにあるすべての手を想像した。ボイシ紡績とスーパーのシェイバーズの向こうに、ノースエンドのひび割れて沈みかけた小さな家の外に、輝く世界があった。まったく違う世界だった。これが証拠だ。それが姉のいる世界なのだ。

ローズマリーは、母親には手紙を一通も見せなかった。グリセルダが永遠にいなくなったのなら、二度と戻らないのなら、それが母のために一番だと思った。

ローズマリーの人生は、手紙と母親と仕事のまわりをあくびしつつ巡り、退屈で、足どりは重く、味気なかった。紡績工場では染めた布がボビンに巻きとられるのを監視し、一日じゅう腰の痛みに耐えながら、安全ゴーグルをはめて、巻き機の回る音とうなる音を聞いて座っていた。体重が増え、靴底は足の重みですり減った。厳密な買いもののリストを持ってシェイバーズに行き、ちびた鉛筆で小切手帳の収支を合わせ、崩れゆく母親にスープを飲ませた。家を掃除したり、化粧品を買ったりしようとは思わなかった。カーテンはねずみ色になった。ソファのクッションから駄菓子の包み紙が突きだした。窓枠には置きっぱなしのソーダの缶がいくつも貼りつき、飲み口にアリがぞろぞろ入りこんだ。

やがて彼女は処女と薬指をダック・ウィンターズに与えた。ダックは太っていて気の弱いシェイバーズの肉売場の店員で、永遠にひき肉のにおいがしみついていた。彼は沈みかけた小さな家に引っ越してきた。なんとなく恥ずかしそうに手を貸して、いつも缶ビールを手放さず、庭をいじり、傾いた雨樋を掃除し、網戸を張りかえ、玄関の踏み石の欠けた部分をとりかえた。ミセス・ドラウンのことは見て見ぬふりをした――うわさ好きを非難する無意味なつぶやきも、グリセルダの部屋で寝ると言ってきかないことも、トイレを流し忘れることも――そのためにいつも水っぽいビールでほろ酔いになっていた。彼は誠実で大きくて、ローズマリーがクロスワードパズルをするかたわらで眠りに落ちた。ときおり抱きあっておずおずとセックスした。実ることはなかった。

グリセルダからはあいかわらず毎月手紙が届き、世界のさまざまな土地から送られてくる封筒には、まちがいだらけの文章が収められ、心くすぐる地名の消印が押されていた。カトマンズ、オークランド、レイキャビク。

グリセルダが金物喰いと駆け落ちしてから十年後、ダック・ウィンターズは義母が浴室で死んでいるのを見つけた。自然死だった。ローズマリーは母親の灰を裏庭にまいた。雨の日で、灰はくっついて固まり、まったくドラマチックではなかった。ミセス・ドラウンの遺灰は、フッキソウの葉にたまり、泥に混じって細い筋になり、フェンスをくぐって隣の庭に流れこんだ。

その日の夕方、シェイバーズから帰ったダックが疲れた足どりで寝室に入ると、ローズマリーが手足を広げてベッドに横たわっていた。太い足はまっすぐ投げだされ、ほほには涙が光り、ひざの上にはひもできちんとたばねた封筒の束があり、ももにはぼろぼろになったぬいぐるみのパンダがのっていた。ダックはそばに体を横たえ、片手で彼女の首筋に触れた。ローズマリーは涙を浮かべて彼を見つめた。いままで黙ってたんだけど、と彼女は泣きながら話した。姉さんからずっと手紙が来てたの。でも、母さんには知られたくなかった。知ってるよ、とダックはささやいた。姉さんは世界中ありとあらゆるところに行ってるの。どこに行くのも、ずっと同じひとりの男と一緒に。ダックはローズマリーを抱きよせ、彼女の頭を腹に当ててそっと揺すった。彼女はダックに話を――グリセルダの物語を――した。そのあいだずっと彼は彼女をなだめ、ほほを伝う涙をキスでぬぐった。知ってるよ、彼はささやいた。みんなが知ってるよ。

ローズマリーはすすり泣いて、彼の体に体を埋めた。ふたりは抱きあい、ダックが彼女の頭のてっぺんにキスすると、髪のにおいが感じられた。ふたりは塩辛く思いやりに満ちたやさしさのなかでともに動きはじめ、時間をかけ、心をこめて動きつづけた。彼は彼女の体じゅうにキスをした。あとで、ローズマリーはダックの大きな腕のなかに横たわってささやいた。あれは姉さんの物語。姉さんのための物語。わたしたち、これからは自分たちの物語を作りましょう。ね、ダック。彼はなにも言わなかった。もしかしたら眠っていたのかもしれない。

翌朝、いつもより遅く目覚めたダックが台所に行くと、ローズマリーが大切にとってあった手紙の束の最後の封筒を燃やしているところだった。封筒が燃えて黒く焦げ、流しでばらばらに崩れるのをふたりは一緒に見守った。ダックは彼女の手首をつかみ、輝く空の下に連れていった。きのうの雨で木や草は生きかえったように青かった。ふたりは坂道を登って家の界隈を離れ、名もない峡谷に入り、息を切らしてヤマヨモギのあいだを抜け、体の重みに痛めつけられたスニーカーで歩きつづけ、プレイリースターやコショウソウやヒマワリをかきわけて歩き、草花の花粉が薄いベールのように自由に漂った。高い尾根で息を切らして立ち止まると、眼下に広がる町が見わたせた。州議事堂のドーム、並木道、家々が並ぶノースエンドの小さな住宅地、そして遠くにはオワイヒー山脈がきらめいていた。ダックはネルのシャツを脱いで野草の上に広げ、ふたりはコオロギの声と群れをなして漂う花粉に包まれ、青空の下で、ボイシの町を見おろす丘の上で、愛を交わした。

それからというもの、ふたりはほどほどに満ちたりた暮らしを送り、ようやく、それとわからないほど少しずつ、たがいを知っていった。ダックは小さな家を白いしっくいで塗った。ローズマリーは裏庭に母親をしのぶ石を置いた。ドアと窓を磨き、古い服やバレーのトロフィや高校のノートを詰めたたくさんの箱や袋を運びだした。ダイエットも試した。ふたりで手をつなぎ、キャメルズバック公園をのんびり散歩する姿を見かけることさえあった。グリセルダから毎月届く手紙は、消印をちらりと見ただけで、台所のごみ箱に直行した。

そして数年たち、ある日、広告が出た。『アイダホ・ステーツマン新聞』の日曜版の娯楽ページに載った〈金物喰いワールドツアー〉の宣伝には、世界中でチケットが売り切れた熱狂的人気の超一流ステージが、一月にボイシ高校体育館にやってくると書かれていた。新聞一面を使ったぜいたくな広告で、隣の文字にしずくがしたたる毒々しい書体で書かれ、裸同然の漫画の娘の口からは、金物喰いは同じものは二度食べないとか、二週間まえの興行地フィラデルフィアではフォードのレンジャーを食べたとか、大仰な言葉がとびだしていた。

おい、ローズマリー、とダックはブランのシリアルとドーナツを食べながら言った。信じられないものが出てるぞ。


だれもがチケットを欲しがった。見逃すわけにはいかない。チケットは四時間で売り切れ、高校には電話が殺到し、人々はもっと広い会場にしろと文句を言った。だが、ローズマリーは行こうとしなかった。その話には耳を貸さず、考えてみようともしなかった。ひとり二十五ドルなんて、彼女はあきれたように言った。冗談でしょう。もういいじゃない、ダック。忘れましょう。

一週間後、グリセルダから手紙が届いた。フロリダ州タンパの消印があった。ローズマリーは細かくちぎり、かけらをごみ箱に捨てた。

金物喰いが体育館にやってくる日の午後、シェイバーズの経営者から店を月末で閉じると通告があった。長年赤字がつづいている。みんなステート通りのアルバートソンズで買っている。従業員は即時解雇する。

ダックは血のついたエプロンのまま重い足どりで納品場に行き、牛乳パックの入った箱に腰を下ろした。雪が降っていた。通路には解けかけた雪がちらばっていた。青果担当の主任がダックの背を軽くたたき、ビールをひとケース差しだした。ふたりはビールを飲み、どこで働き口を探そうかというような話を少しした。雪に小便をした。主任のところに妻から電話があった。今晩の金物喰いのショウに一緒に行けなくなったという。彼はダックにチケットを渡した。

でも家内が、とダックは口ごもった。行かせてくれないんですよ。金の無駄だって言って。ダック、と主任はうんざりしたような声で言った。おれたち、たったいまクビになったんだぜ！　ひと晩ぐらい、好きに楽しんだっていいじゃないか。ダックは肩をすくめた。ほら、と主任は言った。今晩この男は金物を食べるんだ。スノーモービルを食べるかもしれないってうわさだぜ。それに、と彼は言いたした。グリセルダ・ドラウンがいるかもしれないだろ。


高校の体育館にはステージが設けられ、えび茶色のカーテンでしきられて、まわりに折りたたみ椅子が並べられていた。ひとり二十五ドル、会場は満員だった。三十分遅れてカーテンがうなりながら上がると、ステージには金物喰いがいて、テーブルをまえに座っていた。小柄な身だしなみのよい五十代の男で、黒いスーツに白いシャツを着て、黒いネクタイを締めていた。テーブルをまえにとりすまして座り、後光のように広がる灰色の髪の上に、つややかなピンク色の頭が半分に切った卵のように突きだしていた。瞳は灰色で、くぼんでいて、大きすぎるほどだった。

男は満足げにひざの上で手首を重ねていた。背後でスパンコールをちりばめた青いカーテンがわずかに動き、静止した。

ぼくらは雪靴をいらいら動かしながら待った。なんの変哲もない光景をまえに、さえない男が体育館のそっけない光を浴びてなにもないテーブルに着いているのをまえに、ささやきあい、体を揺すり、汗ばんで待った。パーカを着た人間の集まりから大量の湯気が生じ、頭上を漂った。外は雪で、校庭に駐車したミニバンやワゴンに降り積もった。空気には解けかけた雪といらだちのにおいが漂った。ひとりの赤ん坊が大声で泣きだした。折りたたみ椅子の脚のゴムが固い木の床に押しつけられて鳴った。スリーポイントラインで雪靴がきしんだ。

ぼくらはちらしをしげしげ眺めた。毒々しい書体を、血を流して隣の字にしたたりかかる文字を、信じがたい驚愕の事実をうたった文句を見た。金物喰いをご覧あれ！　潰した缶を食べ、船外モーターを平らげる！　毎回違うステージ！　テーブルの向こうにいる小男がこれからそんなことをするとはとうてい思えなかった。ダックが青果主任と一緒に入ってきて最後列に近い席に座った。ふたりの巨大な太ももが椅子の端からはみだした。

そのとき、背後のスパンコールのカーテンがふわりと横に開き、グリセルダ・ドラウンにまちがいない女性が出てきた。太ももとふくらはぎを見せつけるような、スリットの入ったきらめくドレスを着て、履いている靴のヒールは途方もなく高く、先に向かって細まり、先端は点のようだった――あんな靴でどうやって歩くのだろう、そもそもどうやって立っていられるのだろう――長いふくらはぎがはさみのように動き、ドレスが狂おしく輝いた。何人かの男が口笛を鳴らした。彼女の動きはキリンを思わせ、体つきにふさわしい気品があった。うしろにまとめた髪は、万力で締めつけたかのように整然と列を描き、瞳は渦巻き、指の長い手でワゴンを押してでこぼこのステージを進み、小男が座っているテーブルに運んだ。

彼女のせいで金物喰いはいっそう小さく見えた。乳房はきらめくドレスに押しこまれ、谷間の線はやわらかく陰っていた。ワゴンから白いナプキンをとりだし、金物喰いのつるつるにはげた頭の上に掲げ、小気味よい音をたててひと振りすると、男の首に結んだ。つぎにワゴンからバターナイフとフォークとブリキの皿をとりだして、ナイフとフォークを打ちつけて鳴らし——金属製であることを示すためだ——つづいて皿に打ちつけた——これもまちがいなく金属製だ。彼女は食器を並べてテーブルを整えた。フォークとナイフと皿。

金物喰いは顔色ひとつ変えず、整えられた食器をまえに座っていた。グリセルダはうしろを向き、華やかなきらめきを放ちながらワゴンを押してもと来たほうに戻った。ドレスのスリットからちらりと見えた太ももは、長く、太く、日焼けしていた。ワゴンは音をたてて揺れ、止まった。彼女は奥のスパンコールのカーテンの陰に消えた。ひとり残った金物喰いは、体育館の電球が低くうなりながら投げかけるむきだしの光を浴びて座っていた。

彼はなにを食べるのだろう。グリセルダはどんなにすごい金物のごちそうを、チェインソーか事務用の椅子かなにかをワゴンにのせてくるのだろうか。金物喰いは芝刈り機を食べ、セスナ機の翼を呑んだこともあると新聞には書いてあった。ほんとうにそんなことができるのだろうか。彼女はあの皿になにをのせるのだろう。釘か。かみそりの刃か。ちっぽけな画鋲か。ぼくらは小男が画鋲を呑むのを見るために、二十五ドルも払って尻と尻をくっつけあわせて座ってるわけじゃない。十分以内にダックの義理の姉が戻ってこなけりゃ、金を返せと言ってやる、と青果主任は息巻いた。

金物喰いはナプキンを首に巻いてむっつり座っていた。小さなピンク色のこぶしにナイフとフォークを握り、まっすぐ立てて根元でテーブルをたたいた。夕飯を待ちかねていらつく子どものようだった。そのとき、男はあたりまえのようにさりげなくナイフを持ちあげてのどに滑りこませ、呑みこんで口を閉じた。目を疑うほどなにげない動きだった。男はきりっとした姿で平然と客を見つめた。客のなかには離れわざを完全に見逃して、まわりで身をのりだしている兄弟やおじたちを見まわすばかりの者もいた。金物喰いのくちびるにごくかすかな笑みが浮かんだ。動いているのはのどぼとけだけだった。上下左右に激しく奇怪に動き、まるで屈強なサルが片方の足首だけ鎖につながれて怒って暴れているようだった。

金物喰いはナイフにつづいてフォークを口に入れ、そっと押しこんだ。フォークを呑みくだすあいだに皿を四つに折った。そのあいだものどは荒々しく動いていたが、肩は少しも動かず、皿を口に入れると、一本の指でつついて押しこんだ。のどぼとけが跳ね、ひきつり、暴れた。三十秒ほどすると動きはゆるやかになり、やがてもとの落ちついた状態に戻った。小柄な金物喰いは、ナプキンをはずして口の端をぬぐうと、席を立っておじぎをした。そして客席の最前列にナプキンを放り投げた。

拍手は徐々に始まった。最初はうしろのほうにいた青果主任や数人が手をたたいているだけだったが、やがてほかの人々も加わり、しだいに拍手は高まって、まもなく全員がわれを忘れて歓声をあげ、声援を送り、ブーツのかかとで床を鳴らしはじめた。すげえや、と青果主任はわめいた。なんだこりゃ。

喝采が静まりかけたころ、腰に工具ベルトを巻いた三人の大男が客を乱暴にかきわけて進みで て、テーブルを持ちあげて舞台袖に運んだ。拍手はおさまった。頭上に灯った体育館のドームライトがひとつずつ消え、深まりゆく静けさのなかで電球が冷えて小さく鳴った。ドアの上に赤く光る非常口の標識が、唯一のあかりだった。

そのとき、一本の青いスポットライトのスイッチが入り、ひとすじの光が天井から落ちて舞台中央を照らした。そこには甲冑《かっちゅう》を着た背の高い人物がいて、面頬《めんぽお》のついた兜《かぶと》をかぶり、てっぺんからはダチョウの羽飾りがななめに突きだしていた。もう一本のスポットライトが灯り、黄色い光が金物喰いを照らした。甲冑を着た人物と並ぶと、小柄な身なりのよい農夫のようだった。手には背もたれのない椅子を持っていた。それをステージに置き、どっかり座って客と向かいあった。スーツのポケットから丸頭ハンマーをとりだし、手のなかで転がした。そして甲冑を着た人物の片方の足からすね当てをはずし、折り曲げてステージに置き、ハンマーでたたいて平らにした。もう一度折り曲げ、また平らに延ばした。それをのどに押しこみ、椅子に座って満足げに呑みくだした。のどぼとけが激しく揺れた。とりはずされた甲冑の下には、青い光を浴びた長いふくらはぎと裸足の足が見えた。

すね当てを呑むのに一分もかからなかった。すぐにもう片方のすね当てにとりかかった。すげえな、青果主任はささやいた。ほんとうかよ。そう言いながらダックの肩を揺すった。人々はしだいに引きこまれ、金物喰いが甲冑をとりはずすのに合わせて手拍子をとった。つづいて太ももの部分がはずされ、日焼けした太い足がグリセルダのものだとわかると、ぼくらは立ちあがって床を踏み鳴らし、声を合わせ、喝采を送った。だれもが笑顔でショウを楽しんだ。金物喰いは着々と呑みつづけ、そのたびにのどぼとけが暴れて、甲冑をしかるべきところに収めた。

二十分ほどで金物喰いの仕事は終わりに近づいた。椅子のかたわらに立ち、ふたつ目の籠手《こて》をそっとはずした。残っているのは、兜とがっしりした胸甲《きょうこう》だけになった。グリセルダは腕を広げ、手のひらを上に向けていた。ショウが始まったときからずっとその姿勢だった。ぼくらは金物喰いの呑むリズムに合わせて床を踏み鳴らした。

籠手をすべて呑みこむと、金物喰いは椅子をグリセルダの背後に動かし、その上に乗った。ブーツを踏み鳴らす音が高まった。金物喰いは自分と彼女の頭上に腕を伸ばし、そっとダチョウの羽根を引きぬくと、舞台前方にふわりと飛ばした。そして手首と指を大げさに動かしながら兜をとりはずした。彼女の髪が、オレンジ色の長い髪がするりとあふれだし、ぼくらはわれを忘れて叫び、歓声を送り、口笛を鳴らした。金物喰いは椅子から下り、兜をステージに置くと、よく磨かれたウィングティップの靴で踏みつぶした。兜を折り曲げ、もう一度踏みつけて平らにした。そして歯をたてて猛烈に食いついた。食べきるまで二分以上かかり、かたづくころにはぼくらの興奮は頂点に達して、歓声はひとつの巨大な泡だつ雄叫《おたけ》びとなって、古い体育館の垂木《たるき》を揺らした。青果主任はダックを抱きしめ、あふれる涙がほほを伝った。こいつはすげえや、彼はわめいた。ほんとにすげえや。
金物喰いはふたたび椅子に上り、腕をいっぱいに広げ、両手でグリセルダの腕をたどり、上腕に触れ、肩に触れ、胸甲の下に手を差しいれた。胸甲をはずすと彼女のまえに捧げ持ち、じれったいほど長々と待たせたあげく、うやうやしく頭上にかかげ、震える青いスポットライトに差しだした。そしてぼくらはグリセルダを、彼女の幅広く平らな腹を、へそを、胸を、広げた腕を見た――美術品のような女性、光の刃を浴びて立つ大理石の柱、青色と金色のモニュメント。拍手喝采の嵐のなかで、金物喰いは最後のパーツを折り曲げて延ばし、口に入る大きさにした。そして呑みこんだ。工具ベルトをした大男が現われ、グリセルダを赤いキモノでくるみ、舞台袖に運び去った。

すべてが終わり――熱狂がおさまり、何度もカーテンコールがあって、ふたたび体育館の電灯がすべて灯って切り裂くような光があふれ、早くも工具ベルトの男たちがステージを解体しはじめていた――ダックは度肝を抜かれて、じっとり汗ばんで座っていた。やっとのことで大きくふくれた上着を着て立ちあがり、ふらつきながらヘッドライトで照らされた駐車場に出て、足をひきずって新雪の上を歩き、みぞれ状の雪をかぶった縁石をまたいで進んだ。
駐車場の奥で大型トレーラーが低くうなっていた。ワイパーがフロントガラスをゆっくりぬぐい、運転台の上とトレーラーの下部に黄色いランプが並んでいた。まえのバンパーからうしろのバンパーまでまるごと派手な緑色に塗られ、わきには金物喰いのロゴがでかでかと書かれていた。

ダックは自分がなにをしているのかわからないまま、自分の車を通りすぎて駐車場の奥まで行き、運転台の窓をたたいた。

出てきたのはグリセルダ本人だった。ドアを開けて体をのりだし、ステップに片足をかけ、背をかがめて顔を出した。オレンジ色の髪が顔をふちどっていた。背を高くしたローズマリーそっくりで、目を細めて彼を見る顔も、ローズマリーがなにかを見定めようとする顔にそっくりだった。おれ、ダック・ウィンターズっていいます、とダックは言った。あなたのことは全部知ってます。彼はつっかえながら言い、笑顔を作って、うちに来てお茶かビールかなにかどうですか、と誘った。あなたの妹に会ってくださいよ、と彼は言った。悪いことじゃないでしょう。おれ、今日、失業しちまって。彼は笑顔を作ろうとしたが、肩をすくめたようになってしまった。グリセルダはほほえみかえした。いいわ、と彼女は言った。トラックに荷物を積み終えるまで待って。

こうしてダック・ウィンターズは、後部バンパーのすぐうしろに派手な大型トレーラーを従えてゆっくり慎重に車を走らせ、トラックは垂れさがる枝に屋根をぶつけて雪をふりおとしながら、真夜中すぎにボイシのノースエンドの雪が降る静かな住宅街を抜けて家に向かったのである。

ローズマリーは通りに響くエアブレーキのため息で目を覚ました。玄関につづく踏み石にブーツの足音がして、低い声が聞こえ、冷蔵庫のドアを引きはがすように開ける音が聞こえた。彼女はベッドに起きあがった。ダックがじゅうたんに雪の跡を残しながら、廊下を意気揚々とやってきた。髪は汗で頭にはりつき、ほほは上気していた。手袋をしたままの手を彼女の肩に置いた。

ロージー、起きてるか、彼は声をひそめて言った。信じられないことが待ってるぞ。彼は勢いこんでしゃべった。ほんとうに信じられない、すごいことが待ってるからな。

彼はローズマリーの手首をつかんでベッドからひっぱりだした。彼女の髪はもつれ、身につけているのはぴったりしたTシャツと緑色のスウェットパンツだけだった。彼は強引に彼女をひっぱって、解けかけた雪で濡れる廊下を連れてゆき、台所の入口に立たせて姉とひきあわせた。姉は台所のテーブルに座り、赤いキモノに身を包んで晴れやかに輝かしくそびえ、黒いツイードのスーツを着た小男と手をつないでいた。男は困ったような表情を浮かべていた。テーブルには、それぞれのまえに一本ずつ、ふたを開けていない缶ビールがあった。

ローズマリーはグリセルダをまともに見ることができなかった。彼女は太陽のようで、この台所には——ひび割れたカウンターと、ベニヤの戸棚と、油のまわったドーナツの箱と、プラスチックの鉢からだらりと垂れたしおれたアマリリスと、とっくのむかしにかたづけなければいけない陶器のサンタクロースが窓枠にあるこの台所には——まぶしすぎた。月の光が窓から差しこみ、平行四辺形を描いた。流しにはふやけたシリアルが半分入った器があった。

ダックは彼女の横をすり抜け、そわそわと、跳ねるように動きまわり、上着に包まれた腹が揺れて震えた。おまえの姉さんと、だんなさんのジーンだ、と彼は熱っぽく話しはじめた。おまえも今夜、見にくればよかったのに、ロージー。姉さんたちのショウをさ。すごかったぜ。信じられないくらいすごかった。ほんとうに信じられない。さあ、話せよ、ロージー、姉さんとさ、つもる話があるだろう、二十年ぶりに帰ってきたんだからさ。手紙で知らせてくれたっていうじゃないか。うちに来てもらえてよかったなあ。外に停まってるのが姉さんたちのトラックなんだぜ。あのトラックで暮らしてるんだってさ。あ、ビールがいやならお茶もありますよ。

ローズマリーは台所の窓の外に目をやり、ぼくらが大勢集まっているのに気づいた——近所の人間が二十人以上いたと思う——芝生を横ぎろうとしていたり、金物喰いのトラックの運転台をしげしげ眺めていたり、顔を寄せて居間の窓をのぞきこんだりしていた。グリセルダが手紙は届いたかとローズマリーにきき、彼女はかろうじてうなずいた。グリセルダは流しの上の新しい電灯についてなにか言い、すてきだとほめた。ローズマリーは、台所の床の雪まみれのブーツの足跡が解けて水になるのを見ていた。

ダックは台所を歩きまわり、冷蔵庫をあさった。客たちにサマーソーセージやヌードルサラダを勧め、ローズマリーの手に缶ビールを無理やり持たせて言った。この金物喰いさんの胃袋には、甲冑一式がまるまる収まっているんだぜ、ロージー、その人がいま、うちの台所にいるんだぜ。すごいよな。

ローズマリーは、体を強ばらせたまま裸足で台所の入口に立ちつくしていた。姉、男たち、のぞいている近所の人々、外に停まっている大型トレーラー——そのすべてが視界の端に大きくのしかかった。何度かまばたきをした。手に持った缶ビールが冷たかった。台所の床の雪の足跡が解けて水になっていった。

彼女は台所に入り、ビールをテーブルに置き、流しの下のラックからペーパータオルをひきちぎった。床の足跡をぬぐい、解けかけた灰色の雪を紙が吸うのを見つめた。ダックとあたしは、と彼女は言った。結婚して十五年になるの。知ってた、グリセルダ？　声は震えなかった。ローズマリーはほっとした。

彼女は立ちあがってテーブルにもたれ、手には濡れて丸めたペーパータオルを握りしめていた。母さんはいつも、姉さんのバレーのトロフィを抱いて寝たの、知ってた？　母さんが死んだあと、灰を裏庭にまいたの。知ってた？　あたしは一日じゅう工場で巨大な布を染めてスプールに巻いてる。母さんがしてたのと同じ仕事。あたしたちが学校に行ってるあいだ、母さんはそんな仕事をしてたのよ。毎日。

彼女はダックの手をとって握った。あたし、ずっとここから出ていきたいと思ってた、と彼女は言った。ボイシから出たくて出たくてしかたなかった。でもこれも――彼女は身ぶりで台所を指し、ほったらかされたシリアルの器を、アマリリスを、陶器のサンタクロースを指した――人生であることには変わりないわ。帰ってくる場所だもの。

グリセルダは泣いていた。ささやくような静かなすすり泣きだった。ローズマリーは口をつぐんだ。この一瞬に――四人がテーブルを囲み、悲しくすすけた台所の電灯に照らされているこの瞬間に――ローズマリーの言いたいことすべてを受けとめる力はないだろう。彼女は金物喰いのそばに行き、手首をつかんでドアの外に、雪のなかに連れだした。ほら見なさい、と彼女は叫んだ。大型トレーラーに向かって、月あかりの下で白くそびえる丘に向かって、芝生に立っているぼくらに向かって叫んだ。これがその男よ！　よく見て！　これがその男よ。彼女は声を張りあげた。金物を食べるって、あたしのしてることよりも、あんたたちみんながしていることよりも大変だと思う？　この男がすごいって思う？　よく見なさいよ！

だが――あとになって思い出したのだが――そのときぼくらが見ていたのは、彼女のほうだった。髪が炎のように頭上で震え、肩をぐっとそらし、胸が大きく揺れていた――力と怒りそのものの姿だった。彼女は燃え、堂々として、雪のなかで、裸足で、Tシャツと緑のスウェットパンツの姿で、ぼくらに向かって叫んでいた。グリセルダが現われて、金物喰いの腕をとってトラックに連れていった。ダックはローズマリーを家のなかに入れ、ドアを閉めた。家のあかりは消え、カーテンが閉じられた。ぼくらは大型トレーラーが苦労してギアを入れ、騒がしく揺れながら通りを行くのを見送り、雪の上を一列に歩いてそれぞれの家に戻った。やがてその夜の音はすべて遠ざかり、聞こえるのは、丘から吹きおろす雪が家々の窓に打ちつける音だけになった。

道ではりあげた声。心臓が揺れ、生命を吹きかえし、ふたたび揺れる。グリセルダからはあいかわらず毎月手紙が届き、ローズマリーとダックはふたりの暮らしをつづけた。ダックはステーキハウスでグリルのコックの仕事を見つけ、ローズマリーは亡くなった同僚のビーグル犬を譲りうけた。ボイシの町が急激に大きくなったころの話で、新しい住人がつぎつぎに増えていた。彼らは丘に豪邸を建て、スーパーのシェイバーズなど、あったことすら知らなかった。

ときどき、春に小さな家のまえを通りかかると、ローズマリーが玄関の階段に座って『ステーツマン』紙のクロスワードをやっていて、かたわらの椅子ではダックがまどろみ、彼らの足のあいだからビーグル犬がこちらを見ていた。ローズマリーは鉛筆の端を嚙んで頭をひねり、ぼくらは、ぼくらにとってこの物語の主人公がだれだったのかわかったような気がして、身ぶりを交えて話しながら丘を登り、急な道をたどって見晴らしのいい場所に行った。丘の向こうに見える山なみはぎざぎざと果てしなく、太陽を浴びて輝き、たがいに折り重なって、はるか地平線までつづいていた。

七月四日

七月四日には、ほぼ決着がついていた。アメリカ人たちは最後にもう一度ネリス川に釣りにいった。バラトナス・ホテルのまえからトロリーバスに乗り、いかめしいリトアニア人たちと――鼻の下にひげを生やした老女や、細いネクタイの陰気な男や、ノーズリングをどっさりぶら下げたミニスカートの娘たちと――肩をぶつけあい、釣り用のゴム長ズボンをはいて、竹製の釣りざおを折れないように窓から出していた。トロリーは露店の青果市を通りすぎ、正面に日よけを下ろしたピャリャエス通りの商店を通りすぎ、城の建つ崖のふもとにある大聖堂と鐘楼《しょうろう》を通りすぎた。ザリャーシス橋でトロリーが騒がしく揺れて停まると、アメリカ人たちは乗客をかきわけて降り、アーチの下の滑りやすい丸裸の斜面をつんのめるように下った。川はコンクリートの土手にはさまれて重く流れていた。彼らは石畳の川岸にちらばり、パンの四角いかけらを釣り針に刺して流れに投げこんだ。

正午になると彼らはさおを置き、敷石に座って無言で考えこんだ。まもなく足の細い女教師が生徒を連れてきて、その週、毎日そうしてきたように、アメリカ人を指さし、生徒たちに「ばか」と言わせた。

だが話が先に進みすぎた。最初から話そう。

そのためにはまずアメリカに行き、マンハッタンにある、釣り人の集うあらたまった会員制クラブに出向き、台座つきのカジキや真鍮の壺やひそやかな話し声に囲まれて、革張りのアームチェアに座る必要がある。アメリカ人たちは引退した実業家で、全員がこのクラブの会員で、バーに並んで天ぷらの盛りあわせをつまみ、ウォッカマティーニをすすっていた。うしろではイギリス人のスポーツフィッシング愛好家の集団が、マルガリータをがぶ飲みしながらアメリカ人の釣りの腕前をけなしていた。しだいにエスカレートした。やがてイギリス人たちはダンスするように足を踏みならしてビリヤード台のまわりを回り、声をはりあげ、最近のサメ釣りの成果について野蛮かつ反米的な自慢をしはじめた。アメリカ人たちはひたすら天ぷらをつまんではつゆにひたしていたが、ついに我慢の限界がきた。

お決まりの悪口の応酬があった。テキーラとか、マーシャル・プランとか、女王の性別や大統領のベッドの好みをあげつらう下品な質問とか。そしてありがちななりゆきで挑戦状が突きつけられ、コンテストという次第になった。ライミー対ヤンキー。「旧世界」対「新世界」。

勝負の内容は、それぞれの大陸で一番大きい淡水魚を先に釣りあげたほうが勝ち、というものだった。一大陸につき一カ月。負けたほうは〈釣れない釣り師〉というプラカードを振りながら素っ裸でタイムズスクエアを行進すること。まずはヨーロッパ大陸から。コンテストは即刻開始とする。

翌朝、二日酔いのアメリカ人たちは、ソーセージとブラディメアリで打ちあわせした。どこで釣るかについて意見が交わされた。ヘミングウェイはスペインで釣ったとだれかが言うと、べつのだれかがパパ・ヘミングウェイが釣ったのはスペインじゃなくてドイツだし、いずれにしてもなんにも釣れなかったと言った。ほかのだれかがテディ・ローズベルトは七キロのブルーギルをベネチアの運河で釣りあげたなと言い、それを聞いてみな黙りこみ、恰幅のよい元大統領がマンホールのふたほどもある魚を揺れるゴンドラに力ずくで引きあげ、めがねの片方のレンズに太陽がぎらりと反射するさまを思い描いた。結局、電話を持ってこさせて、アウトドア通販の〈LLビーン〉にかけた。電話に出た十代の少年は、フィンランドのトナカイ地方をすすめた。トナカイ地方なら二週間でお目当ての魚が釣れますよ、と少年は力説した。

こうして彼らはまず初めにヘルシンキのホテルに二泊して、コニャックを飲み、とてつもなく高い国際電話をアメリカにかけ、ホテルのメイドにちょっかいを出して過ごした。コンシェルジェに食料リストを渡して用意させた。スウェーデン製ミューズリー・バー（十三箱）、ノルウェイ産ウォッカ（三ダース）。

そして列車で北に向かい、骨董品のようなバスに乗って紫のビロード張りの座席で揺られ、モーターボートで濡れながら黒い川を六十キロさかのぼってラップランドの銀色の湿原に入った。ボートは、濡れて静まりかえった厳しい原野を進んだ。川の両岸にはとても足を踏みこめないようなやぶが広がっていた。二頭の毛むくじゃらのクマが川辺に積もった石をそっと乗りこえた。アメリカ人たちはげっそりした顔で舳先の手すりにつかまっていた。

船長はボートをバックで腐った船着場に着けた。奥には崩れかけ見捨てられた砂金掘りの小屋があり、窓は金網で、煙突は傾いていた。船長はアメリカ人のダッフルバッグと釣りざお入れを岸に放ってよこすと、エンジンを響かせて戻っていった。アメリカ人たちは揺れる船着場に立ち、蚊をたたき潰した。上空にはフィヨルドから雨が這いこみ、鈍く重々しい音をたてて川に降りそそいだ。

二週間ずっと濡れっぱなしだった。毎晩、震えながらゴアテックスの袖で鼻をぬぐい、風に吹きさらされた小屋に水をはね散らして戻り、ゴム長ズボンを脱ぎ、濡れた胸にフリースのセーターをかぶった。十四日間の夕食のメニューは、サケの串焼き(大きなかたまりをたき火であぶって黒焦げにしたもの)、ミューズリー・バー、痛いほど澄みきったノルウェイ産ウォッカ(杯数不明)。外では霧雨が休みなく降りつづき、川は増水して冷たく、茶のような色をしていた。

彼らは体長三十センチのサケを数百匹釣りあげた――だが、それ以上の大物はかからなかった。アメリカ人たちはずぶ濡れになり、頭痛をこらえ、険しい顔で釣りつづけた。長い夕暮れにも、だらだらつづく夜明けにも、煙幕のような蚊に包まれて釣りつづけた。二週間が過ぎた。釣りあげたなかで一番大きかったのは三十三センチのサケで、写真に収めるとすぐにはらわたを出した。

帰りの船の船長はトナカイ牧場の農夫を連れていて、毛皮を着てタータンチェックのマフラーを巻いたその農夫は、ねじくれた英語をしゃべった。大物を狙うならポーランドのビャウォビェジャというバイソン保護区に行けと彼は言った。でっかいマスがいると言って、どれほど大きいか両手で示してみせた。

ヘルシンキに戻ったアメリカ人たちは、骨付きサーロインステーキとドリトスを食べながら作戦を練りなおした。ウェイターが一通の封筒を持ってきた。なかにはポラロイド写真が入っていて、イギリス人たちがずらりと糸にかかったニジマスをまえに満面の笑みを浮かべていた。マスはどれも六十センチは超えており、銀色の体がカメラのフラッシュを浴びて輝いていた。背景にはエッフェル塔が見え、揺らめく光が、まごうことなき姿を六月の夜に鮮やかに示していた。

残りは十四日。

オーバーブッキングのルフトハンザを二便乗り継ぎ、不屈のアメリカ人たちは足音も高らかにワルシャワ空港の税関を通過した。空港を出たところで獰猛《どうもう》な顔つきのタクシー運転手に呼びとめられ、日本製のミニバンに連れていかれた。ああ、運転手はうなずいた。バイソン保護区ね。ビャウォビエジャね。彼は座席から身をのりだし、片目をつぶってみせた。あそこは危ないよ。危ない危ない。

さらに何度かウィンクすると、メーターのスイッチを切り、アクセルを踏みこんで、目が回りそうな砂利道の迷宮を突っ走った。濡れた森が、ひょろりとしたシラカバとジャイアントオークが、視界に飛びこんでは遠ざかり、森と森のあいだには畑や灰色の集落が見えた。薄暗くなったころ、ミニバンはうっそうとしたシデの木立の下で急停車した。運転手はドアを横に引き開け、釣り道具を放りだし、一週間後にまた来るからと言った。あんたたちも大物を釣ってるさ。なっ(ウィンク・ウィンク)。まちがいないって。ミニバンは砂利をまき散らして戻っていった。

アメリカ人たちは原野に分け入った。泥炭《でいたん》ごけの土地。平らで、水びたしで、青々として、トウヒの木立や腐った丸太やじめじめした足場のあいだに泥沼が広がっている。目のまえに森が、緑と黒のスポンジが浮かんでいた。キノコとカビにむしばまれた幹のあいだから虫がわき上がり、渦巻く灰色の尖塔《せんとう》になった。

アメリカ人たちはミューズリー・バーをかじりながらつぎつぎにフェンスを乗りこえた。初めのは割った丸太を横に渡した柵で、最後のは金網だった。川に着いたときにはすっかり暗くなっていた。黒い水面は雲のようなブヨの群れに覆われてほとんど見えず、騒がしく揺れるシナノキの木立の下にテントを張った。水から跳ねあがるトロフィ級のマスが彼らの夢を彩った。

目覚めると、バイソンの黒い鼻がローズマリーくさい息をテントのメッシュ窓越しに吹きかけていた。角の生えた毛むくじゃらの群れが川岸にどっしり並び、反芻しながら緑のよだれを垂らしていた。アメリカ人たちがテントのジッパーを開けて外に出ると、半ズボンをはいたバイソンの牧童が、彼らのダッフルバッグをあさっていた。

牧童は自動小銃を持っていて、わいろはまったく通用しなかった。彼女は押収したミューズリー・バーをかじりながらベラルーシの国境検問所の外のベンチに腰かけて、ヘルメットをかぶった警官がアメリカ人の釣りざお入れを開け、フライの箱をのぞきこみ、ダッフルバッグを逆さにするのを待っていた。エア・ポンプ内蔵のバスケットシューズをはいた小柄な警部は、訊問の一環として、唖然としているアメリカ人たちにプロバスケットボールに関する質問を浴びせた。パトリック・ユーイングには奥さんがいるのかね？　アメリカの審判は三秒ルールについてどれくらい厳密かね？　エア・ポンプ内蔵のバスケットシューズはアメリカではいくらぐらいするかね？

やがて警部は満足げにうなずき、片方のスニーカーのエアを抜き、またふくらませた。これは全部没収だ、とおしまいに警部は言い、腕を大きく回して彼らの釣り道具を指した。

でも、われわれは釣りをしたいだけなんだ、とアメリカ人は言いはった。マスを。

ああ、そうね、警部はうなずき、もう片方のスニーカーのエアを入れた。そうね。ビエブジャ川にはマスがいるね、大きいマスが。警部が部下になにやら言うと、彼らは大きいマス、とくりかえし、どれほど大きいかアメリカ人たちに両手で示してみせた。

だがね、小柄な警部は首を横に振った。ここはアメリカ人が釣りをする場所ではない。法律違反だ。ここは皇帝がイノシシ狩りをした場所だ。それ以前にはポーランドの王たちの、リトアニアの王子たちの狩場だった。

われわれはイノシシ狩りなんかしていない、アメリカ人は言った。釣りすらしていない。寝ていただけだ。ここはポーランドだと思っていたんだ。

そうだとしても、警部はヘルメットを脱ぎながら言った。持ちものをとり戻したければ、バスケットで勝負したまえ。

国境検問所の裏には土のバスケット・コートがあった。鎖のネット、ベニヤ板のバックボード。ベラルーシの警官たちは制服のベルトをはずし、とびはねるようにウォームアップを始めた。試合が始まると、バックドア・カットを出し、レインボー・ジャンパーを決め、完璧なピック・アンド・ロールをやってのけた。彼らはまごつくアメリカチームを四十点差で負かした。試合が終わると、ベラルーシチームは小柄な警部を肩にかつぎ、彼を讃える歌を歌った。ベンチに座ったバイソンの牧童は、もう一本ミューズリー・バーの包みをむき、静かに喝采を送った。

アメリカ人たちは、汗まみれのまま、フロントガラスにひびが入ったバスに乗せられた。あんたたちはウッジに行け、と勝ちとったばかりのゴアテックスのプルオーバーについた糸をつまみながら警部は言った。ポーランドに戻るんだ。いいところだぞ。

ウッジに向かう途中でフロントガラスが崩れて運転手に降りかかり、バスは下水溝に突っこんで横転した。乗客は屋根のハッチから這いだして、クロウメモドキの畑を走る道の端にしゃがみこんだ。雨が降りだした。アメリカ人たちは濡れながら肩を寄せあって座った。泥水が靴下までしみこんだ。

数時間後、彼らは猛スピードで走るトラックの荷台に乗って、食用鶏の入ったプラスチックの箱のあいだで震えながら、南のスロバキアにある食肉処理場に向かっていた。目のまえを南ポーランドの風景がつぎつぎに流れた。崩れかけた団地群、波打つ道路、さびた貯水槽、風雨にさらされたとんがり屋根、干し草の山、スゲに覆われたソ連の戦車の残骸——ほったらかされ、でたらめなまま放置された、ポーランドの暗い影のすべてがあった。クラクフに着くころにはずぶ濡れになり、あさましいほど飢えていた。街角で煙草を吸っていたベロアのジョギングスーツを着た浅黒いポーランド人は、うさんくさそうに彼らをにらんだ。

アメリカ人たちはひどく落ちこんでいた。残りはあと十二日、釣り道具は奪われた。彼らは鼻をすすりながらクラクフのマクドナルドでひたいを寄せあい、中学レベルの知識を並べて、英国のコーンウォリス将軍の降伏や、バリーフォージュの冬の野営や、ボストン湾に紅茶の箱を投げこんだ事件や、共和国のために足の裏から血を流して雪のなかを行進した事件を語りあった。いまやめるわけにはいかない、彼らは小声で言いあい、チキンナゲットを味のないソースにひたした。


翌朝は青空で、ジョージ・ワシントンとジョン・ウェインとポール・バニヤンとバスコ＝ヌニェス・デ・バルボアの夢を見たアメリカ人たちは、すっかり希望をとり戻していた。十一日あれば、あの野蛮なイギリス人など十分に負かせる。マスターカードでキャッシングして、ゴム長ズボンと竹の釣りざおと日本製の釣り針と太いモノフィラメントの釣り糸を三巻買った。スポーツ用品店のポーランド人は、ポプラト湖で釣れと強く勧めた。ここからわずか一時間だ。釣りをするならあそこに行かなきゃ、とまくしたてた。めちゃくちゃ釣れるよ——ミネソタから持ってきたカワカマスがね。彼は湖のカワカマスの堂々たる大きさを両手で示してみせた。

その日の午後、アメリカ人たちはカルパティア山脈でバスを降りた。ぎざぎざの山頂の襟元は、クジャクのような緑色とからしのような黄色に包まれていた。トウヒの上をハヤブサが舞い、そよ風がグレーシャルカーネーションの香りを運んだ。アメリカ人たちはほほえみあい、新たな元気がわきあがるのを感じながら、ここちよい岩の小道を下った。わざと曲がりくねらせたその道の先には、湖によりそうようにロッジが建っていた。

これこそ——彼らはたがいの背をたたきあった——釣りをする場所だ。デラックスな山のホテル。暖炉の上にはオオヤマネコの剝製《はくせい》があり、クリスタルの花瓶にはリンドウが生けてあり、白いエプロン姿のスロバキア人スタッフが笑顔で案内してくれて、部屋にはじゅうたんが敷いてある。彼らはひげを剃り、シャワーを浴び、天蓋《てんがい》つきのデッキでグラスを鳴らして乾杯した。弦楽四重奏のデリケートなスタッカートがサラウンドスピーカーからこぼれて頭上を漂った。巨大なRCA製のホームシアターでは、ビデオ録画のスーパーボウルをやっていた。

夕闇が迫るころ、アメリカ人たちはジントニックを手に岸辺に向かい、巨大な白鳥をかたどった足漕ぎボートを借りた。ドリンクをすすりながら、竹の釣りざおにミミズをつけて流し釣りし、近くを漕ぐ恋人たちのボートに会釈を送り、橙色の夕焼けのなかで、だれもが魔法にかかったようにうっとりしていた。

三日にわたってアメリカ人たちは白鳥のボートを漕ぎ、クロマスを釣りあげた。たしかに大きなクロマスだったが、いくら大きくてもディナー皿ほどしかなく、釣り針をはずして放すと、ファイバーグラス製の白鳥の胸を跳ねるようにすべり落ち、湖に入って自由になった。ホテルのスタッフが写真を見せてくれたから、ポプラト湖にカワカマスがいるのはまちがいなかった。だが、カワカマスは協力的ではなかった。

六月二十七日、湖を五十回以上まわった末に、初めてカワカマスが浅瀬で針にかかった。大きいカワカマスで、おそらく九十センチはあり、えらはあせた緑色で、ひれは赤褐色だった。アメリカ人たちは歓声をあげ、ワインびんの底で魚の頭を殴って気絶させ、気力も新たにまた釣りはじめた。

残り一週間となり、アメリカ人たちが上機嫌で百五センチのカワカマスをボートに引きあげていると、国際宅配便〈フェデラルエクスプレス〉のトラックが谷につづく小道をすべるように下りてきた。彼らが見守るなか、トラックはホテルのまえに停まった。紫色のジャンプスーツを着た運転手が湖畔まで駆けてきて、手招きで彼らを呼び、ビデオテープ受けとりのサインを求めた。

アメリカ人がホテルのビデオデッキにテープを入れると、巨大なスクリーンにひょっこり現われたのは、イギリス人たちの姿だった。無精ひげを生やし、虫に刺され、さびた箱船の舳先のようなところに集まっていた。画面がズームして、しゃがんでいるイギリス人に焦点が合った。そのイギリス人は暗い水から巨大なサケを引きあげた。えらの内側に片手がすっぽり入った。とてつもなく大きかった。アメリカ人たちは気分が悪くなった。怪物のようなあご、黒いボタンのような目、垂れさがった腹、どっしりした尾。こいつ、とひとりのアメリカ人がどもりながらつぶやいた。小学一年生ぐらいあるぜ。

画面の外で、イギリス人たちはさもうれしそうにしゃべっていた。画面がズームして、ばかでかいサケを耐えがたいほど長々と映した。ようやくカメラが引くと、アメリカ人たちは愕然とした。見覚えのある場所が、腐った船着き場が、金網窓と傾いた煙突のあるトナカイ地方の砂金掘りの小屋が、まちがえようのない、粒子の粗い超現実的な鮮やかさで目のまえに現われた。アメリカ人たちが呆然として座っているところに、勝ち誇った、あからさまに反米的な歓声が、サラウンドスピーカーから襲いかかった。

今回はボストン茶会事件の演説をぶつ者はいなかった。アメリカ人たちは敗北に打ちひしがれて座りこみ、巨大なサケの強烈なイメージをぬぐい去れずにいた。いま周囲にあるどんなものよりも、暖炉の上にあるほこりをかぶったオオヤマネコよりも、窓の外の湖よりもリアルだった。初めて彼らは、タイムズスクエアを素っ裸で行進することの現実性について考えはじめた。白い太ももは鳥肌に覆われ、足裏には汚れてぬらつく舗道が感じられ、新世界を写真に収めようとニューヨークに来たヨーロッパ人たちがくすくす笑いながら無遠慮な視線を浴びせる。なんたる怖ろしい恥辱、なんたる生々しい不名誉。あのサケほど大きいカワカマスなど、ポーランドじゅう探してもいるはずがない。フィンランドに戻り、あるいは列車でノルウェイに入って、原野に分け入らなければならないだろう。考えただけでげんなりした。

アメリカ人たちは気力をそがれ、重い心でクラクフに戻り、公衆電話でルフトハンザの係員とやりあった。ヘルシンキは天候不良で、と係員は説明した。激しい雷雨に見舞われており、航空機は接近できません。リトアニアのビリニュスまでは飛んでいると係員は言った。行けるなかではビリニュスが一番近い空港だった。

こうして彼らはリトアニアに飛んだ。真夜中にホテルにチェックインして、バーにルームサービスのポテトチップスを注文すると、立派な陶器に盛られて運ばれてきた。夜明けとともにふたたびルフトハンザに電話した。ヘルシンキ行きは今日も欠航だった。フロントの若い娘はためらいがちに英語を話し、『リトアニア・ポケットガイド』という本をとりだして、イラストマップでネリス川を示した。釣りをしたいなら、と彼女は言った。ここで釣ればいいですよ。このビリニュスの町で。

そこで彼らはトロリーバスに乗ってビャンギャス公園に向かった。いくつものコンクリートの団地を通りすぎ、あいだに広がるくすんだ空間を通りすぎた――草ぼうぼうの空き地、ひび割れた舗道、光るゴミのかけら、キットカットの包み紙、ペプシの缶。公園では、草は雨に濡れ、空気は重く、木はそよぎもしなかった。灰色のスカーフを頭にかぶった婦人が、腰をかがめて舗道の割れ目の雑草を引きぬいていた。

川は絶望的だった。それは町の中心部で渦巻くよどんだ運河で、底には泥が堆積し、流れは遅く、浅く、汚く、ビニール袋の群れが棲んでいた。アメリカ人たちがパンのかたまりを釣り針に刺して茶色の流れに放りこむと、小さなコイがつぎつぎにかかった。ぬるぬるした小魚で、体は暗緑色でひれのふちが赤かった。アメリカ人たちは顔をしかめ、魚を川に返した。

午前中は川をさかのぼり、ビリニュスの旧市街に入って釣った。まわりには建物が建ちならび、上には人々が行き交う石畳の広場があり、横には風雨にさらされた大聖堂がそびえ、頭上の橋をたくさんの車が猛スピードで通りすぎた。

一時間おきに大聖堂の鐘が鳴り、低く悲しい不協和音が町じゅうに響きわたった。十二時の鐘を聞くと、アメリカ人たちはマルボロを吸い、石畳の川岸のなめらかな敷石に腰を下ろした。女の子ばかりの小学生がひとクラス、二列になり、足を踏みならしてきびきびと近づいてきた。少女たちはサドルシューズに白いハイソックスをはき、ライオンキングかミッキーマウスかバグズバニーの絵のついたTシャツを着て、作文練習帳でスカートのひだをたたきながら歩いていた。先頭の教師は、早足で歩く足の細い美人で、サンダルをはき、茶色のスラックスに金ボタンの青いブレザーを着て、髪に結んだ黒いリボンがうしろになびいていた。

彼女たちはものの名前を言っていた。教師が片腕を伸ばし、金ボタンのついた袖口から手首を突きだして橋を指すと、生徒たちは小学生の女の子だけが出せる声で「ブリッジ」と英語を叫んだ。教師は腕を川に向けた――リバー――つづいて道を行く車に向けた――オートバス、カー、モーターバイク。教師が建物の横一面に貼られたマルボロの広告を指すと、少女たちは「アメリカン・キャンサー、ノー・サンキュー」と叫んだ。

アメリカ人たちは竹の釣りざおをひざに置き、ゴム長ズボンで汗ばみながら、小さな行列が通りすぎるのを笑顔で眺めていた。教師が骨ばった指を彼らに向けると、少女たちは元気よく「フールズ」と言った。そしてくすくす笑いながら川下に向かって行進していった。

その晩、アメリカ人たちは小さすぎるベッドにやっとのことで体をおさめ、イギリスの捕鯨船が出てくる怖ろしい悪夢を見た。翌日もヘルシンキ行きの便はなく（洪水がひどいようです、とルフトハンザの係員はさえずるように答えた）、アメリカ人たちはまたネリス川に向かい、沈んだ気分のまま、ザリャーシス橋に着くと重い足どりでトロリーバスを降りた。
正午になると、ふたたび英語の生徒たちが教師のあとについて川下に行進してきて、教師はまわりのものをつぎつぎに指さした。少女たちは耳をつんざく声で叫んだ。リバー、ツリーズ、トラフィック、サイドウォーク、フールズ。アメリカ人はなんとなくうしろめたくなり、よどんだ流れに入って道を空け、少女たちを通した。

ヘルシンキ行きの便はもう飛ばないだろう。彼らは行くのをあきらめた。最後までネリス川で釣ろう。一時間おきに、大聖堂の鐘が陰気な弔《とむら》いの鐘のように町じゅうに響きわたった。アメリカ人たちは釣りつづけた。もはやたいして期待せず、もしかしたら起きるかもしれない奇跡を待ちながら、ささやかでも幸せになれることを探しつづけた。なぜなら彼らはアメリカ人であり、そのように教えられて育ったからだ。たとえばホテルの部屋に運ばれてくる高価な陶器に盛られたポテトチップスや、フロントの娘が心から期待をこめて成果をたずねるようすに、つかのまの幸せを感じた。ルフトハンザにかける毎日のモーニングコールを楽しみ、ノルウェイ行き欠航を説明する係員の、のらりくらりした言いわけを楽しんだ。大聖堂が、沈みゆく夕日を、高く完璧かつ橙色にとらえるように設計されているのを見てほほえみ、川をたどっていくとミニスカートの女たちが耳にヘッドフォンをあてて芝生に寝そべっている公園があるのにほほえみ、さらには、正午になると美人の英語教師に連れられた小学生の少女が列を組んでやってきて、彼らをばかと呼ぶのにもほほえんだ。

ついに残すはあと一日になった。七月四日、米国独立記念日。朝の鐘が、屋根を包むもやのなかを響きわたった。アメリカ人は一列になってトロリーバスを降りて釣った。正午になっても、なにも釣れなかった。水は茶色くよどみ、いくら試しても手ごたえはなかった。

小学生の一団が、足音も高らかに川岸をやってきて、英語の単語を叫びながら、リズムをとるように作文練習帳でスカートをたたいた。リバー、チャーチ、フールズ、ウォール、ストーンズ。少女たちは教師のあとにつづいて、元気に叫びながら行進してきた。教師は生徒を率いて草のない斜面を登り、大通りに出てザリャーシス橋に向かった。少女たちは立ち止まって手すりから身をのりだし、甲高い声でものの名前を言いつづけた。サイドウォーク、スタチューズ、フラワーズ、フールズ、ビルボード、アメリカン・キャンサー、ノー・サンキュー。

アメリカ人たちはうめいて立ちあがり、川に入り、四角い湿ったパンのかたまりを流れに投じた。少女たちが叫び、真鍮のような川が町を流れ、アメリカ人たちが最後の絶望的な希望を抱いてさおを握っていたそのとき、一本のさおが震え、急な弧を描いてしなった。リールから釣り糸が引きだされた。さおはしなり、どこまでもしなりつづけた。先端は引っぱられ、ぎりぎりまでグリップに近づいた。アメリカ人たちは、釣り糸がブロックかタイヤかさびた流し台か、もっと悪いことに運河の底にひっかかったか、町の土台に差しこまれたへその緒のような鉄柱にからまったのだろうと思った。ビリニュスの町がかかっちまったんじゃないか、と彼らは冗談を言った。引きあげてみな。

だが、少女たちは青白い顔を橋の手すりから突きだし、指さしてうなずきながら、興奮してなにやらリトアニア語で叫びはじめた。ぎりぎりまでしなったさおを持ったアメリカ人は吠えるような歓声をあげ、ほかのアメリカ人たちは水をはね散らしてそばに駆けよって見守った。釣り糸は両岸を行き交うように揺れはじめ、のんびりと、あわてるようすもなく、大きなS字を描いた。やがて川を横ぎって手前の岸に着くと、ついに動かなくなり、重りのように深く沈んだ。

さおを持ったアメリカ人は、力をふりしぼり、うめき、格闘の末に獲物を浅瀬に引きあげ、両足ではさみつけた。さおを置くと、口をあんぐり開けて頭を左右に振った。まわりのアメリカ人たちも口を開けて頭を振った。橋の上の少女たちは声を一段とはりあげ、叫んでとびはね、すぐに橋から駆けおりて、川岸を全力で走ってきた。少女たちは数メートル手前で立ちどまり、息を弾ませながら、目を見開いてアメリカ人を見つめた。彼が引きあげたのは巨大だがありふれた魚で、口を大きく動かしながら川岸の石畳に横たわっていた。

その魚はコイだった。体は灰色がかった黄土色で、まるでこの町が一番陰鬱なときの色を吸いとったようだった。うろこの一部がはがれ、半透明の半ドル硬貨のように石畳の上に落ちた。ぼろぼろのひれには赤いふちどりがあり、まぶたのない目はアメリカ人たちの目の倍ほど大きく、カールした口ひげのせいで、陰気で高貴なスペイン人が傷ついて横たわり、あえいでいるように見えた。

アメリカ人たちは、ばつが悪そうに下を向き、腕をだらりと垂らした。頭上では、車が石畳を鳴らして橋を渡っていた。魚はとてつもなく大きく、まちがいなくイギリス人のサケを上回り、まちがいなく釣り史上最大級のコイだった。コイは胸びれをゆっくり動かし、持ちあげて下ろした。ぞっとするようなゼスチャーだった。

アメリカ人のひとりが魚を手にとり、だらりとしたかたまりを両腕に抱えて、二十キロは超えていると言った。三十キロ近いかもしれない。そのあとどうすればいいかわからず、そのまま抱いていた。両手のあいだから腹が垂れさがった。肛門から排泄物が筋になって流れおちた。もやのなかを太陽が重くのしかかった。顔をしかめ、息を弾ませて、教師が生徒のあとからやってきた。

コイは身をよじった。小さく肩をすくめるようにかすかに体をひねっただけだったが、抱きあげた腕を抜けだすには十分だった。重い音とともにあごから岸に落ち、体を横たえて少し滑り、石の上には濡れたように粘液の跡が残った。動きは止まり、横たわったまま尾を動かした。アメリカ人たちは使い捨てカメラをとりだしたが、シャッターを押しても動かなかった。いじっているうちにカメラは川に落ちて沈んでしまった。

コイは口を大きく動かしてあえいだ。丸い口と四本のバーベルのような口ひげが空中に弱々しくOの字を描き、うろこの上では目立たなかったひとすじの血が、片方のえらからしたたって流れた。少女たちは泣きだした。教師は鼻をすすった。

アメリカ人たちは少女たちの集団に目をやった。サドルシューズをはき、口を開けたまま立ちつくし、作文練習帳を指を組んでしっかり抱えた小さな少女たちは、首に金の十字架を下げ、何人かはひざにすり傷があり、ひたいにはカールした前髪がはりつき、七月四日の暑さのなかでハイソックスがずり落ち、あごに涙が垂れていた。そのうしろでは教師が指をこめかみに当て、ひじを胸に押しあて、下くちびるが歯のあいだで震えていた。

ばか《フールズ》、と彼女は言った。あなたたち、ばかよ。


なんという巨大魚。なんという少女たち。なんというアメリカ人たち。あのコイを逃がすとは。コイのひれは、川面にだらしなく醜いまだら模様を描き、町の運河の渦巻く深みにゆらゆら潜っていった。大聖堂の鐘が鳴り、その音を聞きながら、アメリカ人たちはつぎの大陸ではもっとうまくやってやると心に誓った。十分に調べて危険を避ける。違法な場所では釣らない。飲みすぎない。見知らぬ人のアドバイスをいちいち鵜《う》呑《の》みにしない。なんでも二組ずつ持っていく。ひとりにつき釣りざお二本、フリースのセーター二枚。つぎは最終日まで持ちこすようなまねはしない。ルートは綿密に練り、不測の事態に備えた計画も立てる。そうすればアメリカの無尽の資源が、どこまでもつづく波打つ谷が、穂を揺する小麦が、夕暮れに紫色に染まる白いサイロが、巨大な倉庫とすぐれた職人が、つぎつぎに現われて助けてくれるだろう。

彼らは負けない。負けるわけにはいかない。彼らはアメリカ人なのだから。すでに勝利を収めているのだから。

世話係

最初の三十五年間、ジョゼフ・サリービーの母親は、息子の寝床を整え、三度の食事を用意する。毎朝、息子に英語の辞書から適当に一列選んで読ませ、読み終えるまで家から出さない。ふたりはアフリカ西部リベリアのモンロビア郊外の丘にある崩れかけた小さな家に住んでいる。ジョゼフは背が高く、おとなしくて病気がちだ。特大めがねのレンズの向こうの白目はうっすら黄色い。母親は小柄で働き者で、週に二度、野菜を入れたかごをふたつ頭にのせ、十キロ近い道のりを歩いてメイジェンタウンの市場に行き、売店で売る。近所の人が来て菜園をほめると、母親はにっこり笑ってコカコーラをすすめる。「ジョゼフは寝ているんだ」と母親は言い、客たちはコーラをすすり、鎧戸《よろいど》を閉ざした暗い窓を彼女の肩ごしに見つめ、その向こうで息子が寝台に横たわり、汗をたらしてうわごとを口走っているさまを想像する。

ジョゼフはリベリア国営セメント会社の事務員で、請求書や注文書を分厚い革張りの台帳に書き写す仕事をしている。数カ月に一度、請求書を一通余分に支払い、自分あてに小切手を切る。母親には臨時収入は給料の一部だと言い、しだいにその嘘が平気になる。母親は毎日正午に事務所に寄って米飯を届ける——病気が近寄らないように、たっぷりトウガラシをのせておいたからね、と言い、息子が自分の机で食べるのを見守る。「立派に仕事しているね」と母親は言う。「おまえのおかげでリベリアは強くなるんだ」

一九八九年、リベリアは七年にわたる内戦におちいる。セメント工場は破壊されてゲリラ軍の武器庫になり、気づくとジョゼフは職を失っている。彼は物のヤミ取引に手を染める——スニーカー、ラジオ、電卓、カレンダー——町の商店からの盗品だ。問題ないさ、と自分に言いきかせる。略奪なんてみんなやってることなんだから。うちも金がいるんだ。盗品は地下室に隠し、母親には友人から預かった箱だと言う。母親が市場に行っているあいだに、トラックが来て品物を持っていく。夜のあいだに金で雇った少年ふたりが町をうろつき、窓の格子を曲げ、ドアの蝶番《ちょうつがい》をはずして盗んできたものを、ジョゼフの家の裏庭に置いていく。

ほとんどの時間、ジョゼフは玄関の階段にしゃがんで、母親が菜園の世話をするのを眺めて過ごす。母親の指は土から雑草を引きぬき、枯れたつるをちぎり、エンドウ豆をもぎ、豆は金属のボウルに規則正しい音をたてて落ちる。彼は母親が戦時下の苦しさや、きちんとした生活をつづけることの大切さを厳しい調子で語るのに耳を傾ける。「戦争だからって生きるのをやめるわけにはいかないんだよ、ジョゼフ」彼女は言う。「なにごとも忍耐さ」

丘で砲火が激しく光り、屋根の上を飛行機が轟音とともに通過する。近所の人々はたち寄らなくなる。丘は爆撃され、重ねて爆撃される。夜闇に燃える木々は、さらなる災厄を警告するかのようだ。盗んだバンに乗った警官が泥をはねあげて家のまえを通り、銃身を窓枠にのせて構え、目はミラーのサングラスで隠れている。捕まえられるもんなら捕まえてみな、ジョゼフは警官に向かって、色ガラスの窓とクロームの排気管に向かって叫びたい。捕まえてみろよ。だが、口には出さない。顔を伏せ、バラの茂みで忙しく働くふりをする。

一九九四年十月、ジョゼフの母親は、朝、サツマイモのかごを三つかついで市場に出かけ、そのまま戻らない。ジョゼフは菜園のうねのあいだをそわそわ歩き、遠い砲撃の音に、泣き叫ぶサイレンに、あいまの静寂に耳を傾ける。光の最後のへりがついに丘の陰に消え、彼は隣の家に行く。彼らは寝室の扉ののぞき窓からのぞいて警告する。「警官が殺された。じきにテイラーのゲリラがやってくる」

「母さんが……」

「救われたきゃ、自分でなんとかしろ」と言ってドアをたたきつける。鎖が鳴り、かんぬきをはめる音がする。ジョゼフは隣家を離れてほこりっぽい道にたたずむ。地平線からいく筋もの煙の柱が赤い空にたちのぼる。やがて彼は舗装された道の終わりまで歩き、泥道を登り、メイジェンタウンの方角に、その日の朝、母親が行った方角に向かう。市場で目にするものは予想していたとおりだ。炎、くすぶるトラック、たたき割られた箱、売店を略奪する十代の若者。荷車に死体が三つある。どれも母親ではない。知っている顔ではない。

だれも彼と口をきこうとしない。走っていく少女の襟首をつかまえると、ポケットからカセットテープがこぼれ、目をそらして彼の質問に答えない。母親の売店があったところには焦げたベニヤ板の山があるだけで、だれかが建てなおしはじめているかのようにきちんと積まれている。

ジョゼフが家に戻るころには、すっかり明るくなっている。

翌晩――母親は、やはり戻らない――ふたたび彼は出かける。市場の売店の残骸をぬうように歩き、廃墟となった通路で母の名を叫ぶ。二本の鉄柱のあいだに市場の看板がかかっていた場所で、ひとりの男が逆さ吊りにされている。裂かれてはみだした内臓が腕の下に垂れ、地獄の黒縄のように、切られたマリオネットの糸のように見える。

それからの日々、ジョゼフはさらに遠くへさまよう。少女たちを鎖につないで連れていく男を見る。道のわきによけて、死体を山積みにしたダンプカーを通す。二十回にわたって呼び止められ、しつこく訊問される。急ごしらえの検問所では、兵士がライフルの銃口を彼の胸に突きつけ、リベリア人か、クラーン族か、なぜクラーン族との戦いに加わらないのかときく。兵士たちは彼のシャツにつばを吐きかけ、ようやく通行を認める。ドナルドダックの仮面をかぶったゲリラの一隊が、敵のはらわたを食いだしたといううわさを聞く。テロリストがサッカーのスパイクで妊婦の腹を踏みつけているといううわさを聞く。

母親のゆくえは、どこできいてもだれにきいてもわからない。近所の人々が菜園を荒らすのを玄関の階段から眺める。金で雇って商店を略奪させていた少年たちはもう来ない。ラジオでは、チャールズ・テイラーと名乗る兵士が、平和維持軍のナイジェリア兵を四十二発の弾丸で五十人殺したと自慢する。「やつらは簡単に死ぬ」テイラーは得意げに語る。「ナメクジの背中に塩をまくようなもんだ」

ひと月たっても、母親の情報は姿を消した晩から一向に増えない。ジョゼフは母の辞書をわきにかかえ、シャツとズボンと靴に金を詰め、地下室に鍵をかけ——盗んだメモ用紙とかぜ薬と大型ラジカセと空気圧縮機がしまってある——家を永遠にあとにする。しばらくはコートジボワールに逃げる四人のキリスト教徒とともに移動し、つぎになたを持って村から村へうろつく子どもたちの集団と一緒になる。目に入るのは——首を切られた子ども、妊娠した若い女の腹を裂く麻薬中毒の少年、切断された手を口に詰めこまれてバルコニーから身をのりだす男——とても詳しく語れないものばかりだ。三週間で目にしたものだけで、十回生まれかわっても悪夢を見つづけるだろう。リベリアでは、その戦争では、すべてが埋葬されないまま放置され、いったん埋葬されたものも掘りかえされる。穴掘り便所に積まれたままの死体、親の死体を引きずって泣きわめきながら道をゆく子どもたち。クラーン族がマノ族を殺し、ギオ族がマンディンゴ族を殺す。道を行く人の半数は武装している。十字路の半分は死臭がする。

眠れるところならどこでも眠る。落ち葉のなかで、茂みの下で、見捨てられた家の床で。頭蓋骨の内側で痛みが花開く。七十二時間おきに高熱に揺さぶられる——燃えるような熱のあとに凍りつくような悪寒が来る。熱のない日は息をするだけで痛い。力をふり絞って歩きつづける。

やがてある検問所に行きあたる。黄疸にかかったふたりの兵士は彼を通そうとしない。ジョゼフはできるだけうまくいきさつを話す。母親がいなくなり、消息について情報を集めている。自分はクラーン族でもマンディンゴ族でもない。兵士たちに辞書を見せると没収される。割れるような頭痛がたえまなくつづく。殺すつもりなのだろうかと思う。「金はある」と言う。襟のボタンをはずし、シャツに隠した札束を見せる。

片方の兵士が無線で数分話し、戻ってくる。ジョゼフにトヨタの荷台に乗るよう命じ、いくつもゲートのある道を延々と走る。プランテーションの瓦ぶきの屋敷の下に、ゴムの木が列をなして果てしなく広がる。兵士は彼を屋敷の裏に連れてゆき、ゲートを通ってテニスコートに出る。そこには十二人の少年がいて――十六歳ぐらいだろうか――突撃銃をひざに置き、庭園用の椅子にゆったりもたれている。コンクリートに白い陽光が反射する。座っている少年たちと立っているジョゼフに太陽が照りつける。だれもなにも言わない。

数分後、隊長が汗をたらしながらひとりの男を屋敷の裏口から引きずってくる。渡り廊下を通り、テニスコートに連れだし、センターラインに放りだす。男は青いベレー帽をかぶり、両手をうしろで縛られている。兵士たちが男を転がしてあお向けにすると、ほほ骨が折れているのにジョゼフは気づく。男の顔は内側にへこんでいる。「この寄生虫は」と隊長は言い、男のあばら骨をつま先で蹴る。「飛行機を操縦し、一カ月にわたってモンロビアの東側の町を爆撃した」

男は体を起こそうとする。両目が頭蓋骨のくぼみでいやらしく泳ぐ。「わたしはコックだ」男は言う。「イェケイパから来た。モンロビアに向かう道を行けと言われた。それで行こうとしていた。それなのに捕まった。お願いだ。わたしはステーキを焼くコックなんだ。爆撃なんてしていない」

庭園用の椅子に座った少年たちがうなる。隊長は男の頭からベレー帽をとり、フェンスの向こうに投げる。ジョゼフの頭痛が激しくなる。うずくまりたい。日陰で横になって眠りたい。

「おまえは人を殺した」隊長は捕らわれた男に言う。「本当のことを言え。自分のしたことを認めたらどうだ。あの町では母親が死に、娘たちが死んだ。女たちの死はおまえの責任ではないというのか」

「お願いだ。わたしはコックなんだ！　イェケイパのスティルウォーターっていうレストランでステーキを焼いている。婚約者に会うために旅をしていただけだ！」

「おまえは郊外の町を爆撃していた」

男がまだなにか言おうとすると、隊長がスニーカーで男の口をふさぐ。遠くで、すり潰すような音が、ぼろきれのなかで小石がぶつかりあうような音がする。「おまえ」隊長はジョゼフを指さす。「母親が殺されたというのはおまえか」

ジョゼフはまばたきする。「母はメイジェンタウンの市場で野菜を売っていました」と言う。「この三カ月、姿を見ていません」

隊長は腰の革ケースから拳銃をとりだし、ジョゼフに差しだす。「この寄生虫は千人は殺している」隊長は言う。「母親を殺し、娘たちを殺した。見るだけでへどが出る」隊長は両手でジョゼフの腰をつかみ、ダンスをするようにまえに連れだす。テニスコートに反射した光に目がくらむ。椅子に座った少年たちは、ささやきながら見守る。ジョゼフを連れてきた兵士はフェンスにもたれ、煙草に火をつける。

隊長はジョゼフの耳にくちびるを寄せる。「おまえの母さんのためだ」隊長は低くささやく。「この国のためだ」

ジョゼフの手には、拳銃が握らされている――グリップは暖かく、汗でぬらつく。頭痛の周期が速まる。目のまえにあるすべてのものが――ほこりをかぶって静止した木々の列、耳元で息をする隊長、アスファルトに倒れた男、病んだ子どものように弱々しく這っている男――引きのばされ、ぼやける。まるでめがねのレンズが溶けてしまったようだ。あの日、最後に市場に向かった母親を思う。どこまでもつづく道を照らす太陽と影、力ずくで木の葉を揺する風。母親と一緒に行くべきだった。母親のかわりに行くべきだった。足元で地面が割れるのを感じるのは、姿を消すのは、彼であるべきだった。母さんはやつらに爆撃されて蒸気になった。母さんは爆撃されて煙になった。うちには金がいると思ったからだ。

「あんなやつの体に血が流れていていいのか」隊長はささやく。「あんなやつの肺に空気が吸いこまれていいのか」

ジョゼフは拳銃を上げ、捕らわれた男の頭を撃ち抜く。濃密な空気と重い樹木が拳銃の音をたちまち飲みこんで散らす。ジョゼフは崩れおちてひざをつく。ぎらぎらした光のロケットが目の奥で爆発する。すべてが白く揺らめく。胸から倒れこみ、意識を失う。

ジョゼフはプランテーションの屋敷の床で目覚める。天井はむきだしでひび割れ、一匹のハエが羽をうならせてぶつかっている。よろめくように部屋を出ると、そこは廊下で、どちらの端にも扉はなく、眼下には柱のようなゴムの木が地平線ぎりぎりまでつづいている。服は濡れ、金は――ブーツの底に隠した紙幣まで――なくなっている。

戸口ではふたりの少年が安楽椅子にだらしなくもたれている。その背後に、テニスコートのフェンス越しに、彼が殺した男が埋葬されないままアスファルトの上に倒れているのが見える。ジョゼフはどこまでもつづく木々のあいだを下る。兵士に出会っても、だれも彼には関心を払わない。一時間ほど歩くと道に出る。通りがかった最初の車に手を振ると、飲み水をくれて、港町ブキャナンまで乗せていってくれる。

ブキャナンは平穏だ——銃を持って集団で町をパトロールする若者の姿はない、轟音とともに頭上を飛ぶ飛行機もいない。海辺に座り、汚い水が杭に沿って寄せては返すのを眺める。頭に新たな痛みを感じる。鈍く震える痛みで、これまでのような鋭さはない。不在の痛みだ。ジョゼフは泣きたい。湾に身を投げて溺れ死にたい。どんなに遠くまで行っても、リベリアから十分に離れられはしないように思う。

ケミカルタンカーに乗りこみ、調理場の鍋洗いに雇ってほしいと頼みこむ。タンカーは揺れながら進み、鍋をていねいに磨いていると、湯のしぶきで全身ずぶ濡れになる。タンカーは大西洋を横断し、メキシコ湾に入り、パナマ運河を通過する。狭い船室で仲間の船員を観察し、自分は人殺しだとわかるだろうか、ひたいにしるしが刻まれてはいないだろうかと思う。夜には舳先の手すりから身をのりだし、船体が暗闇をえぐるのを眺める。なにもかもが虚ろで、ぼろぼろに傷んでいるように感じる。千の終わっていない仕事を残してきたように、千の計算を誤った台帳を残してきたように感じる。波は無名の旅をつづける。タンカーは海をかきわけて太平洋岸を北上する。

オレゴン州アストリアで船を降りる。入国審査で、係官からあなたは戦乱を逃れてきた難民だと告げられ、ビザが発給される。数日後、滞在する安宿で、ある新聞広告を見せられる。「管理人募集　九十エーカーの敷地を誇る〈オーシャンメドウズ〉の庭園・果樹園・建物を冬のあいだ世話してくださる方。We're desperate――至急求む」

ジョゼフは浴室の流しで服を洗い、鏡に映った顔をしげしげ眺める――あごひげは伸びてもつれ、めがねのレンズ越しに見える目はゆがんで黄色い。母親の辞書の定義を思いだす。【desperate――絶望的な。回復の見こみがない極限状態にあること】

バスでバンドンに出て、そこからハイウェイ一〇一号線を五十キロ下り、最後の三キロは標識のない未舗装路を歩く。〈オーシャンメドウズ〉は破産したクランベリー農園を夏の保養地にしたもので、もとからあった家はとり壊され、三階建ての大邸宅が建っている。ジョゼフはポーチにちらばる割れたワインボトルの刃を用心深く避けて進む。

「ジョゼフ・サリービーです。リベリアから来ました」とオーナーのトワイマン氏に言う。太った男で、カウボーイブーツをはいている。「三十六歳で、国は内戦中で、とにかく平和を求めています。ほかにはなにもいりません。屋根も直せます。デッキも直せます。なんでも直せます」話していると両手が震える。トワイマン氏と夫人は部屋を出る。キッチンのドアの向こうからどなりあう声が聞こえる。やつれて無口なトワイマンの娘が、シリアルの入った器を面倒くさそうに食堂のテーブルに持ってきて、静かに食べて席を立つ。壁の時計が一回、二回、チャイムを鳴らす。

ようやくトワイマン氏が戻ってきて、ジョゼフを雇う。二カ月間広告を出して、応募してきたのは彼ひとりだという。「運がよかったな」と言って、ジョゼフのブーツを怪しむような目で見る。

ジョゼフは古いつなぎ服一着とガレージの上の部屋を与えられる。最初のひと月は、敷地じゅうが客でふくれあがる。子ども、赤ん坊、テラスで携帯電話にどなる若い男たち、笑顔を浮かべてぞろぞろ歩く女たち。みなコンピュータがらみの億万長者だ。車から降りると、ドアを点検し、すり傷はないか確かめる。もしあれば、親指をなめ、こすって消そうとする。手すりには飲みかけのウォッカトニックが放置され、スピーカーから流れるギターの音楽がテラスまであふれ、食べかけの皿にスズメバチが群がり、小屋には重くふくれたゴミ袋が山をなす。それが彼らの出すクズであり、それがジョゼフの仕事だ。ガスレンジのバーナーを直し、廊下から砂を掃きだし、客が食べものを投げあってふざけたあとは、壁にこびりついたサケをこすり落とす。仕事がないときは部屋のバスタブのへりに座って手を見つめる。

九月、トワイマンが冬場の仕事のリストを持ってくる。雨戸をとりつける、芝生に空気をいきわたらせる、屋根と歩道の氷をとりのぞく、絶対に泥棒に入られないようにする。「できるか」とトワイマンはきく。世話係用のトラックの鍵と電話番号を置いていく。翌朝にはだれもいない。敷地に静寂が押しよせる。木々が風を受け、呪文をふり払おうとするかのように揺れる。三羽のハクガンが物置の下から這いだし、のんびり芝生を横ぎる。ジョゼフは母屋をぶらつく。巨大な石造りの暖炉のある居間、ガラス張りの中庭、とてつもなく大きいクローゼット。テレビを引きずって階段を途中まで下りるが、盗んでやろうという気持ちがわいてこない。どこに持っていこうというのか。どうするつもりだというのか。

朝になると、その日一日が延々と彼のまえに広がる。どこまでも、空虚に。海岸を歩き、石を指でつまみあげ、じっと見つめてそれぞれの特徴を探す——埋めこまれた化石、貝の跡、ぎらりと光る鉱物の筋。ポケットに入れずにはいられない。すべて独特で、すべて美しい。部屋に持ちかえって窓枠に並べる——部屋は何重もの小石の列に囲まれ、小さな侵入者を防ぐ未完の小さな城壁が築かれる。

二カ月間、だれとも口をきかず、だれにも会わない。あるのはただ、三キロ離れた一〇一号線を進むゆるやかで揺るぎないヘッドライトの筋と、上空を飛ぶジェット機の飛行機雲だけで、その音は空と地面のあいだの空間に失われる。

強姦、殺人、壁に蹴りつけられる赤ん坊、乾いた耳の束を首から下げた少年。人が人に対して行なう最悪の行為が悪夢のなかで再現される。毛布が濡れるほど汗をかき、枕をきつく抱きしめて目覚める。母親、金、きちんと秩序だった暮らし——すべて失われた。終わったのではない、消えたのだ。どこかの血迷った男が、彼の人生を形づくっていたものをすべてさらって、地下牢の底に引きずりこんでしまったようだ。なにかいいことをしたいと心の底から思う。なにか正しいことをしたいと思う。

十一月、五頭のマッコウクジラが保養地から一キロほど先の海岸に乗りあげる。一番大きいのは――ほかのクジラから二百メートルほど北に離れてぐったり横たわっている――体長十五メートルを超え、ジョゼフが住んでいるガレージが半分ふさがりそうだ。見つけたのはジョゼフが最初ではない。すでに十数台のジープが砂丘に停まっている。クジラのあいだを男たちが走って行き交い、海水をくんだバケツを引きずり、注射針を振りまわしている。

蛍光色のアノラックを着た数人の女性が、一番小さいクジラの尾びれにロープをくくりつけ、小型モーターボートで引いて砂浜から出そうとしている。ボートのスクリューが回転し、砕ける波の上に滑りでる。ロープがぴんと張り、滑り、クジラの尾びれに食いこむ。肉が割れ、白い部分が見える。血がわきでる。クジラはまったく動かない。

ジョゼフは見物人の輪に近づく。釣りざおを持った男、半分ほどハマグリが入ったプラスチックのバケツを持った三人の少女。血で汚れた白衣を着た女性が、クジラを救うのはほぼ絶望的だと説明している。すでに体温が上昇し、出血し、臓器が溶け、生命維持に必要な管が体重に負けはじめている。クジラを引いて海岸から離せたとしても、おそらく向きを変えて泳いで戻り、浜に上がってしまうだろう。まえにも経験があると女性は言う。「ですが」彼女はつけ足す。「これは学ぶためのまたとない機会です。すべて慎重に扱わなければなりません」

クジラの体には一面に傷が刻まれている。背はあばたやくぼみや貼りついたフジツボでまだらになっている。ジョゼフが一頭のわき腹に手のひらを押しつけると、傷のまわりの皮膚が震える。べつのクジラは尾びれを浜に打ちつけ、舌打ちのような声を出す。声は体の奥から発せられているようだ。血走った茶色い目がまえに転がり、うしろに転がる。

まるで悪夢の入口が開き、そこに恐怖がうずくまっているように、入口で息を弾ませているように、そこまで走りでてきたように、ジョゼフには感じられる。〈オーシャンメドウズ〉に戻る一キロの小道を歩きながら、よろめき、ひざをつく。体は震え、ちぎれ雲が頭上を流れる。目から涙があふれる。逃亡は無駄だった。なにもかも埋葬されないまま、地表の際《きわ》を漂い、ほんのそよ風が吹いただけでまた引きずりだされる。なぜなんだ。救われたきゃ、自分でなんとかしろと隣人は言った。自分のことは自分で救え。ジョゼフは思う。自分はもはや救いに値しない人間なのだろうか、そもそも救われるのは、初めから救いなど必要としない人間だけではないのか。

小道に横たわっているうちに暗くなる。ひたいの奥で痛みがのたうつ。光のない広がりで星がこうこうと輝くのを眺め、星が身をよじって冷酷に燃えるのを眺め、さっきの女性が言ったことを思い、自分はこのできごとからなにを学ぶべきなのだろうと思う。

朝までに五頭のうち四頭が死ぬ。砂丘から見ると、黒い潜水艦の小隊が座礁したようだ。まわりの杭には黄色いテープが張りめぐらされ、人垣はさらにふくらみ、一般の見物人が新たに増えている——十数人のガールスカウト、郵便配達人、カメラのまえでポーズをとっているウィングティップの靴をはいた男。

クジラの死体はガスでふくれ、わき腹はしぼんだ風船のように垂れさがっている。死んでしまうと、背中に刻まれた白い斜めの傷は、雷に打たれた不気味な跡のように、クジラがみずからをわなにかけた網のように見える。すでに最初の、そして最大の個体は――ほかのクジラたちよりも数百メートル北に打ちあげられたメスだ――頭部を切断され、あごは空を向き、こぶしほどある歯には海岸の砂がこびりついている。白衣を着た男たちが、チェインソーと柄の長いナイフを使ってわき腹から脂肪を切りとる。彼らが湯気の立つ紫色の袋状のかたまりをとりだすのをジョゼフは見守る。きっと内臓だろう。見物人はうろうろ歩きまわり、何人かは記念品を手にしている。皮膚を薄くはがし、灰色の羊皮紙のように丸めて握りしめている。

白衣の研究者は一番大きいクジラの肋骨のあいだで懸命に作業をつづけ、ついに心臓にちがいない臓器を引っぱりだす――巨大なかたまりで、筋肉が張り、片端に弁が集まっている。四人がかりで砂の上に転がす。ジョゼフはその大きさが信じられない。このクジラの心臓は特別大きいのだろうか、クジラの心臓はみなこれくらいあるのだろうか、いずれにしても人が乗って動かす芝刈機ほどある。心臓につながる血管は頭を突っこめそうなくらい太い。ひとりの研究者が針でつつき、組織を採取してびんに入れる。ほかの研究者はすでにクジラの体内に戻り、チェインソーが始動する音がする。針を手にした研究者も戻る。砂に残された心臓は静かに湯気を立てる。

ジョゼフは砂丘でサンドウィッチを食べている森林警備官を見つける。

「あれは心臓かな」彼はたずねる。「あそこにあるあれは」

彼女はうなずく。「あの人たちは肺を探しているみたいね。病気にかかっていないか調べるために」

「心臓はどうするんだろう」

「燃やすんじゃないかしら。きっと全部燃やすはずよ。においがすごいから」

一日じゅう彼は掘りつづける。丘の上の、森に隠れ、母屋の西端と芝生がわずかに見下ろせる場所を選ぶ。背後の幹のすきまから見えるのは、木立のあいだできらめく海だけだ。日が暮れても手を休めず、ランタンを置いて白い光の輪のなかで掘る。地面は濡れて砂っぽく、おびただしい量の石や根があり、作業は厳しい。胸にひびが入ったような感じがする。シャベルを置いても指がまっすぐにならない。やがて穴はジョゼフの背よりも深くなり、土をへりの上に放り投げて掘りつづける。

真夜中を何時間も過ぎてから、防水シートとシャベルと樹木用のこぎりと合金の箱に入ったクランクをトラックの荷台に積み、裏の芝生をゆっくり横ぎり、海岸につづく細い道を下る。荷物が軽くぶつかる音がする。ヘッドライトに浮かぶシラカバの木立は嵐に折れ、砕けた骨を束ねたようだ。枝がトラックのわきをこする。

南の四頭のそばにはたき火がふたつくすぶっているが、北のメスのそばにはだれもおらず、彼は波打ちぎわの海藻のかたまりを難なく通りすぎて、へこんだ難破船のように砂丘のふもとに転がる頭のない黒い残骸に近づく。

いたるところに内臓と脂肪がちらばっている。腸はパレードの吹き流しのように丸まったまま浜に広がる。彼は懐中電灯をくわえ、巨大な肋骨のすきまからクジラの体内を観察する。なにもかもが、濡れて影に包まれて混じりあっている。数メートル離れた砂浜に、大岩のような心臓が転がっている。カニが側面の肉をひとつまみずつ引きちぎる。暗闇でカモメがやかましく争う。

防水シートを海岸に広げ、クランクを荷台前部の横棒にはめ、弓形の鉤《かぎ》をシートの四隅にあるハトメにひっかける。奮闘の末に、心臓を転がしてシートにのせる。あとは血みどろのかたまり全体を荷台に巻きあげるだけだ。クランクを回すと歯車が騒がしく回転する。ウィンチの滑車がうなり、シートの端が持ちあがる。心臓がじりじり近づく。砂の上をたぐり寄せ、まもなくトラックに重みがかかる。

最初の青白い光の筋が空に現われるころ、彼は保養地の敷地を見下ろす丘に掘った穴の横にトラックを停める。荷台後部の扉を開け、シートを平らに広げる。心臓は砂まみれで、殺されたけもののように荷台に転がっている。ジョゼフは心臓と運転台のあいだに体をねじこんで押す。心臓は簡単に転がり、なめらかなシートの上を重たそうにずり落ちて、弾むように穴に入り、濡れた重たい音が響く。

荷台に残った肉片と筋肉と血塊を蹴り落とし、ぼうっとしたままトラックでゆっくり丘を下り、四頭のクジラが腐敗のさまざまな段階を示して横たわる海岸に戻る。

男が三人、たき火の燃えかすのそばに立ち、血糊にまみれたまま発泡スチロールのカップでコーヒーを飲んでいる。二頭は頭部がない。頭が残っているクジラも歯がすべて抜かれている。死体からトビムシが跳ねる。六頭目のクジラが砂に転がっているのにジョゼフは気づく。母親の体から引きだされた出産間近の胎児だ。ジョゼフはトラックから降り、黄色いテープをまたいで男たちのところへ行く。

「心臓をもらいたいんだ」彼は言う。「もし、もういらないのなら」

彼らはジョゼフを見つめる。ジョゼフはトラックの荷台から樹木用のこぎりを出して最初のクジラに近づき、垂れさがった皮膚を持ちあげて、巨大な木のような肋骨の内側に足を踏みいれる。

ひとりの男がジョゼフの腕をつかむ。「燃やすことになっているんだ。可能なかぎり保存して、残りは焼却する」

「心臓はぼくが埋める」彼は男と目を合わせず、視線をそらして水平線を見つめつづける。「あなたたちも手間が省けるだろう」

「だめだ……」だが、男はジョゼフの腕を放す。ジョゼフはすでにクジラの体内に戻り、ノコギリで組織を切りはじめている。ノコギリを解体ナイフがわりに使って三本の肋骨をたたき切り、みっしり分厚い大動脈らしき血管を切る。血が吹きだして両手にかかる。凝固して黒く、ほのかに暖かい。クジラの体内の空洞はすでに腐敗しているように臭く、ジョゼフは二度あとずさりして、のこぎりを握ったこぶしをたらして深呼吸する。腕は血でべっとり覆われ、つなぎの胸は粘液と脂肪と海水で濡れている。

魚をさばくようなものだと自分に言いきかせていたが、およそかけ離れている――まるで巨人のはらわたをくり抜いているようだ。クジラの消化管はとてつもなく大きく、血管は猫が走り抜けられるほど太い。彼は最後の脂肪層を切りわけ、これが心臓だと思う臓器に手をかける。まだかすかに湿って暖かく、どす黒い色をしている。あの穴はこれが五つ収まるほど大きくないかもしれないと思う。

残りの三本の血管を切断するのに十分かかる。切り終わると心臓は簡単にはずれ、彼のほうにすべり落ち、くるぶしとひざに重くぶつかって止まる。力をこめないと足を引きぬけない。男がひとりやってきて、注射器を心臓に突きたててなにか採取する。「わかった」男は言う。「持っていけ」

ジョゼフは心臓をトラックに引きあげる。午前も午後も同じことをつづける。心臓をたたき切ってとりだし、丘の穴に入れる。どの心臓も最初のクジラほどではないが、それでもかなり大きく、トワイマンのキッチンにあるガスレンジかトラックのエンジンぐらいある。胎児の心臓でさえ並はずれており、大きさも重さも人間の男の胴体ふたつ分ほどある。とても腕に抱えきれない。

最後の心臓を丘の穴に落とすころには、ジョゼフの体は限界に近づいている。視界の端に紫の光輪が回転し、背中と腕は強ばり、体をかがめないと歩けない。穴を埋め、その場を去るとき――土と筋肉の塚は、サーモンベリーの茂みと背後のトウヒの幹に囲まれてくっきり際だち、夜闇のなかで屋敷のはるか上方にそびえ立っている――彼は自分自身から切りはなされたように、自分の体は不器用な道具で、あとほんの少ししか必要ではないように感じる。庭にトラックを停め、ベッドに倒れこむ。血糊にまみれた体は洗わず、部屋のドアは開けたままで、六頭のクジラの心臓はすべて大地に包まれてゆっくり冷えていく。こんなに疲れたのは生まれて初めてだ、と彼は思う。少なくとも、ぼくがなにかを埋葬したことはたしかだ、と思う。

それからの日々は、ベッドから這いだす体力も気力もない。さまざまな問いでみずからをさいなむ。なぜ少しも気分が晴れないのか。少しも癒されないのか。復讐とは。つぐないとは。心臓はまだあそこにある。地面のすぐ下で、待っている。埋めるのは、ほんとうによいことにつながるのだろうか。悪夢のなかで、心臓はきまって土を掘って這いだしてくる。母親の辞書で読んだ言葉を思いだす。【悲嘆――慰めようもなく気力を失い、希望を失い、絶望している状態】

彼とリベリアは大海で隔てられているのに、それでも救いは得られない。黄暗色の煙のカーテンが、風に運ばれて木々を越え、窓から入る。煙は悪い肉を焼いているように脂くさい。彼は吸いこまないように顔を枕に埋める。

冬。みぞれが歌うように枝のあいだを降る。地面は凍り、解け、ふたたび凍って、どっしり重い濃厚なぬかるみになる。ジョゼフは初めて雪を見る。空を見上げ、めがねに雪を受ける。雪の結晶が解けるのを見つめる。とげのある柱と繊細なアーチを、結晶がゆるんで水になり、千の微細な光がきらめきながら消えるのを見つめる。

仕事を忘れる。窓の外を見て、庭に芝刈機を出したままなのに気づくが、ガレージに戻す気力が出ない。母屋の水道に水を通し、テラスを掃除して、雨戸をとりつけ、屋根の融雪ケーブルのスイッチを入れなければならないのはわかっている。だが、どれもやらない。自分が消耗しているのはクジラの心臓を埋めたせいだ、もっと大きな疲労やまとわりつく記憶の重みで消耗しているのではない、と自分に言いきかせる。

たまに朝、空気がいくらか暖かく感じられる日には、意を決して外に出る。ふとんをはねのけ、ズボンをはく。母屋からつづくぬかるむ小道を下り、砂丘を登ると、海が溶けた銀のように空の下に広がり、低い木立に覆われた島々の上でカモメが輪を描き、冷たい雨が木立に打ちつけ、世界の光景に――そのなかにいるという圧倒的な恐怖に――彼は耐えきれず、なにかが割れるのを、落下するくさびが彼の芯を貫くのを感じる。こめかみを強く押さえて背を向け、物置に入ってしゃがみこみ、斧《おの》やシャベルに囲まれた暗闇のなかで、呼吸を整え、恐怖が通りすぎるのを待つ。

海沿いはそれほど雪は降らないとトワイマンは言っていたが、いまは激しく降っている。十日間ずっと降りつづけ、ジョゼフが融雪ケーブルのスイッチを入れないために、雪の重みで屋根の一部が崩れる。主寝室では、たわんだ合板と断熱材がベッドに垂れさがり、天国につづくスロープのようだ。ジョゼフは手足を広げて床に横たわり、すきまから大きな雪の結晶のかたまりが落ちて体に積もるのを眺める。雪は解け、わき腹を流れ、床でふたたび凍り、透明でなめらかな膜になる。

地下室でジャムのびんを見つけ、だだっ広い食堂のテーブルで指ですくって食べる。ウールの毛布に穴を開け、頭からかぶってマントのように体を包む。野火のように熱が上がっては引く。熱にねじ伏せられてひざまずき、毛布に体をくるんで震えが過ぎるのをじっと待つ。

広々とした浴室で鏡に映った姿を観察する。体はかなりやせた。腕には筋が浮き、わきには肋骨が生々しい弧を描いている。両目にはチキンスープのような黄色いしみが浮かんでいる。髪をなでると、頭皮のすぐ下に硬い頭蓋骨が感じられる。どこかに、と彼は思う。ぼくを待っている地面がある。

彼は眠り、ひたすら眠り、地中にいるクジラが海を泳ぐように土を泳ぎ、通過する振動が木の葉を揺らす夢を見る。クジラは草むらからおどりだし、木の根や小石をまき散らしながら宙返りして、落下して、地中に姿を消す。割れた地面は合わさって、ふたたびひとつになる。

ムシクイが霧のなかでさえずり、テントウムシが窓を横ぎり、ゼンマイが森の地面から顔を出す——春だ。彼は毛布を肩からかぶって庭を歩き、芝生に芽を出した最初のクロッカスの青白い袖をじっくり眺める。日陰には解けかけた泥まじりの雪が切れ端のように残っている。記憶がひとりでによみがえる。毎年、四月になると、ふるさとのモンロビア郊外の丘にはサハラ砂漠から風が吹きつけ、家の壁に沿って赤い砂ぼこりが十センチ近く積もった。ほこりは耳に入り、舌にはりついた。母親はほうきとはたきで応戦し、彼も戦いに加わるよう命じた。なんで、と彼は言いかえした。なんで階段を掃除しなきゃいけないんだ、明日になればまた砂が積もるのに。母親は怒りと落胆の目で彼をにらみ、なにも言わなかった。

彼は砂ぼこりのことを思う。今ごろ鎧戸のすきまから吹きこんで、壁ぎわに積もっているだろう。想像すると胸が痛む。彼と母親の家が、空っぽで、音もなく、椅子や机には砂が積もり、菜園は略奪されて雑草に覆われている。地下室にはいまも盗品がしまわれている。だれかがあの家に火薬を詰めて、粉々に爆破してくれればいいと思う。ほこりが屋根の上まで積もり、あの家を永遠に埋めてくれればいいと思う。

まもなく――いったい何日たったのだろう――トラックがきしみながら敷地内の道をゆっくり上ってくる音がする。トワイマンだ。ジョゼフは見つかる。自分の部屋に引きこもり、窓枠の下に、整然と積まれた小石の下に身をかがめる。小石をひとつ手にとり、手のひらで転がす。母屋で怒鳴る声がする。外をのぞくと、芝生を横ぎってやってくるトワイマンが見える。階段にカウボーイブーツの重い音が響く。トワイマンはすでに大声で怒鳴っている。

「あの屋根はなんだ！　床は水びたしじゃないか！　壁は波打っているぞ！　芝刈り機はさびて使いものにならん！」

ジョゼフは指でめがねをぬぐう。「そうですね」彼は答える。「だめですね」

「だめだって？　なにふざけたことぬかすんだ、この野郎！」トワイマンの首が赤くなる。言葉が詰まって出てこない。「クソッ」ようやく吐きだすように言う。「絶対に許さん！　絶対に許さんからな！」

「わかりました。大丈夫です」

トワイマンは背を向け、窓辺の小石をじっと見る。「この野郎！　このクソ野郎！」

トワイマンの妻が、おしゃれで静かなトラックで彼を北に連れていく。ワイパーがフロントガラスをなめらかにぬぐう。彼女は片手をハンドバッグに入れたままだ。催涙ガスか拳銃を握りしめているのだろう、とジョゼフは思う。ぼくのことを低能だと思っているんだ。この女にしてみれば、ぼくはアフリカから来た野蛮人で、働いたり、世話したり、そんなことはこれっぽっちも知らないと思ってるんだ。軽蔑すべき人間だと、「黒んぼ」だと思ってるんだ。

バンドンの町に入って赤信号で停まると、「ここで降ります」とジョゼフは言う。

「ここで？」ミセス・トワイマンは、初めての町を見るようにあたりを見まわす。ジョゼフはトラックから降りる。彼女の手はハンドバッグに入ったままだ。「あんた、義務ってわかる？」と彼女は言う。「義務感の問題なのよ」彼女の声は震えている。心のなかで怒りが煮えたぎっているのがジョゼフにもわかる。「だからあんたなんか雇うなって言ったのよ。気配が怪しくなったとたんに国から逃げだした男なんか雇ってどうするのって。そんな男が義務とか責任とかわかるはずないって。理解できるはずないって。やっぱり思ったとおりだったわ」

ジョゼフは片手をドアにかけたまま立ちつくす。「あんたの顔なんて二度と見たくない」彼女は言う。「さっさとドア閉めてちょうだい」

三日間、コインランドリーのベンチで横たわる。天井のタイルの割れ目を観察する。まぶたの裏を漂う色を眺める。乾燥機ののぞき窓の向こうで服が渦を描く。【義務――道徳的責任から求められる行動】トワイマンの妻は正しい。彼になにがわかるというのだ。地面に放りこんだ心臓のことを思う。地中の微生物が極微の迷宮の中心を食い進む。あの心臓を埋めたのはいいことだったのだろうか、正しいことだったのだろうか。救われたきゃ、自分でなんとかしろと彼らは言った。自分のことは自分で救え。彼は〈オーシャンメドウズ〉でなにかを学びかけていた。それはまだ終わっていない。

腹が減り、けれども空腹を意識しないまま、道を南へ向かい、路肩に生えた湿った泥だらけの草のあいだを大またで歩く。まわりの木々が揺れる。車やトラックが近づく音が、濡れた路面をタイヤがこする音がすると、森に入り、毛布をかぶって、通りすぎるのを待つ。

夜明けまえにトワイマンの所有地に戻る。うっそうとした草木のあいだを登り、母屋のはるか上に出る。雨は止み、空は明るくなり、ジョゼフの手足は軽い。木立に囲まれた小さな空き地まで登る。クジラの心臓を埋めた場所だ。そこにトウヒの枯れ枝をひと抱え敷いて体を横たえる。埋葬された心臓の上に自分も半分埋まって、頭上を巡る星を眺める。

見えない存在になろう、と彼は思う。作業をするのは夜のあいだだけにしよう。慎重に、けっして疑われないように。あの家の雨樋にいるツバメのように、芝生の虫のように、だれにも見えない存在に、死物をあさる存在に、風景の一部になろう。樹木が風に揺れたらぼくも揺れる。雨粒が落ちたらぼくも落ちる。姿を消すのと、ある意味で同じかもしれない。

いまはここがぼくの家だ。まわりを見まわして彼は思う。これが行き着いた先なんだ。

朝になり、茂みをかきわけて母屋を見おろすと、芝生にはバンが二台いて、羽目板にはしごが立てかけられ、ひとりの男が屋根の上でひざをついているのが小さく見える。ほかの男たちは箱や張板を台車で家に運び入れている。なにかを熱心にたたく音がする。

空き地の下の日陰の斜面で、落ち葉のあいだにキノコが生えているのを見つける。川泥のような味がして胃が痛くなるが、全部口に入れ、無理やり飲みくだす。

薄暗くなるまで待つ。霧がゆっくりと木立に集まるのをしゃがんで眺める。ようやく夜になり、丘を下ってガレージ横の物置に行き、壁にかかっている鍬《くわ》をとり、暗闇のなかで種の箱を手探りで探す。紙袋があり、さわってみると種が入っている——それをズボンのポケットに入れて引きかえす。クラブフットとシダのあいだを通り、落ちた針葉に覆われた湿った森の地面を歩き、幹に囲まれた自分の空き地に戻る。かすかな銀色の光のなかで袋を開ける。ふたつかみほどの種が入っていて、アザミのように細長くて黒いものもあれば、平たくて白いものもあり、丸々として茶色いものもある。種をポケットにしまう。そして立ちあがり、鍬を持ちあげて地面に振りおろす。甘く豊かなにおいがたちのぼる。

夜どおし地面を掘りつづける。クジラの心臓は跡形もない。土は黒く、空気を含んで軽い。ミミズが身をくねらせて這いだし、夜のなかでつややかに光る。夜明けにはまた眠る。蚊が首のまわりでうなる。夢は見ない。

翌晩、人差し指で小さい穴を何列も開け、ひとつの穴にひと粒ずつ、小さい爆弾のように種を落とす。飢えて体が弱っており、たびたび手を止めて休む。勢いよく立ちあがると目のまえの光景が押し流され、空が地平線に落ち、一瞬、自分が溶けてしまいそうな感覚に襲われる。種を数粒食べて、腹のなかで芽を出すさまを、つるがのどから突きだし、ねじれた根が靴の底から伸びるさまを想像する。片方の鼻孔から血がしたたる。銅のような味がする。

クランベリー圧搾機の残骸から二十リットル用の丸い缶を見つける。海岸のそばに、丸岩をぬうように流れる勢いのよい小川があり、そこで缶に水をくんで手押し車に乗せ、揺らして水をこぼしながら、丘を登って菜園まで運ぶ。

海藻とサーモンベリーとハシバミとスナモグリと満潮で打ちあげられた死んだカジカを食べる。岩からイガイを引きはがし、拾った缶でゆでる。ある日の深夜、そっと芝生に下りてタンポポをつむ。タンポポは苦く、胃が痙攣《けいれん》するように痛む。

大工は屋根の修理を終える。押しよせる波のように人がやってくる。ある日の午後、ミセス・トワイマンが到着し、派手に動きまわる。ビジネススーツを着てせわしなくテラスを歩き、すぐうしろに従う若い男がメモをとる。彼女の娘はひとりで長い時間砂丘を散歩する。夜のパーティが始まり、紙のちょうちんがひさしに吊るされ、屋外のテントではスウィングバンドがラッパを吹き鳴らし、笑い声が風にのって漂う。

鍬を使い、何時間もねばって、ジョゼフは低い枝からコガラをたたき落としてしとめる。真夜中に小さな火をおこしてあぶる。コガラには信じられないほどわずかな肉しかついていない。皮と羽根ばかりだ。なんの味もしない。これで、と彼は思う。ぼくはほんものの野蛮人だ。小鳥を殺し、骨にはりついた筋を歯で食いちぎる。ミセス・トワイマンが見たら、なるほどと思うだろう。

毎日、丘の上まで水をくんできて種にまくほかは、これといってすることもなく、ただ座って過ごす。森のにおいが木の幹のあいだを川のように流れる。生長のにおい、腐敗のにおい。疑問が群れをなしてわきあがる。土の暖かさは十分だろうか。母親は苗を小さな鉢で育ててから地面に下ろしていなかったか。種にはどれぐらい日光が必要なのだろう。水はどれぐらい必要なのだろう。あの種が袋に入っていたのは、発芽しないか古いからではなかったのか。水やりに使っている缶のさびが菜園をだめにするのではと不安になり、くさび状の石でこすってできるだけきれいにする。

記憶もまた、ひとりでにわきあがる。煙を上げるメルセデスの残骸のなかにあった三体の黒焦げの死体。へし折られた手の甲を這う黒い甲虫。赤い土ぼこりのなかに転がる蹴られて割れた少年の頭部。堆肥を積んだ手押し車を押すジョゼフの母親。菜園を横ぎる母の足は筋肉がぴんと張っている。三十五年のあいだ、ジョゼフは自分の人生を貫く静かで安全な糸を思い描いていた――彼のために作られた、疑いの余地のない、保証された一本の糸。市場へ行く、仕事に行く、トウガラシをのせた米飯の弁当、台帳に整然と記された数字の列。それが人生だった。太陽が昇るように、規則正しく、予測可能だった。だが、結局その糸は幻想だった――ジョゼフの人生を束ねるロープも、導く人も、真実もなかった。彼は悪事を行ない、母親は菜園を耕した。どちらも死すべき定めだったのだ。ほかのあらゆるものと同じように、庭のバラや海のクジラと同じように。

いま、ようやく彼は、秩序を、組織だった時間を、ふたたび整えつつある。土の手入れをして水を運ぶのはいい気分だ。健康な感じがする。

六月、苗の緑の鼻先が地面の上に現われはじめる。夕方に目覚めて、薄れゆく光のなかでそれを見ると、ジョゼフは胸がはちきれそうになる。数日のうちに、空き地全体に、一週間まえまでは黒一色だった場所に、小さな緑色の短線が一面に広がる。このうえない奇跡だ。いくつかの芽は——十数本の誇り高い親指が空を指している——ズッキーニにちがいないと思う。地面に這いつくばり、傷だらけのめがねのレンズ越しにしげしげ眺める。すでに茎は特徴的な葉芽《ようが》に分かれ、小さな皿状の葉がいまにも開きそうだ。ここにズッキーニが入っているのだろうか。あの大きくつややかな野菜が、この芽のどこかにおさまっているのだろうか。とてもそうは思えない。

つぎになにをすべきか悶々と悩む。水はもっとやったほうがいいのか、控えたほうがいいのか。先端を切ったほうがいいのか、苗を覆ったほうがいいのか、仮植えしたほうがいいのか、わき芽をつんだほうがいいのか。まわりの木の枝を切り、キイチゴを引きぬいて、もっと日光が当たるようにしたほうがいいのか。母親がしていたことを、菜園づくりの基本を思いだそうとするが、よみがえるのは、引きぬいた雑草を片手に握り、足元に集まったわが子を見るように苗を見おろして立っていた姿ばかりだ。

もつれた釣り糸が岩に打ちあげられているのを見つけ、ほどいて流木に巻きつける。さびた鈍い釣り針にミミズを刺す。糸に重りをつけて岩棚から海に沈める。うまくサケがかかった夜は、尾をつかんで頭を岩に打ちつける。月あかりの下でサケを平らな岩に置き、カキの貝殻ではらわたを出す。小さなたき火で身をあぶり、余さず食べ、嚙みながら岩を急いで登り、森に入る。味のことは考えない。彼にとって、食べることは穴を掘ることに似ている。それは仕事であり、どこか面倒で、満足とはほど遠い。

菜園と同じように、邸宅は活気に満ちあふれる。毎晩、パーティの音がする。音楽、陶器に銀器が触れる音、笑い声。煙草のにおいとフライドポテトのにおいと庭師が使う芝刈機とトラクターのガソリンのにおいがする。敷地内の曲がりくねった私道を車が走る。ある日の午後、トワイマンがテラスに現われて、木立に向かって散弾銃を撃つ。ショートパンツに黒いソックスをはき、テラスの板につまずく。もう一度銃に弾をこめ、構えて撃つ。ジョゼフはうずくまって木の幹に隠れる。トワイマンは知っているのだろうか。ここにいるのを見られたのだろうか。弾丸が木の葉を貫く。

六月半ば、植物の茎は三センチほどになる。顔を近づけると、いくつかの芽が繊細な花に分かれているのが見える。固い緑の芽のように見えていたものは、じつはしっかりたたまれた花だった。うれしくて叫びたくなる。いくつかの苗は薄緑色のぎざぎざした小さな葉が生えており、ジョゼフはトマトだろうと考えて、母親が針金とひもで作っていたように、作物を這わせる小さな格子を棒切れとつるで組み立てる。完成すると、丘を下って海に出て、砂丘を蹴ってくぼみを掘り、そこで眠る。

一時間後に目を覚ますと、スニーカーをはいた片足が静かに通りすぎるのが目に入る。十メートルも離れていない。たちまち指先までアドレナリンがみなぎる。心臓が胸で暴れる。スニーカーは小さく、清潔で、白い。もう片方の足が砂を引きずるように目のまえを通りすぎ、海に向かう。

走って逃げようか。闇討ちして引き裂いて殺そうか、溺れさせようか、口に砂を詰めこもうか。大声をあげ、隙をついて逃げようか。だが、そんな時間はない——ジョゼフは腹ばいになり、できるだけ体を低くして、暗闇のなかで、流木か、もつれた海藻のかたまりに見えるよう祈る。

だが、スニーカーは歩みをゆるめない。持ち主は砂丘の正面を苦労して下り、前かがみになって力をこめ、ブロックのようなものを二個、腕に抱えて重たそうに運んでいる。その人影は満潮時の水位標識の先まで進み、ジョゼフは顔を上げてようすを確かめる。束ねていない巻き毛の髪、小さな肩、細い足首。少女だ。首のかしげかたがどこかおかしい。重たそうに頭を垂れたようすが、肩を落としたようすが——まるでなにかに負けたように、打ちのめされたように見える。頻繁に立ち止まって休む。体を支える足に力をこめ、重たいなにかを抱えたまま懸命に前進する。ジョゼフは顔を伏せ、あごに冷たい砂を感じ、高まった鼓動を静めようとする。頭上の雲は風で流され、水しぶきのような星がはかない光を海に投げかける。

ふたたび顔を上げると、少女は三十メートルほど進んでいる。波打ちぎわにしゃがみ、ロープの輪のようなものをブロックの穴に通す——手首に結びつけているらしい。見ていると、彼女は片方の手首をひとつのブロックに結び、もう片方の手首をもうひとつのブロックに結ぶ。苦労して立ちあがると、ブロックを引きずってよろめきながら海に入る。波が胸に打ちつける。ブロックは重い水しぶきとともに海中に沈む。少女はひざをつき、あお向けになり、海面に漂う。ブロックに結ばれたままの両腕は、海中にひっぱられる。うねりが体を持ちあげ、あごを覆うようにふくれあがり、姿が見えなくなる。

ジョゼフは理解する。あの子はブロックを重りにして溺れ死ぬつもりだ。

彼はまた顔を伏せ、ひたいを砂につける。いまここにあるのは、砂浜に打ちよせる波の音と、砂中の雲母に反射するかすかで透明な星あかりだけだ。夜ふけのこの時刻に、世界中どこでもそれは変わらないのだ、と彼は思う。もしどこかべつの場所で眠ることにしていたら、もう一時間菜園で格子を作っていたら、種が芽を出さなかったら、どうなっていただろう。新聞の広告を見なかったら。あの日、母親が市場に行かなかったら。秩序、運、定め。自分がいまここにいる理由など、なんの関係があるだろう。星はその星座で燃える。海のなかでは無数の生命が一刻一刻を生きている。

ジョゼフは砂丘を駆けおりて海にとびこむ。少女は波のすぐ下に浮かび、まぶたを閉じている。髪は流されて扇のように広がっている。靴のひもはほどけて流れに漂っている。腕は体の下に垂れ、暗がりに消えている。

ジョゼフは気づく。この子はトワイマンの娘だ。

彼は海に潜り、片方のブロックを砂から引きあげて少女の手首からほどく。彼女の体を両腕で抱え、もうひとつのブロックを引きずりながら砂浜に運ぶ。「もう大丈夫だよ」と言おうとするが、長らく使っていない声はしゃがれ、言葉は出てこない。なにも変化のないまま長い時間が過ぎる。彼女ののどと腕が鳥肌で覆われる。つづいて咳こみ、目が大きく開く。少女はあわてて体を起こし、片方の腕をブロックにつないだまま、足をやみくもに動かす。「待って」ジョゼフは言う。「待って」彼は手を伸ばしてブロックを持ちあげ、彼女の手首からほどく。彼女はおびえて体を引く。くちびるは揺れ、腕は震えている。彼女がまだとても若いことに彼は気づく——おそらく十五歳ぐらいだろう、耳に小さな真珠を飾り、なめらかな桃色のほほの上に大きな目が光っている。ジーンズから水がどっとこぼれる。靴ひもが砂に垂れる。

「お願い」彼は言う。「行かないで」だが、彼女はすでに走りだし、懸命に急いで砂丘を越え、家のほうに向かう。

ジョゼフは震える。いまも肩からかぶっているぼろぼろの毛布から水がしたたる。彼女がだれかに言えば捜索されるだろう。トワイマンは散弾銃で森をしらみつぶしにするだろう。客たちは森の侵入者を捕らえるゲームに興じるだろう。菜園を発見されてはまずい。どこか新しい寝場所を見つけなければ。母屋から何へクタールも離れた茂みの湿ったくぼみで寝ようか、それとも地面に掘った穴のほうがいいだろうか。たき火をおこすのはやめよう。火を使わなくても食べられるものだけを食べよう。菜園に行くのは三晩に一度にして、植物に水をやるのは夜ふけの一番暗い時刻にして、足跡は慎重に隠さなければ……。

海では海面に映った星が震えて揺れる。どの波頭も光にふちどられ、千の白い川がひとつになったようだ――美しい。こんなに美しいものを見るのは初めてだ。彼は震えながら眺めつづけ、やがて太陽が背後の空を彩りはじめると、早足で海岸を突っきって森に入る。

四日後の夜、ジャズが流れ、ひとりの女性がたそがれのテラスでゆっくりターンし、スカートが軽やかに広がる。ジョゼフは菜園にそっと忍びこみ、雑草をむしり、侵入者をつまみだす。木々のあいだを音楽が打ちよせる。ピアノの音、サクソフォンの音。土から突きだした芽を目をこらして見る。葉枯れ病が――小さな腐敗の斑点が――たくさんの葉をむしばんでいる。べつの芽はナメクジにかじられ、根元から刈られた芽もある。半分以上の芽がだめになったか、だめになりかけている。菜園をフェンスで囲い、なにか作物を保護する薬をまくべきなのはわかっている。隠れ場所を作って菜園を荒らす者を見張り、追いはらうか鍬で脅したほうがよさそうだ。だがそれは無理だ――草むしりすら、めったに許されないぜいたくなのだから。なにごとも目立たないようにやらなければいけない、世話などされていないように見せなければいけない。

彼は海岸に下りていくのをやめ、敷地の芝生を横ぎるのをやめる――自分が無防備なままさらされているような気がしてならない。身を隠せる森のほうが、そびえ立つモミの木や一面に広がるジャイアントクローバーやカエデの木立のほうがいい。そこならたくさんのなかのひとつでいられる、小さい存在でいられる。

彼女は夜になると懐中電灯を手に森を探すようになる。ジョゼフは倒木の洞《ほら》に隠れてやりすごし、彼女であることに気づく。まずシダのあいだで光が激しく揺れ、つづいてやつれておびえた彼女の顔と大きく見開いた目が現われる。彼女の動きは騒がしい。小枝を折り、息を荒くはずませて斜面を登ってくる。だが、彼女は心を決めている。光は森をさまよい、砂丘をくまなく巡り、急いで芝生を横ぎる。毎晩、一週間にわたって、居場所を失った星のように光が敷地じゅうを漂うのを彼は見守る。

一度、つかのまの勇気を出してハローと呼びかけるが、彼女には聞こえない。彼女は歩きつづけ、暗い木々のあいだを下り、足音と光の筋はしだいに遠ざかり、やがて消える。

菜園から百メートルも離れていない切り株に、彼女は食料を置いていくようになる。ツナサンド、ニンジンひと袋、ナプキンに包んだポテトチップ。彼はそれを食べるが、なんとなくうしろめたい。ずるをしているような気がする、彼女のおかげで楽をするのは、まちがっているような気がする。

さらに一週間、夜中に彼女が森をうろつくのを見守りつづけ、ついに彼は我慢できなくなって彼女の光の輪のなかに歩みでる。彼女は立ち止まる。大きい目がさらに大きくなる。懐中電灯を消して落ち葉のなかに置く。梢《こずえ》に青白い霧が漂う。にらみあうような形になる。少女は怖がっているようすはないが、両手はガンマンのように腰のわきに構えたままだ。

彼女はせわしない複雑なダンスのように腕を動かし、片方の手のひらをもう片方の指先に当て、指を空中で回し、右耳に触れ、最後に両手の人差し指をジョゼフに向ける。

どうすればいいのか彼にはわからない。彼女の指はダンスをくりかえす。両手で輪を描き、手のひらを上に向け、指を組む。くちびるが動くが音は出てこない。手首にはめた銀色の大きい腕時計が、手を踊らせるたびに上下する。

「わからない」彼の声は使っていないせいでしゃがれている。手を振って母屋のほうを指す。「帰るんだ。悪いけど、もうここには来ないでくれ。だれかがきみを探しに来る」だが、彼女は三回目の手振りをくりかえす。手を動かし、自分の胸をたたき、声を出さずにくちびるを動かす。

ようやくジョゼフは気づく。彼は両手で自分の耳を覆う。少女はうなずく。

「聞こえないのかい?」彼女はうなずく。「でも、ぼくの言うことはわかるんだね。そうなのかい」彼女はもう一度うなずく。自分のくちびるを指さし、つづいて本を開くように両手を広げる。くちびるを読むのだ。

彼女はシャツからノートをとりだして開く。首から下げた鉛筆で走り書きする。そのページを差しだす。暗がりのなかで彼は読む。どうやって暮らしてるの。

「食べられるものを食べて、草むらで寝る。必要なものはみんなある。お嬢さん、もう帰りなさい。早く寝るんだ」

だれにも言わないわ、と彼女は書く。

彼女が帰るとき、彼は光が揺れて動き、やがて小さなきらめきに、暗闇でらせんを描くホタルになるまで見守る。光が遠ざかっていくのを見つめながら、さびしさを感じているのに気づいて驚く。自分が帰れと言ったのに、ほんとうは残っていてほしかったかのように。

二日後の満月の夜、ふたたび彼女の光が森のなかを揺れながらやってくる。ここを離れるべきなのはわかっている。北に向かって歩きはじめ、国境を越えてカナダに入り、さらに数百キロ先まで歩くべきなのはわかっている。だが彼は、そうするかわりに木の葉のあいだを抜けて、結局、彼女のそばに行く。彼女はジーンズにスウェットのパーカを着て、肩にナップサックをしょっている。このあいだと同じように懐中電灯を消す。月光が枝を照らし、ふたりの肩にゆらめく影のパッチワークを広げる。彼女の手をとり、キイチゴの茂みを抜け、バーベナの茂みを通りすぎ、海を見下ろす岩棚に連れていく。水平線にただ一艘浮かぶ貨物船が、小さな光を点滅させる。「ぼくもしようとしたことがある」彼は言う。「きみと同じことをね」彼女は体のまえで両手を合わせる。やせて青白い二羽の小鳥のようだ。「タンカーの舳先から身をのりだして、数十メートル下の波を見つめた。海のどまんなかで。足で蹴るだけでよかった。そうすれば海に落ちていた」

彼女はノートに書く。あなたのこと、天使だと思った。わたしを天国に連れていってくれる天使だと思った。

「違う」ジョゼフは言う。「違う」彼女は彼を見つめ、目をそらす。どうして戻ってきたの。クビになったのに。

船の光が遠ざかる。「ここが美しいからだよ」彼は答える。「それに、ぼくにはほかに行くところがない」

翌日の夜、ふたたびふたりは薄暗がりで向かいあう。彼女の手が胸のまえではばたき、輪を描き、首まで上がり、目まで上がる。片方のひじに触れ、彼を指さす。

「水をくみにいくけど」彼は言う。「来たければおいで」

彼女は彼のあとについて森を下り、小川に出る。彼はコケの生えた岩に身をのりだし、陰からさびた缶をとりだして水をくむ。ふたりはシダとコケと枯れ枝を踏みわけて丘の上に戻る。彼は折れたトウヒの枝をどける。

「ぼくの菜園だ」と彼は言い、作物のあいだに入る。青々とした巻きひげが格子にからみつき、地面を這う作物がむきだしの土の上に広がっている。空気は地面と葉と海のかぐわしいにおいがする。「このために戻ったんだ。ぼくにはこれが必要なんだ。だからここを離れないんだよ」

それから毎晩、彼女は菜園を訪れ、一緒に作物のあいだにしゃがみこむ。彼女は毛布とフランスパンを持ってきて、彼はしぶしぶそのパンを嚙む。彼女は手話の本を持ってくる――イラストで描かれた数千の手の下に、それぞれ単語が記されている。「木」の上に手があり、「自転車」の上に手があり、「家」の上に手がある。彼は丹念にページを見る。こんなにたくさんのサインを覚えられる人がいるのだろうか。彼女はベルという名であることを知る。彼は長く不器用な指で宙にサインを描く練習をする。

彼は害虫を探し――ナメクジ、玉虫色の甲虫、アブラムシ、小さな赤いハダニ――指でつまんで潰すよう彼女に教える。ひざの高さまで成長したつるもあり、地面を覆うように広がって、雨が葉に当たるとにぎやかな音がする。「どんな感じなんだい」彼はたずねる。「すごく静かなのかい、まったく音がしないのかい」彼女には彼が話すのが見えなかったのだろうか、あえて答えなかったのだろうか。座ったまま母屋をじっと見つめる。

彼女が持ってきた肥料を小川の水に溶かして菜園にまく。彼女が帰るとき、そのうしろ姿をかならず見送っている自分に気づく。木立のあいだを彼女の体が下りてゆき、下の芝生に現われ、おぼろな影が家のなかにすっと消えるまで見守る。

たまに夜、菜園から離れたシダの茂みに座り、遠くを静かに流れる一〇一号線のヘッドライトを眺めながら、手のひらを耳にきつく押しあてて、どんな感じなのか想像してみる。目を閉じて心を鎮める。一瞬、これだ、と思うことがある。ある種の虚空、無、忘却。だがそれはつづかない。つづけられない。かならず雑音が聞こえる。体内の臓器の流れとざわめき、頭のなかのうなり。肋骨の檻のなかで心臓が脈打ち、収縮する。そうしている瞬間は、彼の身体はオーケストラのような、ロックバンドのような、刑務所じゅうの囚人がひとつの房に押しこまれているような音がする。これが聞こえないというのは、どういう感じなのだろう。自分の脈拍のささやきさえけっして知ることがないとは、どういうことなのだろう。

菜園で生命が爆発する。たとえ世界が永遠の闇に落ちても育ちつづけるのではないかとジョゼフは思う。毎晩、なにかしら変化がある。トマトの茎に緑の玉がいくつも現われてふくらむ。輝くランプのように、黄色い花がつるに現われる。地面を這う大きな植物が、ほんとうにズッキーニなのか自信がなくなる――カボチャかヒョウタンの仲間かもしれない。

それはメロンだった。数日後、彼とベルは、幅の広い葉の下に隠れて六個の薄緑色の玉が土に転がっているのを見つける。夜ごとに実は大きくなり、地面の質量をぐいぐい吸いとっているようだ。真夜中に光を放っているようにさえ感じられる。彼はまわりを土で覆い、たたいて固め、実を隠す。トマトも土で覆う――ほんのり黄色い実が灯台のともしびのように光り、敷地の芝生からたやすく見つかりそうで、あまりに大胆で人目を引かずにはおかないような気がする。

彼女は菜園にいて、座って母屋を見おろしている。彼は隠れていた森から出て彼女のそばに行く。彼女の肩をたたいて「夜」のサインを作り、「元気ですか」のサインを作る。彼女の顔が輝き、指がすばやく動いて答える。

「待って待って」ジョゼフは笑う。「まだ『こんばんは』しかできないんだから」

彼女はほほえみ、立ちあがってひざの土をはらう。ノートになにか書いてある。見せるものがあるの。ナップサックから地図をとりだして土の上に広げる。折り目はすり切れ、いまにも破れそうだ。ジョゼフは全体を見て、南北アメリカの太平洋岸の地図であることに気づく。アラスカから始まって南米南端のティエラデルフエゴで終わっている。

ベルは自分を指さし、つぎに地図を指さす。指でハイウェイをつぎつぎにたどる。どれも北から南に向かう道で、マーカーでなぞってある。想像のハンドルを両手で握り、車を運転するまねをする。

「この道をドライブしたいの？　こんなに遠くまで？」

うん、彼女はうなずく。そうよ。体をのりだして鉛筆で書く。十六歳になったらフォルクスワーゲンをもらえるの。お父さんから。

「運転はできるの」

彼女は首を横に振り、十本の指を広げ、つづいて六本の指を示す。十六歳になったら。

彼は地図をしげしげ眺める。「どうして。ぼくにはわからない」

彼女は目をそらす。いくつか手話のサインを作るが、彼にはわからない。彼女は紙に書く。出ていきたいの。強く何度もアンダーラインを引く。鉛筆の芯が折れる。

「ベル」ジョゼフは言う。「そんな遠くまで車じゃ行けないよ。そもそもそんなところまで道が通っていないさ」彼女は彼を見つめる。口は開いたままだ。

「きみは何歳？　十五歳？　南アメリカに車で行くなんてむちゃだ。誘拐されるにきまってる。ガソリンだってなくなるよ」彼は笑って、手で口を覆う。そしてすぐに仕事にとりかかる。メロンの下側についた葉もぐり虫をひきはがす。ベルは白みゆく光のなかで地図をじっと見つめる。

彼が顔を上げると、彼女はもういない。光がすばやく丘を下り、遠ざかっていく。彼女の細い影が急いで芝生を横ぎるのを彼は見つめる。

彼女は森に来なくなる。彼の見るかぎり、まったく外に出ていない。正面玄関を使っているのかもしれないと彼は思う。どれぐらいまえからあの奇妙な夢を暖めてきたのだろう――オレゴン州からティエラデルフエゴまで、耳の聞こえない少女がひとりでドライブするなんて。

一週間が過ぎ、ジョゼフは知らず知らずのうちに海岸に出る小道のわきにうずくまっていたり、砂丘の端で眠っていたり、午後の睡眠のあいだにしばしば目覚め、胸さわぎを覚えてぐるぐるさまよっていたりする。夜が明けると、指をからませて手話の本で勉強する。手は痛み、記憶のなかのベルの正確さに感嘆する。手が歌い、急降下し、合わせた両手が液体のように注ぎ、止まり、心配し、回転する歯車のようにきしむ。人間の身体が、あれほど豊かに語れるとは思いもしなかった。

それでも彼は学んでいる。世界を言葉で表わす方法を一から学びなおしているように感じる。広げた片手を右耳のわきで二度振ると「木」。三本の指をもう一方の腕で作った海にくぐらせると「クジラ」。両手で頭のてっぺんに触れてからさっと広げると「空」。まるで雲に裂け目ができて、そこを泳ぎ抜けて天国に向かうようだ。

海に雷鳴がとどろき、高い枝でワタリガラスが叫ぶ。もう少しだ、と彼は思う。もう少しでトマトが熟れる。雨が降りだす――冷たく真剣な水滴が大枝のあいだを飛ぶように落ちる。ベルに会うのは二週間ぶりだ。彼女は青いレインコートを着て、並んだ作物のあいだで背をかがめ、地面から雑草を引きぬいてキイチゴの茂みに放り投げる。雨粒が肩に当たってはじける。彼はしばし見つめる。空に稲妻の閃光が走る。彼女の鼻先から雨がしたたる。

彼は作物のあいだに入る。トマトは夢見るように茎から重たく垂れ、メロンは薄緑色の腹を見せて灰色の土に転がっている。彼は細い雑草を引きぬいて根についた泥をふり落とす。「去年」彼は言う。「ここでクジラが死んだ。海岸で。六頭。クジラにはクジラの言葉があって、舌打ちみたいな声や、きしるような声や、びんを打ちつけて割るような鋭い声で話すんだ。浜辺のクジラたちは話しながら死んでいった。おばあさんのように」

彼女は首を横に振る。目は赤い。ごめん、と彼は手話で伝える。お願いだ。「ぼくがばかだった。きみの思っていることはおかしくなんかない。ぼくがこれまで考えたことにくらべたら、ちっともおかしくなんかない」と言う。

一瞬の沈黙ののち、彼はつけくわえる。「ぼくはクジラの心臓を森に埋めたんだ」彼は胸の上で「心臓」のサインを作る。

彼女は彼を見つめ、首をかたむける。表情が和らぐ。なに、と手話でたずねる。

「ここに埋めたんだ」彼はもっと話したかった、彼女にクジラの話をもっと伝えたかった。だが、ほんとうに彼は知っているのだろうか。なぜクジラは海岸に上ったのか、浜に上らなければどうするのか。海岸に上がらないクジラの死体はどうなるのか——いつの日か海岸に打ちあげられ、波に洗われ、腐って膨張するのか。沈むのか。死体は海底でばらばらに崩れ、奇妙な深海の植物が骨を貫いて育つのか。

彼女は彼をじっと見つめ、両手は土のなかで広げたままだ。彼女は神経を集中させているのだと彼は思う。その目でぼくをじっと見つめて。こうしていると、ずっとぼくの話に耳を傾けていてくれるような気がする。破ることのできない沈黙に包まれて。彼女の青白い指が茎のあいだを探り、一滴の雨粒が緑のトマトのふくらみを滑り、彼女になにもかも話したいという思いが彼の胸にわきあがる。つまらない犯罪のすべてを、あの朝、彼が寝ているあいだに母親が市場に出かけてしまったことを——百の告白が体じゅうにあふれる。だが、長く待ちすぎた。堤防にさえぎられていた言葉はふくれあがり、堤防が破れたいま、川は大きくあふれだす。彼女に伝えたい。光の奇跡について知ったことを、潮にたゆたう昼の光を、夜明けの青白い薄光を、真昼のまぶしい光を、夕方の黄金を、たそがれの希望を——日々の一瞬一瞬にそれぞれの魔法があることを。すべてのものは消えたらべつのなにかになることを、死んだあとも草の葉のあいだからふたたび立ちあがることを、種となって芽吹くことを伝えたい。彼の過去は洪水のようにほとばしる。辞書、台帳、母親、目撃した恐怖。

「ぼくの母親は」彼は言う。「突然、姿を消した」ベルがくちびるを読んでいるかどうか、彼にはわからない。彼女は目をそらし、トマトの実を持ちあげて下についた泥を払い、もとに戻す。ジョゼフは彼女の正面にしゃがむ。嵐が木々を揺らす。

「母さんは菜園の世話をしていた。こんな菜園で、でも、もっとすばらしかった。もっと……秩序があった」

母親のことを、どう語ればいいかわからない。語る言葉を知らない。「何年ものあいだ、ぼくは金を盗んでいた」彼女がはたして理解しているのか、彼にはわからない。雨がめがねに激しく降りかかる。「ぼくは男をひとり殺した」彼女は彼の頭上を見あげるが、手はなにも語らない。

「その男が何者なのか、彼らが言ったとおりの男なのか、それすら知らなかった。それでもぼくは、その男を殺した」

ベルはひたいにしわを寄せ、怖れるように彼を見つめる。ジョゼフはその視線に耐えられないが、やめることもできない。言葉にすべきことが、まだたくさんある。座礁したクジラが黒い大砲のようなみずからの体で窒息すること、森の歌、波をふちどる星あかり、腰をかがめて菜園の溝に種をまく母親の姿。手を使って語り、それらを再現できるものなら。貧弱でみすぼらしい彼の歴史を闇のなかからふたたび組み立て、彼女に見せられるものなら。埋葬せず通りすぎたすべての死体。テニスコートに倒れこんだ男の死体。いまもなお母親の家の地下室に鍵をかけてしまわれているくだらない盗品。

だが、そのかわりにクジラたちのことを語る。「一頭のクジラは」彼は言う。「ほかのよりも長く生きた。人々はその隣にいた死んだクジラから皮膚や脂肪をちぎりとった。それを大きな茶色い瞳で見ていたクジラは、しまいに尾びれを浜に打ちおろし、砂をたたいた。離れたところにいたぼくにも、ここと母屋ぐらい離れたところにいたぼくにも、地面が揺れるのが感じられた」

ベルは泥だらけのトマトを手にしたまま、彼を見つめる。ジョゼフはひざをつく。両目から涙があふれる。

熟す。最後の暖かな一日、六羽のフウキンチョウが黄金色の花のように木の枝に止まり、トマトは太陽の方向に傾く。絹のようなメロンの花に光がしみこみ、いまにも爆発して燃えあがりそうだ。ジョゼフはベルが芝生で母親とけんかするのを見守る――ふたりは海岸から戻ってきたところだ。ベルは両手で宙を切り裂く。母親はビーチチェアをふりおろし、手話でなにか言いかえす。あの子は秘密を心の奥深くにしまっているのだろうか。それとも秘密は指先にあって、言葉になろうと、サインになって母親に向かおうと待ちかまえているのだろうか。お母さんがクビにしたアフリカ人は森にいる。あの男は金を着服して人を殺したのよ。秘密はやかんの湯気のように彼女のなかで煮えたぎっているのだろうか。それとも種のように落ちついて、開くべきときが来るのを待っているのだろうか。そんなことはない、とジョゼフは思う。ベルはわかっている。これまでも、ぼくよりずっと上手に自分の秘密を隠してきたのだから。

彼は美しいトマトの実のにおいをかぐ。いま実はピンクに色づき、わきに少しだけ黄色い部分があり、胸がはりさけそうなほどかぐわしい。

だが、翌朝、彼は見つかる。夜が明けたばかりで、岩からイガイをはがしてさびた缶に入れていると、ひとりの人影が砂丘の上に現われる。木立のあいだから棒のような光が射し――まるで彼を暴きだそうと太陽が企んだかのように――ひとすじの光が海を背に彼を照らしだす。人影の背後にさらに数人の影が現われる。彼らは転がるように砂丘を下り、ゆるい砂地をよろめきつつ進み、笑いながら彼に近づく。

彼らは手にグラスを持ち、声は酔っぱらっている。彼は思う。缶を捨てて、背を向けて沖に向かって泳ぎ、流れに流されて、どこか遠くの岩にたたきつけられておしまいになろうか。彼らはそばまで来て止まる。トワイマンの妻が彼に向かってまっすぐ歩いてくる——顔は上気してひきつっている——彼女は手にした酒を彼の胸に投げつけ、金切り声をあげる。

彼は手話の本を処分することを思いつかず、ズボンのウエストにはさんであるのを見つけられて、ますます抜き差しならなくなる。ミセス・トワイマンは手にした本をひっくり返し、首を横に振り、言葉を失う。「こいつ、どこで手に入れたんだ」ほかの人々が言う。ふたりの男が進みでて彼の両わきを囲む。彼らの顔は震え、こぶしを握りしめている。

男たちは彼を連れて砂丘を越え、小道を登り、芝生を横ぎり、彼が暮らしたガレージを通りすぎ、鍬と種を奪った小屋を通りすぎる。ベルがいる気配はない。トワイマン氏がスウェットパンツを引きずりあげながら上半身裸のまま家からとびだしてくる。言葉がもつれて出てこない。「どういう神経だ」吐きだすように言う。「おまえはいったい、どういう神経してるんだ」

遠くでサイレンの音がする。ジョゼフは芝生に立ち、菜園のある丘のてっぺんに目をこらす。トウヒの砦《とりで》に囲まれた小さな空き地を見分けようとする。だが、そこには広がる緑があるばかりだ。すぐに家のなかに押しこまれる。見るべきものはなにもない。皿と飲み残しのグラスがちらばった巨大なダイニングテーブルと、彼をとりかこんで質問を吐く顔があるばかりだ。

彼は手錠をはめられて車でバンドンに連れていかれ、ある部屋に放りこまれる。部屋の棚には古びたサイレンとプラスチック製のソフトボールのトロフィが並んでいる。机の端に腰かけた二人の警官が、交互に質問をくりかえす。あの少女となにをしていたのか、なぜそんなことをしたのか、どこに行ったのかたずねる。建物のどこかで、トワイマンが怒ってわめいている。ジョゼフには言葉は聞きとれず、ただトワイマンがはりあげた声が裏返って割れるのがわかるだけだ。机に腰かけた警官は、無表情のまま身をのりだす。「なにを食べていたんだ。なにか食べていたのか。全然食べていないみたいじゃないか」「あの少女とどれぐらい一緒にいた？　どこに連れていった？」「なぜ答えない？　答えないならこっちにも考えがあるぞ」手話の本はどこで手に入れたのかと警官はたずねる。五十回目だ。ぼくは菜園の世話をしていただけだ、と彼は警官に言いたい。放っておいてくれ。だが、なにも言わない。

彼は留置場に入れられる。ありとあらゆるものにペンキが塗られ、質感を奪われている――コンクリートブロックの壁、床、寝台のフレーム、窓の鉄格子、あらゆるものがペンキに覆われてのっぺりしている。ペンキが塗られてないのは流しとトイレだけで、無数のこすり傷が鉄板に渦巻き模様を刻んでいる。窓の外には五メートルほど離れたれんがの壁が見える。天井から下がった裸電球は、高すぎて手が届かない。小さく不自然な太陽のように夜中でも灯りつづける。

床に座って、雑草が菜園を覆いつくすさまを想像する。葉がトマトをなぎ倒し、出しゃばる根が、ねじ曲がりながらクジラの心臓の残骸を貫くさまを想像する。トマトの実がまっ赤に熟し、つるから垂れ、腹にできた黒い斑点がやけどのように口を開け、しまいには地面に落ち、ハエに食いつくされて空洞になるさまを想像する。メロンはひっくり返ってしぼむ。アリの小隊が皮に穴を開けてもぐりこみ、つややかに輝く果実の小塊を運びだす。一年もすれば菜園は跡形もなくなり、サーモンベリーとイラクサに覆われ、ほかの場所と見分けはつかず、その物語を語るものはなくなるだろう。

ベルはどこにいるのだろう、と彼は思う。どこか遠くにいてほしいと願い、彼女がフォルクスワーゲンのハンドルを握り、片方の腕を窓枠にかけ、目のまえには南のハイウェイがどこまでもつづき、カーブを曲がると大海原が視界に飛びこんでくるさまを思い描く。


彼は鉄格子の下から差し入れられるピーナツバター・サンドウィッチに手をつけない。二日後、鉄格子の向こうに立った保安官がほかに欲しいものがあるのかとたずねる。ジョゼフは首を横に振る。

「食べなきゃ体がもたないぞ」保安官は言う。クラッカーの包みをひとつ差し入れる。「これを食え。少しは元気になるだろう」

ジョゼフは食べない。抗議しているのか具合が悪いのだろうと保安官は思っているようだが、そうではない。食べるということを考えるだけで、食べものを歯で嚙みくだき、そのかたまりを無理やりのどに通すと思うだけで気分が悪くなる。クラッカーは流しのふちにあるサンドウィッチの横に置く。

保安官は立ち去るまえにたっぷり一分ほど彼を見つめる。「いいか」彼は言う。「おまえを病院に入れることもできるんだぞ。死にたければそこで死ね」

弁護士が無理やり話を聞きだそうとする。「リベリアでなにをしたんだ。あの人たちはあんたは危険だと思っている——知能が低いと言っている。ほんとうなのかね。どうしてなにも言わないんだ」ジョゼフには戦う気力も、怒りも、不正に対する憤りもない。彼らの言うような罪は犯していないが、ほかの罪をたくさん犯している。こんなに多くの罪を犯した人間はいないだろう。これほど罰せられるべき人間はいないだろう。「罪を犯しただって！」彼は叫びたい。「生まれてからずっと、ぼくは罪を犯しつづけてきたさ」だがその力はない。体を動かすと、骨が床に当たるのがわかる。弁護士は腹を立てて席を立つ。

彼のなかには、もはや門はなく、もはや仕切りはない。これまでの人生で行なったことすべてが、体内でひとつの水たまりになり、鈍く揺れてへりに打ちつけているように感じる。母親、彼が殺した男、しおれゆく菜園——それらをこの先の人生でつぐなうことは、うまく切り抜けて生きることは、盗んだすべてのものを弁償できるほど長く生きることは、けっしてできないだろう。

食物をとらないままさらに二日過ぎ、病院に運ばれる——彼は皮膚に包まれた袋のように扱われ、なかで骨がぶつかりあう。覚えているのはみぞおちに指の節が当たる鈍い痛みだけだ。目覚めると病室にいて、ベッドに背をもたせかけて横たわり、腕に何本も管が刺されている。

夢うつつのなかで怖ろしい幻覚を見る。手足のない男の死体が棚や椅子の上に現われ、床には不自然な姿勢で死んでいる死体が並び、その目にはハエがたかり、耳には乾いた血がこびりついている。目覚めると、彼が殺した男がベッドの足元に座りこんでいることがある。青いベレー帽をひざに置き、腕はうしろで縛られたままだ。ひたいの傷は生々しく、錐《きり》で開けたような穴が黒くふちどられており、目は開いている。「わたしは飛行機に乗ったことすらない」と男は言う。いま看護婦がこの部屋に入ってきて、ベッドの足元に男がひざまずいて死んでいるのを見たら、それでおしまいだ。ついに、とジョゼフは思う。つぐないをするときがきた。

訪問者はほかにもいる。ミセス・トワイマンは細い腕を胸のまえで組み、隅の椅子に座っている。その目は彼の目をじっと見つめ、目の下にあるあざのような紫色のしみが脈打つ。「なんですって」彼女は叫ぶ。「なんですって」ベルも、ベルかもしれない人物も来る——目覚めると、彼女が窓を開け、ゴミ収集箱にたかるカモメを指さす姿が記憶に残っている。だが、それが夢なのか、彼女はアルゼンチンに向かっているのか、そもそも彼を思うことなどあるのか、わからない。彼の部屋の窓は閉ざされ、カーテンが引かれている。看護婦がカーテンを開けると、ゴミ収集箱はなく、芝生と駐車場があるだけだ。

さらに一週間ほど過ぎ、弁護士が来る。きれいにひげをそった血色のいい男で、襟のまわりに吹出物がある。彼は新聞記事をジョゼフに読んできかせる。リベリアでは民主的な選挙が行なわれ、チャールズ・テイラーが新しい大統領に選出され、内戦は終結し、難民が大挙して国に戻っているという。「サリービーさん、あんたは送還される」弁護士は言う。「ほんとうにほんとうに運がよかったな。ほんとうに幸運だ。道具を盗んだことも、不法侵入も、裁判所は訴えを却下するだろう。過失も、虐待の容疑も却下するだろう。あんたは無罪放免だ、サリービーさん。自由の身だ」

ジョゼフはベッドにもたれ、どうでもいいと思っている自分に気づく。

看護婦が面会者を知らせる。看護婦の手を借りてベッドから下り、自分の足で立つと、視界が黒いしみに覆われる。看護婦は彼を車椅子に座らせ、廊下を進み、建物横のドアを出て、フェンスに囲まれた小さな中庭に連れていく。

外はあまりに明るく、ジョゼフは頭が割れて開いてしまいそうに感じる。看護婦は車椅子を押して、芝生の中央にあるピクニックテーブルに連れていく。芝生はフェンスに囲まれ、その向こうの駐車場には車が停まっている。看護婦はいま来た通路を戻る。ジョゼフは目を細めて空を見る。目がくらみそうだ。雲の入った器が煮えたぎっているような感じがする。駐車場の向こうに一列に並んでいる木が風にそよぐ——葉は半分ほど落ち、枝が揺れてぶつかりあう。秋だ、と彼は思う。菜園で黒く枯れる根を思い、しなびたトマトとしおれた葉を思い、すべてを麻痺させる霜を思う。ついにここで、置き去りにされて死ぬのを待つのだろうか、と彼は思う。何日かしたら看護婦が戻ってきて、彼を車椅子から下ろし、残骸を土に埋めるのだろうか。革のような皮膚はめくれ、黒い種子のような心臓はむきだしになり、骨は地面に深く沈む。

ドアが中庭に向かって開き、ベルが出てくる。ナップサックを背負い、はにかんだほほえみを浮かべてジョゼフのほうに歩いてきて、ピクニックテーブルの椅子に座る。ウィンドブレーカーの胸もとに、シャツのストラップと、青白い鎖骨と、その上にある三つのそばかすがのぞいている。風が髪を吹きあげ、またもとに戻す。

彼は自分の頭を両手で支えて彼女をじっと見つめ、彼女も彼を見つめる。元気？　と彼女は手話でたずね、彼も手話で答えようとする。ふたりはほほえんで座る。太陽が駐車場の車にきらめく。「これは現実なのかな」ジョゼフはきく。ベルは首をかしげる。「きみはほんものかい。夢ではないんだね」彼女は目を細め、もちろんというようにうなずく。彼女は肩ごしに駐車場を指さし、車を運転してきたと手話で伝える。ジョゼフはなにも言わず、ほほえんで頭を両手にもたせかける。首が頭の重さを支えきれない。

彼女はここに来た目的を思いだしたように、肩からナップサックを下ろしてメロンをふたつとりだし、ふたりのあいだのテーブルに置く。ジョゼフは目を見開いて彼女を見つめる。「これは……」彼はきく。彼女はうなずく。彼はメロンをひとつ両手で持つ。重たくて冷たい。こぶしで軽くたたく。

ベルはウィンドブレーカーのポケットから折りたたみナイフをとりだすと、もうひとつのメロンに突きたてて縦に切りわける。メロンは小さな割れる音とともにふたつの半球に分かれ、甘い香りがあふれでる。中心の濡れた筋だらけのくぼみには、数百の種がある。

ジョゼフは種をすくい、木のテーブルの上に広げる。ひと粒ひと粒が白く、大理石模様のように果肉がからまり、完璧だ。種は太陽を浴びて光る。少女は半分に切ったメロンからくさび形にひと切れ切りとる。果肉は濡れて輝き、信じられない色だとジョゼフは思う――まるでメロンの内部に光が宿っているようだ。ふたりはひと切れずつ口に運んで食べる。彼はその味に、森が、木々が、冬の嵐が、クジラの大きさが、星が、風が、感じられるように思う。メロンの小さなかけらがベルのあごをすべり落ちる。彼女は目を閉じている。目を開けて彼を見ると、くちびるが左右に広がって笑顔になる。

ふたりは食べつづけ、ジョゼフはメロンの濡れた果肉がのどをすべり落ちるのを感じる。手とくちびるはべとべとだ。胸に喜びがわきあがる。いまにも体が光に溶けこみそうだ。

ふたりはもうひとつのメロンも食べ、同じように中心から種をすくいだし、テーブルに広げて乾かす。全部食べてしまうと、種を分け、少女がノートの紙を破って半分ずつ包み、ふたりは湿った種の包みをそれぞれのポケットにしまう。

ジョゼフはじっと座って肌に降りそそぐ太陽を感じる。頭の重さは消え、首がなければどこかへ漂っていってしまいそうだ。彼は思う。もう一度やりなおさなければならないとしたら、クジラを丸ごと埋めよう。地面にはバケツいっぱいの種を何杯もまいて――トマトとメロンだけではなく、カボチャや豆やジャガイモやブロッコリやトウモロコシもまこう。百台のダンプカーの荷台がいっぱいになるくらい種をまこう。巨大な菜園ができるだろう。だれの目にも見えるくらい、大きく色鮮やかな菜園を作ろう。雑草もツタもそのまま育てて、どんなものでもそのまま育てて、あらゆるものがチャンスを得られるようにしよう。

ベルは泣いている。彼は彼女の手をとり、あごに触れ、言葉を伝える細い指を彼の指で包む。モンロビア郊外の丘にある彼の家の壁には、砂ぼこりが積もっているだろうかと思う。さかずきのような花のあいだを、いまもハチドリが飛びまわっているだろうか、なにかの奇跡で母親がいて、地面にひざまずいていたりしないだろうか、一緒に砂を払い、ほうきで掃き、ドアの外に運んで庭に投げ捨て、巨大な錆色の雲になって広がるのを、風に舞ってどこかにちらばっていくのを眺められはしないだろうかと思う。

「ありがとう」と彼は言う。だが、声になったかどうかわからない。雲が割れ、輝く光が空を満たす——光はふたりの上に降りそそぎ、ピクニックテーブルの表面に照りつけ、ふたりの手の甲に、身をくりぬかれたメロンの濡れた皮に照りつける。そのとき、なにもかもが限りなくはかなく感じられ、どこまでも美しく、まるでふたつの世界にまたがっているように、これまで来た世界とこれから行く世界にまたがっているように彼は感じる。母親もこんな感じだったのだろうか、死んでいく瞬間はこんなだったのだろうか、同じような光を見たのだろうか、不可能なことはなにもないと感じたのだろうかと思う。

ベルは彼の手から手をほどき、どこか遠くを、地平線の向こうのどこかを指さす。家に、と彼女は手話で語る。あなたは家に帰るのね。

もつれた糸

マリガンは持ちものをまとめる。フライロッドと、コーヒーで茶色くなった魔法瓶と、ビニール袋に詰めたポテトスティックと、鹿肉ジャーキーと、ジンジャークッキーと、替えのソックスをナップサックに入れる。地下室からフライの入った箱をとってくる。朝食は油でいためたソーセージ、マーガリンを塗ったライ麦パン二枚、欠けたマグに注いだコーヒー。台所と寝室のあいだの古ぼけた戸口にたたずみ、眠っている妻を眺める。どっしりした丸い体が毛布をかぶって転がっている。木の椅子にはグレーの下着が置いてある。初めての夜以来ずっと、妻の寝かたは変わらない。まるで雄牛だ。あのめまいのするほどすばらしい婚礼の晩から、ずっと。眠った彼女をいつまでも抱きしめて、あれこれ話しかけても目を覚まさなかった。まるでどこかの猟師が猟犬を連れてやってきて、あんたを夜のなかに引きずりこんで、そのまま朝まで放してもらえないっていうような寝かただな、といつか妻に言ったことがある。夜の猟師の亡霊が、よだれを垂らした犬を鎖につないでやってくるのか。マリガンは妻の名を呼ぶ。妻は真剣で虚ろな眠りから目覚めない。彼は暖炉の火をおこしてから家を出る。

小道に出ると、クルミの木の上に半月が白く浮かび、漂白された冷たい化石のようだ。ちぎれ雲が海に向かってあわただしく流れる。どうやらひと晩のうちに秋が木々から追い払われたらしく、枝は裸になり、庭は落ち葉で埋まっている。マリガンは茶色い草の茎を嚙み、冷えきったトラックの運転台のロックを開ける。すっかり冬だな、と彼は思う。石のような空、老木を引き裂くように飛ぶカラス、貪欲な問いを発するフクロウ、薄氷に覆われた池の丸い顔。じきにマスとサケは深い淵に引っこみ、小石のちらばる川底にとどまったままじっと動かず、まばたきもせず、川は氷に閉ざされた水路となり、魚たちの上で凍結する。そうしたらマリガンも引っこんで、地下室でのんびり過ごし、ランプのあかりでフライを結ぶとしよう。

トラックの動きはのろく、燃料は重たく、ハイビームのヘッドライトは黄色で弱々しい。ハイウェイは濡れて影に覆われている。ゆっくり長々とはねあがる水。ヘッドライトのまぶしい光。伐採した木を荷台に積み、濡れながらハイウェイを重そうに登る材木トラック。まわりにあるのはそれだけだ。ムクドリの一家が体を寄せあって柵の横木に止まっている。一羽は片足しかない。おだやかな瞳がヘッドライトの光を浴びる。

四時三十分。ウェザビーのコンビニに寄る。マリガンは菱形模様のランプシェードのあかりの下に立ち、棚に並んだ雑誌や、お菓子や、煙草や、銀色のロールに巻いてあるくじの券や、牛乳の特売を知らせる札に囲まれてたたずむ。ドアにリボンで結んだ小さなベルが鳴る。シャーベットドリンクの製造器でピンク色がゆっくり回転している。マリガンは煮詰まったコーヒーを魔法瓶に詰め、ウェザビーがほおづえをついて寝ているカウンターに新聞と小銭を置く。

ウェザビーは乾いた目でまばたきし、遠くの世界から戻ってくる。あんたか。

マリガンはうなずく。

まったく目覚まし時計みたいだな。

おれの歳になると、とマリガンは言う。寝てるのも起きてるのも似たようなもんなんだ。目を閉じればすぐにあっちの世界さ。

ウェザビーは手のひらで目をごしごしこする。またラピッド川で釣りかい？試してみようかと思ってね。

毎日行ってるじゃないか。新聞とコーヒー持って。

マリガンは肩をすくめる。目はすでにドアの外だ。さあね。まあ、だいたい毎日ってところかな。今日は行くよ。

ウェザビーはカウンターを拭いてあくびする。定年退職ってのは寝るためのものだと思ってたよ。マリガンを追いかけるようにドアが閉まる。

郵便局は暗く、窓は閉まっており、ひとつだけ灯った小さなあかりが、かぼそいフィラメントから光を発して、いく列も並ぶ真鍮の私書箱を照らしている。材木トラックが水をはねあげてハイウェイを通りすぎる。マリガンはひとつの私書箱に近づき、鍵を開けてなかをのぞく。手紙が一通入っている。厚手のなめらかな紙だ。シャツのポケットにそっとしまう。上着のジッパー付きのポケットからべつの手紙をとりだす。彼の小さなブロック体の字で宛名が記されている。その手紙を私書箱に入れ、扉を閉じて外に出る。

トラックで山に向かう。上り坂に沿って裸の木がわき腹をさらして並び、地面に落ちた葉はゆっくり土に還りはじめている。わずかに見える星が縄状の雲の陰に消える。穴だらけのぬかるむ林道を進み――標識のない角を四つ曲がり、石の転がる浅瀬を渡り、トラックはうなり、熱くなって、すべりやすい粘土を踏みつけるように進み、上のほうには丸坊主の斜面が広がり、道端には枝を落としたシラカバが束ねて積まれ、頑丈なシダや錆色の茎のブラックベリーが薄暗くもつれた森から引きぬかれている――やがて粘土質の小さな空き地に出る。地面からみかげ石の大岩の鼻先がのぞくこの場所は、釣り人たちの駐車場だ。マリガンのトラックが一番乗りだ。

ゴム長ズボンをはき、ロッドとリールを組み立ててトラックの運転台に立てかける。ナップサックに、袋に詰めたジャーキーとジンジャークッキーとポテトスティック、替えの靴下、新聞を入れる。フライの箱をベストのジッパー付きのポケットにしまい、ウールの帽子をかぶる。しばし座って息を吐くと、フロントガラスが曇る。雲が月を隠す。

シャツのポケットの手紙に指が触れる。厚手の紙、なめらかな封筒。老眼鏡をかけて手紙を開くと、押し花が一輪入っている。薄暗い天井灯をつけ、イグニションが低く静かに鳴るなかで、丸みのある筆記体を読む。

どういうことなのかしら、わたしにはわからないわ。わたしと同じ気持ちだと言っておきながら、あなたはいつもどおりの暮らしをつづけるのね。釣りも、あの女も。まるですべてうまくいっていて、これが普通だというように。でも、ちっともよくないわ。あなたとの秘めごとで、わたしはもうへとへと。郵便局の私書箱で交わす手紙や、あなたが釣りにいっているとあの女に思わせておいて過ごす悩ましい日々や――それだって、あなたの半分は川にいるのだけれど――それだけじゃ足りないの。全然足りない。もう、あなたなしにはいられなくなってしまったみたい。欲ばりなのかもしれない。あなたをひとりじめしたいなんて、わがままなのかもしれない。ねえ、マリー、愛はほんものなんでしょう。それともあれも嘘なの。

どうしたらいいの。永遠に待てっていうの？　待てるかもしれない、あなたといると幸せだから。あなたの無口なはにかみ。慎重なところ。こんなにさびしいのに、今日はほんとうに川に釣りに行くって、あなたの手紙には書いてあった。焦がれるってどういうことか、ようやくわかったわ。体じゅうが痛むの。お願い、そろそろ結論を出して。

追伸　わたしと結婚しても、あなたは釣りに行くでしょう？　そのときもほんとうに釣りなのかしら。

押し花をカードにはさみ、カードを封筒に戻し、封筒をナップサックのなかの新聞のあいだにそっと入れ、トラックをロックする。歩いて川に向かう。コケが生えた入り組んだ小道に入り、やぶや草むらや茂みやキノコだらけの木の幹のあいだを進み、水びたしの渓谷を下る。ぬかるむ土が長靴に吸いつき、はねあげた泥の丸いしずくがゴム長ズボンの足にこびりつく。森の地面には濡れた木の葉がはりついている。しだいに足が速まる。ある種のリズムが生まれる。フライロッドの先が軽やかに揺れ、長靴の足音が響き、枯葉が風に漂い、森の奥から川のささやきが聞こえる。

マリガンは最後の茂みを突っきる。川岸に出て、ラピッド川のなめらかでつややかで黒々とした流れをまえにすると、なつかしい感情がわきあがり、流れる水のあらがいがたい魅力を感じ、血は川の流れにあわせて巡り、喜びがくちびるに笑みを運ぶ。川岸に立ち、白い雲のような息を吐きながら、ペンライトの光で手紙を読みかえし、紙のふちを指でたどり、たたんだ新聞のあいだにそっと戻す。西の空の雲が厚くなり、まもなく最後の星が消える。雲の陰から月が薄い膜のような光を投げかける。ティペットにヘアウィング・フライを結び、川に入って釣りはじめる。

まもなく上流にほかの釣り人がやってくる。右の肩越しにペンライトの光が見える。だが、ひとりでいる気分を妨げられるほどではない。かじかんだ指で釣り糸を整え、フライがすべったり流されたりせず、ただ漂うようにして、だれにもまねのできないポイントにフライを入れる。

夜明けは静かにあっさり訪れ、空の端が細く桃色に染まるだけで、八月の夜明けのような華々しさはなく、彼は少々がっかりする。まもなく灰色の光があたりを包み、一日が始まる。茶色の川がゴム長ズボンのまわりで渦巻き、流れは濃厚で粘りがある。冷たい川の特徴だ。上流では、ほかの釣り人がそれぞれの領分で釣っており、対岸に向かってロールキャストを試みている。煙草をくわえたほおひげの男がいる。さらに上流にもうひとりいる。

まあいいさ、川はたっぷり広いんだ、とマリガンは思う。魚だってたっぷりいるさ。慎重に川下に移動し、すべての淵にキャストし、すべての大岩の陰にフライを入れ、枝の下や川いっぱいに広がる渦を探る。どこに黄金の岩や水草の生えた岩があり、そこを流れがどう走っているのか、彼はすべて承知している。

だが、知らないこともある。知らない場所、新しい場所、無数の小さな変化がある。水没した丸太。流れにえぐられた川岸。流れが速まると思っていた箇所に落ち葉が積もっていることもある。ここに来るのは数週間ぶりだ。彼がいないあいだも川は流れつづけていたと思うと、胸が痛む。

十一時ごろ、雲がいくらか薄くなり、風に吹かれた青いすきまに太陽が入りこみ、弱くななめに陽が射して、東の丘となかるむ丸坊主の斜面を照らす。強い風が吹き、シラカバが揺れる。マリガンはかじかんだ足で川から上がり、片方ずつ足を振って暖める。ナップサックを開けてウェザビーのコーヒーを注ぐ。ジンジャークッキーを口に入れてしばらく嚙むが、ぼそぼそで、コーヒーのほうがずっとましだ。新聞を開き、コケの生えたシラカバの幹にもたれて読みはじめたものの、ふと目を上げて、コーヒーが胃を暖めるのを感じながら、黄色い木の葉がすばやく下流に流れていくのを眺め、どの葉が先に彼のまえを通りすぎるか、どの葉が渦や沈んだ木にひっかかるか心のなかで賭けをする。木の葉が流れにうまく乗り、どこにもひっかからずにすばやく下流に流れるとうれしくなる。あらゆるものが川に流れこむ、と彼は思う。木の葉だけでなく、甲虫の死骸や、サギの骨や、イモムシの死骸も流れこむ。山で生まれたものはみな、最後は川に流れこむ。川はそれを海に運ぶ。その流れに逆らうのは魚だけだ。だから彼は魚が好きなのだ。

彼は軽く体を震わせる。空気は薄く、冷たく、息をするのが難しい。打ちのばしたブリキのような、雪のようなにおいがする。まだ雪には早いはずで、不安な気持ちになる。木にもたれ、ひざの上で手首を重ねる。遅すぎたアゲハチョウが、激しく羽を動かしながらアザミに向かって飛んできて、止まって羽を休ませる。マリガンがそっと息を吹きかけると飛びたち、川の上を危険なほど低く飛び、どこかに消える。

川の水がはねたり吸いこまれたりする小さな音を聞きながら、ふと浅い眠りに落ちる。川は石の上を流れ、風はコケに覆われた枝を吹きぬけ、雲は重なりあい、すべるように山を越える。眠っても夢は見ないが、まぶたの裏に妻の姿が浮かぶ。両手のこぶしでパン生地をこね、バターを塗ったボウルに入れている。前かがみになった妻の幅の広い背中と、変形した足首と、粉まみれの手首が見える。生地をタオルで覆って発酵させる。

マリガンが顔を上げると、ふたりの人物が彼を見おろして立っている。

やあ、どうだい、マリー？

まだ全然だ。いるのはわかるんだが。ほとんど川岸のくぼみだ。食いつきが悪い。水が冷たすぎるのかもしれん。

ふたりはうなずく。ひとりはほおひげを生やし、煙草をくわえている。彼は川を見て、目を細め、ほほを掻く。もうひとりは女で、がっしりした体できつい顔をしている。マリガンの妻の姪だ。釣りも狩りもギャンブルもやる女だ。

かもしれないなんて、冗談やめて、と女は言う。女の声はばかでかく、マリガンはぎょっとする。こだましてて川じゅうに響きそうな声だ。女は彼の隣にしゃがみ、ビニール袋を開け、ジャーキーを裂いてひと切れとりだす。足、凍っちゃったわよ。

ひげの男はうなずく。今朝、霜が降りたからな。今夜は雪かもしれん。

姪はジャーキーを嚙み、瞳孔の大きな目で彼の持ちものをじろじろ見る。

アゲハ、見たかい、とマリガンはきく。

アゲハ？

蝶だよ。さっき、アゲハチョウを見たんだ。

ひげの男は姪を見る。

おばさん元気？　姪が吠えるように言う。まだジャーキーを嚙んでいる。

マリガンはふたりを追いはらいたい。ああ、元気だ。

姪はジンジャークッキーの袋をつかむ。おじさんは？　隠居生活はどう？

いいよ。すばらしい。

ここで毎日会うかと思ってたのに。どっかよそで釣ってるの。それともおばさんにこき使われてるの。

さあね。

気が弱いんだから。むかしからずっと。

クッキーやるよ。欲しいんなら。

女は彼をじっと見つめる。ひげの男は煙草に火をつける。いらないの？　女は袋に手を突っこむ。

マリガンは首を横に振り、目を伏せてベストを見つめ、ポケットのジッパーを上げたり下げたりする。早く消えろと念じる。姪は新聞を手にとり、ページを一枚めくり「ちょっと競馬のところ見せて」と言う。マリガンは寒くてたまらない。ふたりは蝶の話を信じないが、彼はたしかに見た。

それも持っていきな。

ちょっと見たいだけよ。

持ってけよ。どうせおれは読まないから。早く消えろ、とマリガンは思う。シラカバの幹にもたれて気持ちよく休んでいたのに、煙草のにおいと姪の無遠慮な声にぶち壊されてしまった。

ミドル・ダムの下流を試してみようと思うんだ、とひげの男は言う。マリガンはうなずき、彼らと目を合わせない。姪は立ちあがり、ゴム長ズボンのももの部分で手のひらをこすり、新聞をおおざっぱに四角くたたんでわきにはさむ。

姪は嚙みかけのクッキーのあいだからつばを吐く。なんか釣れたら大声で教えてあげる。

ああ。

大声に見合うものが釣れたらね。

わかった。

ひげの釣り人は煙を吐き、手を振って立ち去り、枝をかわしながら小道を下って下流に向かう。ふたりの長靴が、伐採された木の根の上に広がるコケを揺する。やっと厄介払いできた、とマリガンはかすかな声でつぶやく。木にもたれて冷めたコーヒーをすする。体が少しふらつく。地球がゆっくり回転し、木の根が岩盤をひっかき、渦巻く雲が丘を越える。ようやく彼はロッドを手にとり、川に戻る。

もう午後で、三時か四時になっている。釣りを再開してしばらくして、最初の一匹を釣りあげると、二羽のワタリガラスがさっと飛びぬけて木立の上でわめく。だが、ほかにはだれもいない。それまで十回以上試した砂利の淵を、ビーデッド・ニンフのフライで試すと、鈍い引きがある。魚は命がけで抵抗し、大きく跳ねたところを彼は網で捕らえ、手を濡らしてつかむ。赤い斑点のあるサケで、オスで、鼻が曲がった意地悪そうな顔で、目は黒い。下あごに食いこんだ釣り針に血がにじみ、はずれかけている。魚はマリガンの手のなかで身をよじって跳ねる。

マリガンは魚を川に入れ、腹をなでて放す。魚は潜り、くるりと体をひねり、急いで逃げる。マリガンはノットを確かめ、エネルギーが、魚がかかるとかならず生じるあの緊張が消えてゆくのを感じる。ふたたび釣りはじめたとき、あることに気づいてぎょっとする。手紙をはさんだ新聞は、もう手元にない。

彼は水をはね散らして岩に上がり、ゴム長ズボンから川の水がどっとこぼれる。震える手でナップサックをつかみ、茂みだらけの川岸をよろけながら走る。顔から血の気が引く。足はかじかみ、思いどおりに動かず、根をまたごうとしてまにあわず、腐った倒木を踏みぬく。足首に重りをつけて走っているようだ。よろめくように渓谷に入って転ぶ。こぶしが黒い泥に埋まる。なんとか立ちあがるが、底なしの泥炭が長靴をつかんで放さない。とげだらけの茂みがゴム長ズボンをつかんで放さない。アザミの種子がすねに当たってとび散る。小道を駆けあがると、深い森が彼につかみかかり、襲いかかり、恐怖を増大させる。かつては愛しかった小さな王国が、いまは黒く怖ろしく、細い針と化して肋骨のすきまをつつく。

　ねじれた道はなかなか先に進まない。フライロッドが茂みにひっかかり、釣り糸は突然、たちまちのうちに、みじめにもつれる。どうしてこんなことが起きるのか、どうして細くてまっすぐな糸が、こんな怖ろしいもつれになってしまうのか。立ち止まると、耳の奥で血が叫ぶ。リールを引いても、釣り糸はさらに固く結ばれるばかりで、まるでブラックベリーの茂み全体に糸がからんでしまったようだ。サメの歯のような太いとげが、糸をつかんで放さない。

　彼は肩を落とす。目を細めてわけのわからない前方の茂みを見つめる。釣り人が通う細い小道の冷たい泥に座りこみ、釣り糸をほどきはじめる。ひとつひとつ、とげからはずす。大きく上下していた胸はしだいに落ち着く。ひとつずつ輪をはずしてほどいてゆく。まわりでは橙色と黄色の木の葉が地面に舞い落ちる。

　すべてほどき終え、釣り糸をふたたびリールに巻きとる。枝のあいだから曇った空を見あげ、長い時間が過ぎる。背後で川の音がする。ぶつかり、ささやき、なつかしい音をたてる。空をあおぐマリガンののどは白く、ほおひげは銀色だ。

　結局、彼はもと来たほうを向き、とぼとぼ歩いて川に戻る。最初の雪片が空から沈んで、ラピッド川の青銅色の渦に向かって舞い落ちる。

すっかり暗くなり、雪が木立を舞う。マリガンは半分凍えて川に立ち、羽毛にくるまれた闇のなかで釣りつづける。手足の感覚はない。ひっきりなしにキャストをくりかえし、背中が痛む。繊細な雪片が川の流れに触れて消える。マリガンは釣りつづける。

すでに真夜中に近く、枝は雪の重みでたわみ、雪片はなおも舞いつづける。そのとき、一匹の魚がフライに食いつき、猛烈な勢いで下流に向かい、リールを歌わせ、釣り糸を勢いよく引きだして、どちらが優位か見せつける。すぐに釣り糸は予備の部分まで引きだされる。マリガンの胸で熱く血がたぎる。リールが悲鳴をあげる。魚は跳ねる。一回、二回、五回。ほの白い弾丸が川面の一メートル上で美しく激しく回転する。と思うと、つぎの瞬間には浅瀬になった湾曲部を曲がり、マリガンの耳には魚がパニックにおちいって暴れている音が聞こえるばかりだ。予備の釣り糸がぐんぐん引きだされ、魚の跳ねる音が、水の弾ける音と、木立を揺する風と、降る雪の輝きと混じりあう。マリガンの胸の血はますますたぎり、体が弾けそうになる。

魚はリールから予備の釣り糸をすべて引きだす。マリガンは血の気のない指でぎこちなく糸をたぐる。魚は勢いよく川を下りつづける。予備の糸がリールを離れる。結んでなかったのだ——六十メートルもある予備の糸を全部引きだす魚がいるなどと、だれが思うだろう——釣り糸はロッドの糸道から抜け、彼はとびついて両手の手のひらで糸をつかむが、糸はロッドから完全に離れる。魚ははるか先まで川を下り、マリガンが両手でつかんだ糸を引っぱる。魚が束縛に逆らい、水面に浮かび、跳ね、勢いよく水に潜るのが伝わってくる。糸はマリガンの手をすりぬけ、魚は自由になる。彼は両手を伸ばし、悔いてすがりつくような姿勢のまま取り残される。

釣り糸は力なく水面に浮かぶ。マリガンは体を震わせる。フライロッドと空のリールは逆立ちして砂利に刺さっている。もの言わぬ冷淡な森が彼をとり囲む。聞こえるのは流れる川が休みなく発する吸いこむような音ばかりだ。川は森と雪のなかをどこまでもなめらかに流れ、ひそやかにささやきつづける。

ムコンド

【ムコンド（mkondo）　名詞。流れ、流動、急流、通過、疾走。川の水、地面に勢いよく注ぐ水、ドアや窓を通る風、船の航跡、トラックの通過跡、動物の疾走などについて言う】

一九八三年十月、ワード・ビーチという名のアメリカ人が、先史時代の鳥の化石を入手するためにオハイオ州自然史博物館からタンザニアに派遣された。ヨーロッパの古生物学者のチームが、中国で発見されたカウディプテリクス（羽根の生えた小型爬虫類）に似たものをタンガの西にある石灰岩の丘で見つけ、同博物館も手に入れたいと熱望したのである。ワードは古生物学者ではなかったが（博士課程の途中で挫折した）、有能な化石ハンターで、野心家だった。仕事そのものは好きではなかったものの――のみとふるいを手に延々と作業をつづけ、袋小路に入り、行き詰まり、落胆する――仕事の根底にある考えは気に入っていた。化石を発見することは、重要な疑問に対する失われた答えを見つけだすことだ、と彼は自分に言いきかせた。

この二カ月のあいだ発掘現場に向かうために毎日トラックで通っていた名もない尾根道を、ある日、走っている女がいた。足はサンダル履きで、地元の女が着るカンガをひざの上でゆるく結び、太い三つ編みにした髪が背中で弾んでいた。道は照りつける太陽を浴びて上り坂になり、狭まって急に折れ、濃密な草木が両側に平らに広がった。彼が女を先に通そうとすると、女はトラックの正面に走りでた。彼はブレーキを踏み、トラックは滑り、傾いて二輪で立ち、あやうく路肩から転落しそうになった。女はふり向かなかった。

ワードは身をのりだしてハンドルにもたれた。いまのは現実だろうか。あの女はもうトラックのまえから走り去っただろうか。彼女はいま、はるか前方を疾走し、サンダルが土ぼこりを巻きあげていた。彼はあとを追った。女はなにかを追っているように、獲物を狙うけもののように走っていた。それは達人の走りであり、動きにはむだがなかった。こんなものは見たことがなかった。彼女は一度も、ちらりともふり返らなかった。彼はトラックでそっと近づき、彼女のかかとがバンパーに当たるぎりぎりまで迫った。彼女の激しい息づかいが、うなるエンジンよりも強く、はっきりと聞こえた。そのまま十分ほど過ぎた。ワードはハンドルに身をのりだし、息をひそめ、なにかにとりつかれていた——怒りと、好奇心と、おそらく、すでに、欲望に。女は山道を猛スピードで登り、三つ編みの髪は揺れ、体を運ぶ足はピストンのように激しく動いた。速さは衰えなかった。道を登りつめると、頂上の水たまりが太陽に照らされて湯気を立てていた。彼女はくるりとふり向き、トラックのボンネットにとび乗った。彼はブレーキを踏んだ。トラックはぬかるみで重くスリップした。彼女はあお向けに転がり、両手でフロントガラスの両わきをしっかりつかみ、あえぐように大きく息を吸った。

走って！　女は英語で叫んだ。風を感じたいの。

一瞬、彼はガラス越しに彼女のうなじを見つめたまま動けなかった。山頂まで追ってきたあげくに、だめと言えるだろうか。この女をボンネットにのせたまま走れるだろうか。

だがすでに、足は彼のものではないようにブレーキから離れ、トラックは惰性で坂道を下り、しだいに速度を速めていた。道が絶望的な角度で曲がっている箇所があった。トラックの枠をつかむ彼女の腕の筋肉が緊張するのを彼は見つめた。発掘現場を通りすぎ、穴だらけの悪路がつづく道を三十分以上も走りつづけ、フロントガラスの向こうでは彼女の三つ編みが揺れ、肩の腱が盛りあがっていた。トラックは深い穴をとび越え、傾いてカーブを曲がった。彼女はそれでもボンネットにしがみついていた。ついに道が行き止まりになった。植物のつるが濃密にからみあい、その下は急な谷で、谷底には無惨に潰れて曲がった車がさびて転がっていた。ワードはトラックのドアを開けた。呼吸が速まり、目がくらみそうだった。

お嬢さん、彼は声をかけた。あの……。

わたしの心臓の音、聞いて、と彼女は言った。彼は言われたとおりにした——車から降りて彼女の胸に耳を当てる自分を、どこか遠くから見ているような気がした。彼の耳に聞こえたものは、エンジンの音に似ていた。彼女の下でうなっているトラックのエンジンに似ていた。彼女の心臓の筋肉が、体をめぐる回廊に血液を押しだすのが聞こえ、息が肺で叫んでいるのが聞こえた。想像したこともない、生命にあふれた音だった。

あなたのこと、まえに森で見かけたわ、と彼女は言った。シャベルで土を掘ってた。なにを探しているの。

鳥だ、彼は口ごもって答えた。重要な鳥だ。

彼女は笑った。鳥を探すのに、地面を掘ってるの？

死んだ鳥なんだ。その鳥の骨を探してるんだよ。

生きている鳥を探せばいいのに。こんなにたくさんいるんだから。

そのために給料をもらってるわけじゃないからね。

ふうん。彼女はボンネットから降り、行き止まりの竹やぶに入っていった。


二日後の夜、彼は彼女の両親の家のまえに立ち、ほんとうに来るべきだったのか迷っていた。彼女の名はナイーマといった。両親は控え目な人たちで、茶の栽培で成功していた。豆畑とバナナ・プランテーションを上った先にある小さな耕作地は、一ヘクタール半の茶畑、三部屋の小屋、苗を育てるガラスの温室からなり、ウサンバラ山地の高地にあった。キリマンジャロの南、インド洋の西に位置する険しく緑濃いウサンバラ山地は、かつてアフリカ西海岸からタンザニアまでつづいていた熱帯雨林が残る最後の地域だった。温室の裏のユーカリの土手ではイナゴが叫び、頭上では一番星が弱く光っていた。ワードはトラックの荷台いっぱいに、かごに活けた花を積んできた。ハイビスカス、ランタナ、スイカズラ、そのほか名前の見当のつかない花々があふれていた。

両親は玄関に立っていた。ナイーマはトラックのまわりを何度もまわった。やがて手を伸ばし、ヒナギクの花を折りとって耳にはさんだ。わたしを捕まえられる？　と彼女はきいた。

えっ、ワードはききかえした。

だが、すでに彼女は走りだしていた。全速力で温室をまわり、森に駆けこんだ。ワードは玄関にいる両親をちらりと見て――ふたりとも無表情だった――彼女を追って走った。木の葉の天蓋に覆われた森は、外の二倍は暗かった。むきだしの根がレースのように小道を覆い、枝が鞭《むち》のように胸に打ちつけた。一度、彼女の姿がちらりと見えた。倒木をとび越え、苗木をよけて走っていた。つぎの瞬間、彼女の姿は消えていた。あたりはまっ暗だった。一度、二度、彼は転んだ。道が分かれていた。さらに分かれていた。道は動脈のように幹線から分岐し、枝分かれを百回くりかえした。彼女がどちらの道を行ったのか、彼にはまったくわからなかった。彼女の物音に耳をそばだてたが、聞こえたのは虫の声と、カエルの声と、木の葉が揺れる音だけだった。

ついに彼はひき返し、慎重に道を選んで家に戻った。母親が小川から水をくむのを手伝った。父親と炉辺で紅茶を飲んだ。それでもナイーマは戻らなかった。父親はティーカップのふち越しに肩をすくめてみせた。あの子は出てしまうと夜中すぎまで戻らないこともあるのでね、と父親は言った。そのうち戻ってきますよ。いつもかならず戻ってきますから。外に行かせないと、あの子は不幸せになる。母親は、ナイーマはもう自分でものごとを決められる歳ですから、と言った。

帰る時間になっても、まだ彼女は戻らなかった。ホテルまでは遠い道のりで、深い穴だらけの道を激しく上下に揺れながら二時間走らなければならなかった。それでもワードは、トラックのボンネットにしがみついていた彼女の姿を記憶からふり払えなかった。肌の下で盛りあがる腕の筋肉、握った指の曲線、心臓の鼓動。ふた晩後、彼はふたたび彼女の両親の家を訪れ、さらにふた晩後にも訪れた。そのたびに贈りものを持っていった。金のチェーンに下げた三葉虫の化石、紫水晶を詰めた木の小箱。彼女はほほえみ、贈りものを光にかざしたり、ほほに押しあてたりした。ありがとう、と彼女は言った。ワードは下を向いてブーツを見つめ、たいしたものじゃないさ、と答えた。

夕食のとき、彼は故郷の話をした。オハイオのことを、輝く高層ビルのことを、建ちならぶタウンハウスのことを、彼の博物館にある蝶の標本のコレクションのことを話した。彼女は熱心に耳を傾け、テーブルに手をついて身をのりだした。たくさん質問をした。土はどんな感じ？ どんな動物がいるの？ 竜巻を見たことある？ 彼は半分正しく半分でっちあげのオハイオの自然史を語った。草原で戦っていた恐竜の話、先史時代のガンが、ねじれた木々の上をとてつもない大群で飛んだ話。だが、ほんとうに言いたいことは言葉にできなかった。あの日、道で目撃した彼女の野性が、どんなに彼を興奮させ、どんなに怖れさせたか、それを言葉にすることはできなかった。夜、蚊帳《かや》のなかで汗を流しながら、彼女の名をくりかえし呼んでいることを、それが彼女を部屋に呼び寄せる呪文であるかのように彼女の名を呼んでいることを、伝えられなかった。

やがて暗くなると、いつも彼女は家の裏の迷宮のような道に駆けてゆき、捕まえてみて、と彼を挑発した。毎回、彼はまえよりも少し先までなんとか追ったが、そこで岩につまずいて転んだり、手のひらを切ったり、とげに倒れこんでシャツを破いたりした。しだいに夜遅くまで残るようになり、父親と温室の苗をいじったり、母親とテーブルをはさんで向かいあって、礼儀正しくぎこちない沈黙を過ごしたりした。それでも彼が帰途につくまでに彼女が戻っていることはなく、彼はタンガのホテルを目指して南に車を走らせ、トラックは揺れながら道を進み、やがて朝一番の光の筋が山なみの上に現われるのだった。

たちまち数カ月が過ぎた。十二月、一月、二月。ワードは博物館に送る先史時代の鳥の完全な化石を手に入れ──針ほどの太さの繊細な骨が石灰岩のかたまりにたたみこまれていた──博物館はオハイオに戻るよう彼に求めた。航空券の日付は三月一日だったが、彼はそれを延長し、頼みこんで二週間の休暇をもらい、ナイーマの住む山のふもとにあるコロゲという小さな町に部屋を借りた。その二週間のあいだ、彼は毎日川を越え、トラックを北に走らせて、ぬかるむ山道のジグザグの迷宮に入り、その行き止まりにある彼女の家を目指した。

さまざまな贈りものを用意した。彼女にはテニスシューズとTシャツを、母親にはカボチャの種を、父親には小説のペーパーバックを持っていった。ナイーマはいつもと同じ謎めいたほほえみを見せた。夕食の席では、彼の故郷のことをもっと聞きたがった。冬ってどんなにおいがするの？　雪の上に寝るとどんな感じ？　毎晩、彼女を追って森の奥まで進んだが、結局は見失った。どうすればいいんだ！　彼は暗くなってゆく山に向かって叫んだ。どっちの道に行ったのか教えてくれ！　疲れはてて部屋の寝台に横になると、くちびるから彼女の名がこぼれた。ナイーマ、

ナイーマ、ナイーマ。

　帰りの航空券の期日が過ぎ、ビザが失効し、マラリアの薬がなくなった。彼は博物館に手紙を書き、一カ月の無給の休暇を願いでた。長い雨期が始まった。激しいにわか雨のあとは、息の詰まるような湿気に包まれ、道からは湯気が上り、山には虹がかかった。ときにはヤギが豪雨で流され、ホテル近くの川に落ちることがあった。流されてゆくヤギを、ワードはバルコニーから眺めた。土手のあいだを勢いよく流されながら、鼻が川につからないように必死に水をかいていた。自分はあのヤギに似ている、とワードは思うことがあった。みずからの力のおよばない状況に巻きこまれ、急流に逆らって懸命に泳ぎ、無言のあきらめをにじませながら必死に水をかく。生きるというのは、川床の上を流されて、最後は海に行きつくようなものなのかもしれない。選ぶことはできず、ただ形のない広大な海が、泡だつ波が、光のない墓のような淵が、行く手に待っているだけなのかもしれない。

　故郷を恋しく思うようになった。ゆるやかに移りかわる四季、おだやかな空気、平凡な土地。真夜中すぎに、たったひとりで曲がりくねった山道をトラックで下りながら、山がやや低く傾斜する西のほうを見つめ、つぎの尾根を越えたら、そこはもうオハイオなのだと空想した。彼の家があり、彼の本棚と彼のビュイックがある。冷蔵庫にはチーズと卵と冷たいミルクがあり、花壇にはタンポポがつんと澄まして並んでいる。蚊帳のなかで寝るのにも、茶色いシャワーの湯にも、ゆでたトウモロコシをナイーマの両親と無言で食べるのにもうんざりしていた。まだアフリカに来てから五カ月なのに、早くも疲労感が限界に近づいていた。心臓は腐り、崩れかけていた。頭上には焼けつく太陽が照りつけ、胸には炎が燃えさかっていた――とても耐えきれなかった。燃えつきてしまいそうだった。

そして四月、一年で一番湿った月になった。博物館からホテルに電報が届いた。かわりがいないので帰国せよという内容だった。学芸員への昇進と昇給が約束されていた。承諾するなら六月一日までに出勤するように。

あと二カ月。彼は走りはじめた。溶鉱炉のような空、白く燃える太陽、それでも彼は体の限界まで走りつづけ、よろめくように山を登り、倒れこむようにホテルに戻った。最初は二、三キロ走っただけで暑さにやられた。人々は道端から無遠慮な視線を浴びせた。珍しい生きものが、大きくて白いのが、あえぎながら道を走っているぞ。だが、彼に力がついてくると、じきに彼らは興味を失った――拍手で応援する者さえいた。四月の終わりには十キロ走れるようになり、やがて十五、二十キロ走れるようになった。肌の色は濃くなり、筋肉はひきしまった。

毎日、彼は運転手を山にやり、贈りものを届けさせた。乾燥保存した蛾、サンゴの化石、八匹の小さなクラゲが浮かんでいる青色のびん。三匹のアゲハチョウをベルベットにピンで止め、プラスチックの小箱に入れたもの。おだやかな鼓動のままホテルに帰りつくようになり、ワードは自分のなかで芽吹くなにかが発するかすかな光を、体の芯から奇妙な底知れぬ力がわいてくるのを感じた。ぜい肉が落ちた。食欲はとどまるところを知らなかった。五月半ばにはどこまでも走れるようになり、ある朝突然、ある感覚に包まれた。かご売りのまえを通りすぎ、町の南にある粘土採掘場を通りすぎ、平らで広大な海が目のまえで輝き、炭を燃やす青い煙が海岸を漂うのを見たとき、永遠に走れると感じたのである。

ワードがふたたびトラックを北へ走らせたのは、五月末のことだった。パンガニ川を渡り、入り組んだ穴だらけの道を登り、プランテーションの上に出て、熱帯雨林に入った。彼の足には新しいエネルギーがみなぎっていた——今度こそ彼女を逃がしはしない。玄関で彼を出迎えた彼女は息をのんだ。ワードは彼女に最後の贈りものを渡した。彼は震えながら体の横で手を握りしめ、彼女が箱から銀色のリボンをほどくのを見守った。なかには生きているオオカバマダラがいた。蝶は彼女の両手のあいだからおどりだし、家のなかを飛びまわった。

博物館からさなぎの状態で送られてきたんだ、と蝶が天井にぶつかるのを眺めながらワードは言った。きっと羽化したばかりだよ。ナイーマは彼を見つめていた。

まえと違う感じがする、と彼女は言った。あなた、変わったわ。

夕食のあいだじゅう、彼女は彼の顔と、腕と、手の甲に浮きでた血管に、かわるがわる視線を注いだ。彼女はテーブルに石蠟《せきろう》のろうそくを灯し、その瞳に炎のねじれた影がふたごのように映った。

ワードは切りだした。今日来たのは、一緒に帰国して、ぼくの妻になってほしいと頼むためだ。彼が立ちあがるよりも早く、彼女は彼の横をすり抜け、彼は椅子を倒して彼女のあとを追い、ユーカリの下を走り、力強い足どりで小道を登った。その晩は暗く、月は出ておらず、それでも彼は敏捷に動き、新たな力が足で歌うのを感じた。二十分もたたないうちに、彼はこれまで達したことのない森の深部に入り、彼女を追って険しい山道を登っていた。彼女は白いドレスを着ており、彼はそのドレスから目を離さずに突進しつづけた。

木立のあいだを追い、木立の上の竹やぶに入り、竹やぶの上の開けた低木地に出た。スゲと草むらとヒースが巨大な平たい石のあいだにかたまって生え、針の生えたキャベツのような奇怪な植物がぼんやり揺れていた。何度か分かれ道に行きあたり、選択を迫られた。数分おきに、疾走する彼女の姿が前方に見えた。彼女はほんとうに速かった——その速さを彼は忘れていた。

彼女を追って、大岩が転がる平原を駆けぬけ、延々とつづくぬかるみを走った。彼女の足跡をたどり、彼女の歩幅に合わせて走った。肺が吠え、耳の奥で血が重く脈打った。彼女の足跡をたどって尾根に出た。背の高い大岩をいくつも通りすぎ、切りたった崖の端に出た。彼は止まった。はるか水平線の下に海が広がり、目のくらむような星の広がりを映していた。彼はあたりを見まわし、白いものがちらりと見えないだろうか、彼女の体が川のように夜闇のなかで揺れるのが見えないだろうかと思った。だが、どこにも彼女の姿はなかった。彼は彼女を見失った。そこは行き止まりだった——もしかしたら、あれほどの自信にもかかわらず、彼はまちがった道を来てしまったのだろうか。彼はあたりを見まわし、あとずさり、ふたたび崖の端に近づいた。彼女のドレスが、いま手をかけている大岩のあいだを舞うのをたしかに見た。泥には彼女の足跡がある。うしろにあるのはいま来た道だ。この先にはなにもないように見える。空間があり、星座の影とほんものの星が形づくる尖塔があり、はるか下で波が岩をこすり、はねる音がするだけだ。

星がひとつ、空から流れた。またひとつ流れた。耳の奥で血が軽やかに脈打っていた。彼は断崖から身をのりだした。見えたのは暗闇の奥の遠い小さな穴だけだった。それでも彼はある自信を、ある決意を抱いて、目を閉じて一歩踏みだした。

歳月が流れ、彼はふりかえって不思議に思うだろう。足跡、白いドレス――あれは彼女が自分の存在を示す手段だったのか、彼に捕まえさせる方法だったのか。彼はけものが獲物を追うように彼女を追ったのか、それとも餌でおびき寄せられたのか。彼が獲物だったのか。彼が彼女を追いつめて崖から飛び降りさせたのか、彼女が彼を誘って崖から飛び降りさせたのか。

落下は永遠に感じられ、まだつづくのだろうかと思ったそのとき、靴底に水が勢いよく当たり、つづいて腕の下側に当たり、彼は水に潜り、浮かびあがり、息をして、あえいだ。体のまわりには水がおだやかに流れており、川にいることがわかった。まわりは切りたった岩壁に囲まれていた。川に流され、砂利が堆積した中洲にたどり着いた。半分水につかったまま座り、腕に鋭い痛みを感じながら息を整えた。

彼女は離れた川岸に立っていた。その肌は川と同じくらい黒く、川よりもさらに黒く、彼に向かって歩いてくる姿は、下半身が川に溶けているように見えた。そばまで来ると片手を差しだし、彼はその手を握った。彼女の手は熱かったが、震えているのが伝わってきた。頭上でツバメが輪を描いた。離れた川岸で小魚をあさっていたツルが、くちばしを宙に止め、片足を水から上げて動きを止めた。

彼女はなんと大きな危険を冒したのだろう――とてつもない、奇跡のような危険を。やはり彼女はあの崖から一歩踏みだし、闇のなかを落下したのだ。彼女は彼の頭上に目をやり、空で激しく燃える星を見つめた。いいわ、と彼女は言った。

つぎの日曜日、ふたりはルショートの司祭のもとで結婚式を挙げた。彼女の両親の家で一週間過ごした。彼は彼女の部屋で寝た。言葉はほとんど交わさなかった。外の目には相手の姿しか入らなかった。ワードは彼女が視界から消えるのが耐えられなかった。便所まで追っていきたかった。着替えを手伝いたかった。ナイーマは自分がほとんどいつも震えているのに気づいた。彼女は彼に身を投じた。彼女はみずから選んだ道を、体が許すかぎりのスピードで走っていた。ふたりは手をつないだまま飛行機に乗った。深い溝の刻まれた緑の山地がはるか下をなめらかに流れるのを眺めながら、ワードはそこはかとなく勝利に酔っていた。

窓側の席に座ったナイーマは、空を勢いよく落ちるさまを想像した。他人と一緒にこんなトンネルに押しこまれるのではなく、ほんとうに空に浮かび、両手を広げ、かたわらを雲の群れが流れるさまを思い描こうとした。彼女は目をきつく閉じ、両手を握りしめた。だが、情景が浮かぶことはなかった。

ナイーマは十歳のときにあるゲームを考えついて、「ムコンド」と名づけた。それはこんなゲームだった。両親の家の裏に網状に広がる小道のなかから、これまでたどったことのない道を選んで行き止まりになるまで進む。行き止まりに来たら、さらにもう一歩踏みださなければならない。その一歩が、イラクサを踏んづけたり、もつれたつるの下をくぐるだけのこともあった。道の先が切りたった谷になり、下に川が流れていることもあった――茶色い静かなパンガニ川のこともあれば、切りつけるように流れる名もない小川のこともあった――彼女はカンガをひざの上までたくしあげ、震えながら川に入った。谷底にいて、小道がヒマラヤスギの木立に突き当たっている場合は、木を六メートル登って枝に乗り、そこから一歩踏みだした。

彼女が好きだったのは山高く上る道で、巨大なヒースと草むらのあいだをうねうねと進むと、最後は崩れかけたどこかの山頂で行き止まった。彼女は道の終点に立ち、片足を上げた。遠くで雲のかたまりが地平線から高くわきあがり、風に吹かれて頭を揺する木々の上に、土ぼこりの舞う平原の上にそびえた。彼女は脈打つ空気の渦に身をのりだし、片足をなにもない空間で静止させた。すると空間が彼女をのみこむように押しよせ、彼女はめまいを感じ、至福に満ちた混乱のなかでめまいに逆らってこらえ、このまま進みたい、身を投げだしたいという衝動と戦った。

足が動いている感覚がなくなるまで走った。過去と未来が溶け、ただナイーマという存在だけがあるように感じられるまで、頭上で渦巻いて大きく揺れる森の注目を一身に浴びて走りつづけた。無謀な衝動を感じた――どこまでも加速したい、自分の芯が燃えあがって生命を得るまで雲の下を走りたい。ごくまれに、道の終わりに近づくにつれて、体が、存在を包む小屋のように感じられていた体がするりと離れ、その瞬間、電流が走って、自分が光の筋になって上へ上へ疾走しているように感じる夜があった。満ち足りないというよりも、停滞を怖れているというよりも、むしろ好奇心と動きを求める心につき動かされていた。もちろん、満ち足りなさも、停滞への怖れもないわけではなかった。彼女はじっと座っているのが苦手だった。茶は摘みたくなかった。学校は怖かった。

成長すると、友人どうしが結婚し、若い男が父親の仕事を継ぎ、若い女が母親そっくりになるのをナイーマは見た。暮らしてきた場所を離れたり、歩んできた道を離れたりする者はだれもいないようだった。十九歳になっても、二十二歳になっても、彼女は森を駆けぬけ、茂みを這い、川岸をよじ登った。子どもたちは悪霊を怖れ、彼女を「ムウェンダワジム」と呼んだ。茶を摘む労働者は、彼女をよそ者扱いした。そのころにはムコンドはただのゲームではなくなっていた。それは彼女が生きていることを実感できる、ただひとつの方法だった。

そこにワードが現われた。彼は違っていた。特別だった。彼女が夢でしか見たことのない土地の話をして、身のこなしには見たこともない繊細さがあった。(トラックから降りてくるワードは、はずかしそうに足元を見つめ、シャツについた泥のかけらを爪でこすり落とそうとしていた)。贈りもの、注がれるまなざし、違うなにか、魅力的ななにかの予感——そのすべてが彼女を惹《ひ》きつけた。そして彼が彼女を追って川に飛びこんだとき、予感は確信に変わった。あのとき、あたりはまっ暗だった。引きかえすことも簡単にできたはずだ。

飛行機のなかで彼女は目を開けた。これは、この結婚は、異なる大陸への片道切符は、もう一度ムコンドをやっているようなものだ。心を決めて、最後のもう一歩を踏みだしたのだ。

オハイオ。寒々とした天気が埋葬布のように町を低く覆っていた。もやのカーテンが光を押し流した。ヘリコプターが頭上を際限なく行き交った。道を進むバスは瀕死のけもののようにうなった。ワードの住む界隈では、家と家は三十センチも離れていなかった——ブラインドを上げれば隣家の台所に手が届きそうだとナイーマは思った。

最初の数カ月、ナイーマはひたむきにワードのことを思い、かろうじて失望から逃れることができた。この愛は、深い絶望から生まれた愛だった。午後になると一分おきに時計に目をやり、この先の角に停まるバスから彼が降り、ドアに彼の鍵の音がする瞬間を待った。毎晩、ふたりは通りを走り、街灯をよけ、新聞販売箱をとび越えて駆けぬけた。ときには夜どおし話しつづけ、そのまま夜が明けることもあった。月曜の朝が来ると——いつもあっというまにやってきた——ナイーマはドアを釘で閉ざし、鍵を埋め、彼を廊下の床にピンでとめてしまいたくなった。

博物館は想像とは違っていた——ひび割れたみかげ石の階段、台に固定された動物や骨格の展示、プラスチックの眼球をはめた穴居人《けっきょ》が、石膏のたき火にかがみこんで料理しているジオラマ——それでも、ワードがあれほど野心を燃やす理由は理解できた。博物館は、かび臭い、懐古趣味の場所だった。かつてこの国は、こうであったにちがいないという想像を示す場所だった。夜になるとふたりは屋上に座り、通りをのろのろ進む車を眺めた。ブロントサウルスの化石化した胸郭の内側でピクニックした。大理石造りのホールの壁は、ピンでとめた五万匹近い蝶の標本で覆われていた。世界のあらゆる地域から集めた蝶だった。その羽の色に彼女は息をのんだ。まばゆいほどの青い光輪、トラのような縞、目に似せた模様。ワードは目を輝かせ、ひとつひとつの名前を言った。ここは彼の好きな場所だった。のちに昇進を重ねたあとも、この蝶の部屋を訪れてはほこりを払い、ラベルをまっすぐに直し、新たに加えられた標本を子細に眺めた。

だが、長く過ごすにつれて、彼女は博物館にいらだちを感じるようになった。そこには成長しているものも、生きているものもなかった。天井に埋めこまれた裸電球から降りそそぐ光さえ、死んでいるように感じられた。そこにいる人は名前と分類に夢中で、「アントカリス・カルダミネス」という名のさなぎから、最初のオレンジ色の羽の蝶が羽化したかのように、「デンスタエッティアケアエ」とラベルを付されて壁に貼られた乾燥標本が、シダの本質を説明するかのようにふるまった。ワードの先史時代の鳥を受けとった学芸員は、インデクスカードをテープで貼り、四角いガラスケースに入れて鍵をかけた。そんな自然史を、ナイーマは理解できなかった。手押し車で土を運び入れて、床にぶちまけてやりたかった。ほら地虫が見えるでしょう？　一匹つまんでふりまわし、年老いた警備員に見せ、校外学習で来た小学一年生に見せたかった。ナメクジが見えるでしょう？　これが本物の自然史よ。あなたたち、これを見にきたんじゃないの。

車の流れ、広告、サイレン、目を合わせようとしない他人たち。そんなものが待っているとは思いもしなかった。心の準備などできるはずがなかった。木の葉は——ようやく見つけたわずかな樹木の葉は——工場のすすで汚れていた。マーケットは過剰に清潔で、生命が感じられなかった。肉は密封され、においをかぐには通路でビニールを破らなければならなかった。庭で洗濯をしていると、近所の人は見て見ぬふりをした。なにかを手に入れなければ、と芝生でワードのシャツを絞りながら彼女は心のなかでつぶやいた。なにかを手に入れなければ、ここではやっていけない。

ワードは、ナイーマが失ったなにかを探すように家じゅうさまようのを見守った。ときには奇妙な症状を訴えることがあった。目に見えない金具で首を絞められるような感じがする。頭が重い。胃腸がゴムのようだ。あるとき彼は、知りあいのケニア出身の大学教授の家のディナーに彼女を連れていった。きみも気が晴れるさ、とワードは彼女に言った。教授夫人はチャパティを焼き、スワヒリ語で賛美歌を低く歌った。だが、テーブルについたナイーマはむっつりと外を見つめたままだった。食事のあと、居間に移ってお茶を飲んだときも、彼女は台所に残り、床に座って飼い猫にささやきつづけた。

夜になると、ワードは自己嫌悪にさいなまれて寝返りをくりかえした。あれほど強く求め、ようやく手に入れた。なのになぜ、不満ばかり募るのか。しかもこんなに早く。ようやく眠りに落ちても、夢には顔のない悪魔が現われて暴れ、かぎ爪が気管に触れるのを感じて、はっと息をのんで目覚めるのだった。

ワードも変わった。あるいはかつての彼に、力を抜いてなじみの道に戻っただけのことかもしれない。オハイオに来てからわずか六ヵ月で、彼の首筋の血色が衰え、ひき締まった筋肉がたるみかけているのにナイーマは気づいた。彼が仕事というううわべの衣装にみずからからめとられていくのを、ナイーマは見ていた。帰宅は八時か九時で、こそこそ弁解がましく帰ってきた。週末は家に仕事を持ち帰った。博物館の刊行物の責任者になり、つづいて友の会の責任者になった。愛してるよ、ナイーマ、と書斎の入口に立って彼は言った。だが、すでに彼は違う人間になっていた。彼女の両親の家の玄関に現われ、発情した雄鹿のように、荒い息を吐き、わきたつ生命に震えていた男ではなかった。

ふたりはぎこちなく無言で愛を交わした。実りはなかった。だいじょうぶかい、終わるとあえぎながら彼は言った。彼女に触れるのが急に怖くなった。まるで彼女が花で、その花びらを彼がちぎってしまったように、とりかえしのつかない事故を起こしてしまったように感じた。だいじょうぶかい。

初めての二月、来る日も来る日も空は一日じゅう暗く垂れこめた。屋根にのしかかる雪の絶望的な重さを彼女は感じた。彼女は毎朝、ベッドの端まで転がってカーテンをめくり、空がまた灰色なのを見てうめいた。太陽はまったく見えなかった。空気はまったく動かなかった。一キロ半先には、陰鬱で味気ないダウンタウンのビル群が巨大な監獄のように空にそびえていた。バスがうなり、溶けかけた雪を踏みちらした。

彼女はオハイオに来た。最後のもう一歩を踏みだした。その結果がこれなのか。これからどうすればいいのだろう。引きかえすのか。八月には——来て一年たっていた——夜になるとすすり泣くようになった。オハイオの空は、形のある重りになって彼女の細く長い首を押し曲げた。だるそうに横になり、何時間も動かなかった。試せることはなんでもしようと、ワードは車で彼女を町から連れだした。丘の上の納屋、畑の脱穀機。友人の家のポーチに座って、もぎたてのトウモロコシにバターとこしょうをたっぷりまぶして食べた。彼女はたずねた。あそこにある白い箱はなに？

それはハチだった。冬のあいだじゅう、彼女は地下室でハンマーをふるって巣の枠を作り、四月になると女王バチ一匹と働きバチ一・五キロ入りのパックを農園用品の店で買い、家の裏庭に巣箱を置いた。毎日、夕方になると、頭に帆布の覆いをかぶり、草の束に火をつけ、くすぶる煙でハチたちをいぶして落ち着かせ、巣箱を見おろして、勤勉な働きぶりを、野性のすべてを眺めた。幸せだった。だが、近所から文句が来た――うちには子どもがいる、アレルギーの子だっているんだ。レンギョウの茂みに、鉢植えのゼラニウムにハチがたかって困る。エアコンからハチが舞いこんできたという婦人もいた。近所の人々は、ワードの車のワイパーにメモをはさんだり、留守番電話にいやがらせの言葉を残したりするようになった。やがて脅迫状が――おまえのハチにDDTをぶっかけてやる――ガラスの文鎮にテープで貼られて居間の窓に投げこまれた。警官がふたり、脱いだ帽子をうしろに持ってポーチに現われた。市の条例です、と警官は言った。ハチを飼うことは禁止されています。

ワードはハチの処分を手伝うと言ったが、彼女は拒んだ。彼女は生まれて初めて車のハンドルを握った。いったん停まり、発車し、三輪車の子どもをふたり轢《ひ》きそうになった。しまいに州間高速道わきの野原で立ち往生してしまい、車のトランクを開け、ハチがらせんを描いて上昇し、怒り、混乱し、群れになって飛び去るのを見送った。十数匹のハチが彼女を刺した。腕を、ひざを、耳を。彼女は泣き、泣いた自分を憎んだ。

彼女は寝室の窓に吸盤で鳥の餌台をとりつけ、ビスケットでリスを台所におびきいれた。玄関につづく歩道をアリが整然と進むようすを観察し、干からびた甲虫の死骸をかついで芝生の森を運ぶのを眺めた。だが、それだけでは足りなかった――それは野性ではなかった。野性そのものではなかった。まったく別物だった。コガラとハト、ネズミとリス。イエバエ。動物園に出かけて、汚れたつがいのシマウマが干し草を食べるのを眺めた。たしかにこれも人生だ。人々はこんな生きかたを選ぶのか。自分のなかのどこかで、風が死んでゆくのを、若さの疾風が抑えられるのを感じた。彼女の人生のすべては――健康、幸福、愛さえも――風景によって決定された。彼女はそのことに気づきはじめていた。住む世界の天候は彼女の魂の天候と分かちがたく結びついていた。動脈の風はやみ、肺には灰色の空が垂れこめた。耳の奥で脈動が、流れる血の響きが聞こえた。それは時そのものだった。なめらかに過ぎゆき、とりかえすことはできず、永遠に失われる瞬間を着々と刻んでいた。彼女はそのひとつひとつを悼んだ。

冬になり――オハイオで三度目の冬だった――彼女はワードのビュイックで州境を越えてペンシルバニア州に行き、二羽のアカオノスリの幼鳥を連れて戻った。みなしごのタカで、母鳥を撃った養鶏場主が買い手を探して新聞に広告を出していた。二羽は羽根が生えそろい、熱く荒ぶり、かぎ状のくちばしと鋭く黒いかぎ爪を持ち、瞳は炎の色をしていた。ナイーマはタカに革製のゆるい頭巾《ずきん》をかぶせ、地下室の木塊につないだ。毎朝、四角く切った生の鶏肉を与えた。訓練のために家のなかを連れて歩き、頭巾をかぶせ、厚い手袋をはめた手首に止まらせて、羽根で翼をなでながら話しかけた。

タカは全身に憎しみをみなぎらせていた。夜になると、荒々しい叫び声が地下室から響いた。ナイーマは目を覚まし、世界がひっくり返ったような奇妙な感覚に襲われた――彼女の下で空が弧を描き、地下室でタカが飛びまわり、大声で叫んでいた。彼女はベッドに横たわって耳を澄ませた。そしてまた、いつものように電話が鳴った。近所の人々は、おたくの地下室から子どもの泣き声が聞こえるが、なにごとかと言った。

彼女は気づきかけていた。野性というのは、彼女が作れるものでも、どこかから持ってこられるものでもなく、みずからの力でそこに存在するものなのだ。それは奇跡であり、ある日どこかの道を歩いていて、その果てに達したときに、運がよければ出会えるかもしれないものだ。毎晩、彼女は鳥たちのそばで過ごした。二羽をそれぞれ地下室の端と端に引きはなし、羽根で体をなでながらスワヒリ語とチャガ語で話しかけた。それでもタカはわめきつづけた。口輪をはめるわけにいかないのか、とワードは書斎から怒鳴った。成長しておとなしくなるまで。だが、憎しみというのは、成長とともに消えるものではない。それは内に刻まれたものだ。タカの目の奥で、憎しみがいまにもあふれそうになっているのが彼女には見えた。

これが一週間つづき、近所からの電話は止まず、警官が二度玄関の階段にやってきて、ワードは彼女を座らせて言った。ナイーマ、タカは警察の人が連れていくそうだ。しかたないな。

好きなようにすれば、と彼女は言った。だがその晩、彼女は一羽のタカを裏庭に連れてゆき、頭巾をはずして放した。タカは翼を試すようにはばたき、ぎこちなく舞いあがると、屋根の切妻に止まった。そして鋭く、規則正しく、サイレンのように叫びだした。くちばしで屋根をつつき、屋根板のかけらがとび散った。玄関ポーチに飛び降り、正面の窓に体当たりした。それから郵便受けに止まってまた叫びだした。ナイーマは胸を高鳴らせ、息をひそめて急いで玄関にまわった。

五分後、警察が懐中電灯で窓を照らした。ワードはスウェットパンツ姿で舗道に立ち、首を左右に振り、雨樋に止まって叫ぶタカを身ぶりで示した。通り沿いの玄関のあかりがつぎつぎに灯った。つなぎ服を着たふたりの男がトラックを芝生に停め、さおの長い網でタカを捕まえようとした。タカは男たちに向かって叫び、頭に急降下爆撃を食らわせた。サイレンがけたたましく響き、男たちが怒鳴り、タカが荒々しく叫び、ついに騒ぎが頂点に達したとき、銃が発射され、弾けるように羽根がとび散り、あとには静寂が広がった。ひとりの警官が、ばつが悪そうに拳銃をホルスターに戻した。鳥の残骸のかたまりが生け垣の陰に落ちた。羽根の断片が風に乗って漂い、暗闇を舞った。

警察がいなくなり、近所のあかりが消えるまで彼女は待った。それから地下室に下りて、もう一羽のタカを連れだし、裏庭に放した。タカは酔っているようにふらふら空に舞いあがり、町の上空に消えた。彼女は庭に立って耳を澄ませ、もやのなかのある一点を、タカの姿が、灰色の広がりのなかの黒い点となって消えた場所を見つめつづけた。

いいかげんにしろ、とワードは言った。つぎはなにを連れてくるつもりだ。ワニか。ゾウか。

彼は頭を左右に振り、長い両腕で彼女を抱きよせた。わずか三年で、彼の体はぞっとするほどたるんでいた。大学に行けばいい、と彼は言った。キャンパスまで歩いていけるんだから。だが、大学という場所を想像するたびに、彼女の頭にはルショートの学校で過ごした陰鬱な日々と、教室の暑さと、いらいらする算数と、壁に画鋲で貼られたつまらない二次元の地図が浮かぶのだった。緑は陸地、青は海、星印は首都。教師たちは、百万年のあいだ無名のまま存在していたものに名前を与えることに、執拗にこだわった。

　彼女は毎日早々に床に就き、遅くまで眠りつづけた。あくびをした。口をめいっぱい開けた巨大なあくびは、あくびというよりも声のない叫びのようにワードには感じられた。あるとき、ワードが仕事に出かけたあと、彼女は最初に来た市バスに乗りこんで、運転手が終点を告げるまで乗りつづけた。そこは空港だった。ターミナルをさまよい、都市の名前がせわしなくモニターの画面を上下するのを眺めた。デンバー、トゥーソン、ボストン。ワードのクレジットカードでマイアミ行きのチケットを買い、たたんでポケットに入れ、搭乗案内の放送を待った。二度、搭乗口に向かったが、そのたびにおじけづいて引きかえした。帰りのバスで、思わず涙がこぼれた。最後のもう一歩を踏みだす術《すべ》を、もう忘れてしまったのか。こんなに早く忘れてしまうものなのか。

　夏の湿気と冬の寒さに彼女は文句を言った。ワードがディナーに誘うと、体の不調を訴えた。ワードが博物館の話をすると目をそむけ、聞いているふりすらしなかった。無意識のうちに、彼女は自宅のことを——四年たったいまも——「あなたの」家と言った。「ぼくらの」家だよ、ナイーマ、と彼は強く言い、こぶしで壁を重く叩いた。「ぼくらの」キッチンだ。「ぼくらの」スパイス棚だ。彼女が出ていくのではないかとワードは思うようになった。ある朝目覚めると彼女が消えていて、暖炉にメモがあり、クローゼットからスーツケースがなくなっているにちがいないと確信するようになった。

ある夜遅く帰宅すると、彼女は玄関の階段にいた。仕事が終わらなくてね、と彼は言った。彼女は彼の横をすり抜け、夜のなかに、逆の方向に消えていった。

彼はオフィスでひきだしから便箋を出して書いた。やっとわかった。きみの求めるものを与えることは、ぼくにはできない。きみは、動きと生命と、ぼくには想像もつかないなにかを求めている。ぼくは平凡な人生を送る平凡な男だ。求めるものを得るために、きみがぼくのもとを去らなければならないなら、それもやむをえないだろう。きみが木々の下を走り、トラックのボンネットにしがみつく姿を一度でも見た人間は、きみなしに完全な幸福を得ることなどできはしない。だが、しかたない。なんとか生きていくさ。

彼は手紙にサインしてたたみ、ポケットにしまった。

からみあったふたりの人生。地球の異なる半球で生まれ、偶然と好奇心からひとつになり、それぞれの風景が相容れず、引きはなされる。ポケットに手紙をしまったワードがバスに座って家に向かっているとき、もう一通の手紙が飛行機の腹に押しこまれ、トラックからトラックに、手から手に渡されて、オハイオの彼らの郵便受けで待っていた。タンザニアからの、ナイーマの父親の兄からの手紙だった。ナイーマは手紙をとって家に入り、カウンターに置いて見つめた。ワードが帰宅したとき、彼女は地下室にいて、毛布にくるまって床に倒れていた。

彼女の目のまえで指を左右に振り、茶を用意したが、彼女は飲まなかった。握りしめた手から手紙を無理やりとって読んだ。彼女の両親が同時に亡くなったという知らせだった。タンガに向かう道の一部が泥流に襲われ、トラックが押し流されて谷に転落したのだという。すでに葬儀は一週間まえに終わっていたが、それでもワードは帰国するよう彼女にすすめた。彼女のまえにひざをついてかがみ、旅の手配をしてほしいかたずねた。答えはなかった。片手で彼女のほほに触れ、頭を持ちあげた。手を離すと、頭は垂れて胸に落ちた。

彼はネクタイを締めたまま彼女のかたわらに横になり、コンクリートの床で眠った。朝になると、彼女にあてて書いた手紙をとりだしてちぎった。それから彼女を抱いて車に乗せ、郡の中央病院に連れていった。看護婦が彼女を車椅子にのせて病室に連れてゆき、腕に管を刺した。心配ありませんよ、と看護婦は言った。必要なことはこちらでいたしますので。

だが、それは彼女が求める助けではなかった。白い壁、蛍光灯、ひっそり廊下を流れる不健康と病気のにおい。日に二回、看護婦は彼女の口に錠剤を押しこんだ。彼女は何時間も漂いつづけた。頭のなかで脈拍がゆっくり響いた。テレビがしゃべりつづけるそばで、空っぽの心と鈍った感覚を抱えたまま、どれぐらい日数がたっただろう。だれかが彼女の上にかがみこむたびに、白い月のような顔が昇ったり沈んだりするのが見えた。医者、看護婦、ワード、かならずワードがいた。指がベッドの金属製の柵に触れた。鼻は病院の食事の滅菌されたにおいを伝えた。インスタント・マッシュポテト、薬のようなカボチャ。テレビは休まず鳴りつづけた。眠りは灰色で夢は見なかった。両親を思いだそうとしても思いだせなかった。まもなくタンザニアは彼女のなかから完全に消えた――あのみなしごのタカのように、頭巾をかぶせられ、つながれて、意志に反して閉じこめられている場所のほかに、彼女の知る家はなかった。つぎはどうなるのか。だれかがやってきて撃たれるのか。

朝だろうか。ここにはもう二週間ぐらいいるだろうか。彼女は腕から管を引きぬき、あえぎつつベッドから起きあがり、もつれる足で部屋を出た。体内の薬物のせいで筋肉が弛緩《しかん》し、反射が鈍っているのがわかった。頭はまるで、肩の上に乗っかった不安定なガラス玉のようだった――わずかでも変な動きをすれば落ちてしまいそうだった。破片を掃いてかたづけるには一生かかるだろう。

廊下に出ると、押されて進むストレッチャーや忙しく行き交う雑役夫のあいだに、床に貼られた何本ものテープの線が広がっているのが目に入った。若き日に彼女が走った道のようだった。彼女はそのなかの一本を選んでたどっていった。しばらくして――どれぐらいたったのか彼女には見当がつかなかった――そばに看護婦が現われ、彼女を支えて向きを変え、病室に連れもどした。

病室には鍵がかけられるようになった。夕食は豆。昼食はスープ。彼女は自分が徐々に衰えていくのを感じた。心臓の筋肉はやせ、なかで血液がだらしなく揺れていた。彼女の内にあった深く自由ななにかは死に、なぜか病気になって、踏みにじられた。なぜこんなことになったのか。注意深く守っていたはずなのに。奥深く大切にしまっていたはずなのに。

退院後——何日あの病室に閉じこめられていたのか、彼女にはわからなかった——ワードは彼女を家に連れ帰り、窓辺の椅子に座らせた。彼女はバスやタクシーや、うつむいてとぼとぼ行き交う近所の人を眺めた。計りしれないむなしさが彼女のなかに居座った。彼女の体は砂漠で、風はなく、暗かった。アフリカがこれほど遠く感じられたことはなかった。ときどき、ほんとうに存在するのか疑うことさえあった。彼女の歴史はすべて、なにかの夢に、子どもに聞かせるおとぎ話にすぎないのではないかと思うことがあった。その場の感情に任せて動くとどういうことになるか、わかるだろう、と語り手は言い、子どもの目のまえで指を左右に振ってみせる。ごらん、道からそれるとこういう目に遭うんだ。

春が過ぎ、夏が、秋が過ぎた。ナイーマは昼すぎまでベッドから出なかった。ゆるやかな季節の移り変わりとともに、ごく小さな記憶が——コマドリのひなが母鳥に虫をせがむ甲高い声や、街灯の光のなかをゆらゆら舞い落ちる雪が——わずかずつ戻ってきた。それらの記憶は、分厚いガラスの壁越しに届くように感じられた。意味は変わり、文脈は失われ、鋭さや自然の味わいが失われていた。やがてふたたび夢を見るようになったが、夢もやはり変化していた。ラクダの列が、森をゆっくり進む夢を見た。オレンジ色の雲が、森を覆う木の葉の天蓋の上に大きくわきあがる夢を見た。だが、その風景のなかに彼女はいなかった——その場所をどんなに見つめても入ることはできず、美を目のあたりにしても経験することはできなかった。まるでそれぞれの瞬間から彼女だけが巧みに切りとられてしまったようだった。世界がワードの博物館の展示品になったようだった。美しく、郷愁を誘い、水で薄められ、古び、密封され、手で触れることはできない。

ときどき、朝、ワードがネクタイを結ぶのを眺めていると——シャツのすそがぜい肉のついた太ももの裏側に垂れていた——彼女のなかの腐りかけた場所から恨みがふつふつとわいてくるのを感じ、彼女はうつぶせになって、彼女のあとを追って熱帯雨林を駆けてきた彼を、あの崖を飛び降りた彼を憎んだ。ふたりのあいだは、もはやなにもかもばらばらだった。ワードは彼女と心を通わせる努力を捨て、彼女は心を開く努力を捨てた。オハイオに来て五年、けれども、すでに五十年たったような感じがした。

夜。彼女は裏の階段にしゃがみ、うとうとしていた。そのとき、一列に並んだガンが屋根をかすめて通りすぎた。低く飛んでいたので、羽根の輪郭や、黒くなめらかなくちばしのカーブや、いっせいにまばたく目の動きまで見えた。鳥たちの動かした空気が頭上で揺れ、彼女は翼の瞬発力を感じた。ガンは甲高く鳴き、先頭を交替しながら、地平線に向かって着々と進んでいった。彼女は鳥たちが見えなくなるまで見送り、消えていった一点を見つめて考えた。どの道をたどって飛んでいったのだろう。頭にはどんな不思議なスイッチが隠されていて、毎年冬になると作動して、目に見えない同じ道を、同じ南の湖に向かってまっしぐらに進むのだろう。神々しい空だ、と彼女は思った。計りしれない空だ。鳥たちが消えたあとも、彼女は空を見つめ、期待をこめて、待ちつづけた。

一九八九年のことだった。彼女は三十一歳になっていた。ワードはカップケーキを食べている最中で、白い砂糖が鍾乳石のように下くちびるから垂れていた。彼女は家に入り、彼のまえに立った。ねえ、と彼女は言った。わたし、大学に行く。

彼の口の動きが止まった。そうか、と彼は答えた。わかった。

体育館では、学生たちが〈行政学〉〈人類学〉〈化学〉と記されたブースのあいだをぐるぐるまわっていた。ひとつのブースが——つややかな写真が何枚も飾ってあった——彼女の目をひいた。雪の輪をかぶった火山。椅子の座席のひび割れ。リンゴから飛びだす弾丸をとらえた組写真。彼女は写真をじっくり眺め、書類に記入した。〈写真初級——カメラ入門〉家の地下室にあったワードの古いニコン六三〇のほこりを払い、初回の授業に持っていった。

これじゃ無理だな、と講師は言った。これしかないんです、と彼女は答えた。講師はカメラの裏ぶたをいじり、これでは光が入りこんで写真がだめになってしまうと言った。

手で押さえます、と彼女は言った。さもなければテープでとめます。お願いです。目に涙があふれた。

そうねえ、と講師は言った。まあ、やってみましょう。

二日目、講師は学生をキャンパスに連れだした。ここで何枚か撮ってください。数を撮るのではなく、構成に注意して撮影するように。

学生たちはちらばって、建物の礎石や、彫刻をほどこした手すりの端や、消火栓の丸い頭にカメラを向けた。ナイーマは、舗道に囲まれた三角形の芝生に向かって傾いている、灰色の筋があるねじれたカシの木に近づいた。カメラの裏ぶたは絶縁テープで止めた。二十四枚撮りが入っていた。自分のカメラに二十四枚撮りが入っているというのはどういうことか、よくわかっていなかった。Fストップや、ASAや、奥行きという言葉は、まったく意味不明だった。それでも彼女は体をのりだし、レンズを上に向け、落葉した枝が空を背景に揺れるのをファインダーに収めて、待った。空は厚い雲に覆われていたが、裂け目ができかけているのがわかった。彼女は待った。十分後、雲が静かに割れ、細い光の筋が雲を押しのけるように射しこんでカシを照らした。彼女はシャッターを切った。

二日後、暗室で、講師が黒く巻いたネガを干しひもからはずすのを彼女は見守った。彼はうなずき、細長いネガを彼女に渡した。彼女は講師と同じように、ネガを電球にかざしてみた。すると、数日まえに彼女が見たままの光景が焼きつけられているのが目に入り——カシの木が太陽を浴びて大きく枝を広げ、その奥の雲には裂け目があった——そのとたん、両目から闇がひきはがされたように感じた。腕に震えが走った。喜びがわきあがった。天に昇るようだった。あの懐かしい感覚がよみがえった。森を覆ううっそうとした木の葉の天蓋を離れて高く昇り、ふり向いて森を見わたし、もう一度、あらためて世界を見たような感じがした。

その晩、彼女は眠れなかった。心が燃えたった。つぎの授業には三時間も早く到着した。

まずベタ焼きを作り、つづいてプリントした。暗室で彼女は現像液をじっと見つめ、写真の粒子が紙に浮かぶのを待った——粒子は漂うようにやってきて、初めはおぼろで、やがて灰色になり、完全に姿を現わした。こんなに美しい魔法は見たことがない、と彼女は思った。現像液、停止液、定着液。なんて単純なのだろう。これに声を与えるためにわたしは生まれ、そのためにここにいるんだわ。

授業のあとで講師が彼女を呼んだ。写真の上にかがみ、このコマはここに電話線が入っているとか、もう少し現像時間を長めにしたほうがいいと注意した。だが、上出来だ、と彼は言った。最初にしてはよく撮れている。ただし、まずいところもある。きみのカメラは光が入ってしまうんだ——ほら、ふちが白っぽくなっているだろう。こっちのは木が平面的に見える。背景がない、基準物がない。彼はめがねをはずして体をそらし、もったいぶった態度で話しはじめた。三次元をいかに二次元で表現するか、平面で世界をいかに表現するか。それはすべてのアーティストが立ち向かわなければならない重要な課題なんだよ、ナイーマ。

ナイーマは一歩下がり、もう一度じっくり写真を見た。アーティスト、と彼女は思った。アーティストですって?

来る日も来る日も、彼女は外に出て雲の写真を撮った。高積雲、巻積雲、交差する飛行機雲、線路の上を漂う子どもの風船。町のビル群の輪郭が雲の底に映っているのをとらえ、タンポポの綿毛のような積雲が水たまりの表面をゆらりと移動するのをとらえた。菱形の青い空が、数分まえにバスに轢かれて死んだ犬の目に映っていた。つねに光の角度を考えながら世界を見るようになった。窓、電球、太陽、星。ワードがカウンターに置いていく生活費はフィルム代に消えた。見たこともない界隈にさまよいこんだ。よその家の玄関先にしゃがみこみ、二枚の草の葉のあいだに張ったクモの巣を見つめ、その薄い網が光に満たされるかどうか確かめようと、分厚い層雲のかたまりが上昇するまで、身じろぎもせずに一時間待ちつづけた。

また電話がかかってきた。おたくの奥さんが犬の死体のそばにしゃがんで写真を撮っていましたよ。奥さんがうちのゴミ箱の写真を撮っていましたよ。奥さんはおたくの車のボンネットの上に一時間も突っ立って、空を見つめていましたよ。

ワードは彼女と話をしようとした。ナイーマ、授業はどうだい、と声をかけた。あるいは、気をつけてやってるかい、ときいた。彼はまた昇進し、ほとんど一日じゅう、資金集めのパーティに出たり、電話をしたり、寄付者に博物館を案内したりしていた。すでに彼とナイーマのあいだは遠く隔たっていた――ふたりの道は分かれ、異なる大陸を進んでいた。彼女がワードに写真を見せると、彼はうなずいた。すごいじゃないか、と彼は言い、彼女の背に触れた。これいいね、と言って彼は彼女が気に入っていない作品を手にとった。きらめく一片の巻雲が月を横ぎる写真だった。彼女は気にしなかった。彼女の魂には火がついていた。だれも彼女の勢いを止められなかった。ワードや近所の人は下を見ていればいい。彼女は目を空に向けよう。彼女だけが、あのオレンジ色の、紫色の、青色の、白色のかたまりが世界を旅するのを目撃しよう、あの頭上を飛ぶ、でこぼこした、金色の、形を変えるかたまりを、彼女だけが目撃しよう。毎朝、玄関から一歩踏みだすと、体の奥で固く暗い芯が燃えあがるのを彼女は感じた。

〈写真初級〉は終了した。彼女の成績はAだった。秋には写真の授業をさらにふたつ、〈現代写真演習〉と〈暗室技術演習〉を受講した。ひとりの教授が絶賛し、個人指導を買ってでて、きみがこの道を進みつづけられるよう力を貸したいと言った。ナイーマがある道を歩きだしていることはたしかだった。その道が目のまえにどこまでもつづいているのを彼女は感じた。彼女はひたすら写真を撮った。学期末には、死んだ犬の写真が学生賞を獲得した。廊下ですれちがった見ず知らずの人から励ましの言葉をかけられた。一月、あるコーヒーショップから電話があり、彼女の初めての作品を、カシの木の枝が光を浴びている写真を百ドルで買いたいと言われた。夏には、小さな画廊で開かれたグループ展に参加した。ねばり強さを感じる、とある女性はつぶやいた。あるときたしかに存在したけれど、いつのまにか消えてしまった一瞬を、同じ空はふたつとないことを、彼女の写真は思い出させるわ。べつのひとりが口をはさみ、ナイーマの作品はまさに天空のものだ、触れることのできないものを崇高に表現している、と言った。

彼女は早々に画廊を出て、春巻きの皿を持ったタキシード姿のウェイターをかわすように逃げ、消えゆく光のなかに急いで、写真を撮った。橋脚《きょうきゃく》のあいだから射しこむくさび形の夕日。ビルの陰にゆっくり沈む月が残した、回転する花窓のような光。

夜遅く——一九九二年四月のことだった——あのむかしの感覚を、全速力で走って道の終わりに近づいていくときの高揚感を、ふたたび彼女は感じた。自然史博物館の大理石の階段に立ち、空を眺めた。昼すぎに雨が降り、いまは星がすがすがしく光っていた。天の川の光が彼女ののどと肩にたっぷり降りそそぎ、心臓を流れる血を高ぶらせた——空の奥行きは、ほんの数メートルしかなかった。手を伸ばせば、凍るように冷たい中心をつかめそうだった。恒星を、小さな水銀のしずくのように揺らして沈められそうだった。深くて浅い——空はじつにさまざまに姿を変える。

ワードは蝶を展示したホールにおり、死んだ標本が詰まった箱を開けていた。雑な梱包だったので、多くの蝶の羽がちぎれ、鱗粉の模様がだめになっていた。彼は蝶をとりだして、床の上でつなぎあわせていた。彼女は彼の肩を揺すって言った。わたし、帰る。家に帰るわ。アフリカに。

彼は体を起こしたが、目は合わせなかった。いつ？

いますぐ。

明日まで待てないのか。

彼女は首を横に振った。

どうやって帰るんだ。

飛ぶわ。すでに彼女は引きかえしてホールから出るところで、やわらかな足音が静寂に溶けていった。もちろん飛行機で帰るという意味なのはわかっていたが、その晩遅く、ひとりでベッドに横たわったワードは、彼女が腕を広げ、手を開き、優美に軽々と宙に浮かび、平原を越え、山を越えて、海に向かう姿を想像せずにはいられなかった。

一枚の写真が、郵便でワードに届いた。信じられないような積乱雲が塔のように盛りあがり、地平線に傾いて、稲妻を浴びて青黒く光っていた。封筒を振ってみたが、彼女が送ってきたのは写真だけだった。翌週、また一枚届いた。地平線に一頭のサイのシルエットが浮かび、その上でふたつの流れ星の跡が交差していた。言葉はなく、署名もなかった。だが、写真は途切れることなく送られてきた。月に二枚。それよりも多いこともあれば、少ないこともあった。写真と写真のあいだで、ワードの人生はあくびしながら過ぎていった。

彼は家を売り、家具を売り、町の中心部にマンションを買った。週末は買いものをして過ごした。巨大なテレビ。浴室の壁に飾るタイル製の壁画を二枚。オフィスの模様替えをした。窓辺には珍しい貝殻を飾り、机の上にはスペイン革のマットを敷いた。仕事では卓越した手腕を見せた。パエリヤやマグロや餃子を食べながら、ほとんどの人から寄付をとりつけた。自分自身を透明にする方法を、聞き手になる方法を身につけ、口説いている相手がもうひと押しを求めているときか、つぎに言うことを考える時間を求めているとき以外は口を開かなかった。博物館になだれこんでくる子どもたちの話をして良心をくすぐったり、恐竜のＣＧアニメを博物館の映写室で見せて興奮させたりした。最後はかならずこんな言葉で締めくくった。われわれは子どもたちに世界を与えたいと考えています。すると相手は彼の肩をたたき、そうですね、ビーチさん、そのとおりですよ、と言った。

彼は博物館の発展に全力を傾けた。人々は双方向型の展示や、複雑なロボットや、ミニチュアで再現したブラジルの熱帯雨林を求めた。彼はだれよりも早く出勤し、すべて終了するのを見届けるまで帰らなかった。玄関わきの展示室で、四十五分おきに氷河期のシミュレーションを体験できるようにした。ミニチュアのサバンナには、日光浴するカバや、揺れるアカシアや、八センチのシマウマや、シマウマをむさぼる獰猛で残忍な小さい雌ライオンの群れをそろえて完璧なものにした。だが、それでも彼の悲しみは消えず、顔つきにそこはかとなくにじみでていた。

ビーチさん、じっと耐えているのかしら、と近所の人々が、博物館のボランティアたちが言った。新しい人を見つければいいのに。もっと地に足のついた人を。趣味の合う人を。

彼はトウモロコシとトマトとインゲンを育てた。カフェの窓際の席に座って新聞を読み、おつりを持ってきたウェイトレスにほほえんだ。数週間に一度、封筒が届いた。ライオンの濡れた足跡に映った乱雲。キリマンジャロの山頂を迂回して降るスコールの列。

さらに一年が過ぎた。彼は彼女の夢を見た。彼女の背に巨大な輝かしい蝶の羽が生え、地球のまわりを飛ぶ夢を、ハワイのカルデラからたちのぼる火山雲や、イラクに投下された爆弾のもうもうとした煙や、グリーンランドの空で揺れる透明な布のようなオーロラを撮影している夢を見た。森を飛ぶ彼女を捕らえる夢を見た。彼の腕は大きな捕虫網になり、その網を彼女の上に構え、網のなかに捕らえようとしたそのとき、目が覚めた。のどは締めつけられ、あえぎながらベッドにもたれかかった。

ときどき帰りがけに、だれもいない博物館の床にかかとの音を響かせながら、タンザニアから送った鳥の化石のまえを通った。あれから二十年近くたっていた。石灰岩に埋まった鳥の骨は──翼のような腕の曲線や針状の骨や、肋骨を覆う皮は──つぶれていた。首はみじめに曲がっていた。この鳥は押しつぶされ、苦しんで死んだのだ。なんという代物だろう。半分鳥で、半分爬虫類で、半分はあるもので、半分は違うなにかで、より完璧な状態のはざまで永遠に捕らわれている。

届いた郵便物のなかに、タンザニアの消印のある封筒があった。数カ月ぶりだった。お誕生日おめでとう、と彼女の歌うような子どもっぽい筆跡で書かれていた。あと数日で彼の誕生日だった。封筒のなかには、深い谷底に濃密な草が暗く茂り、それを二分するように川が流れ、平らな板のような水に星がきらめいている写真があった。彼は机のライトの真下に写真を置いた。草、川岸のカーブ──見覚えがあるような気がした。

彼は理解した。これはふたりの場所だ。彼が崖から飛び降りた川だ。彼女が、いまにも水に溶けそうな姿で彼のもとにきた場所だ。彼は写真をライトから遠ざけ、裏返しにして、泣いた。

彼はなにを一番悔いたのだろう。道で偶然に出会ったことだろうか、彼女が彼のトラックのボンネットにとび乗ろうと思ったことだろうか。彼女をオハイオに連れてこようと思ったことだろうか。彼女を手放したことだろうか。なすがままにした自分だろうか。

彼女の住所も電話番号も、なにひとつ知らなかった。飛行機のなかで、二度、立ちあがってトイレに行き、鏡に映った自分を見つめた。なにをしているかわかっているのか、と声に出して言った。正気か。座席では水のようにウォッカを飲んだ。窓のはるか下に雲が広がり、なにも見えなかった。

四十七歳になり、部長の地位にありながら、二週間におよぶ休暇をとった。チケットを買い、かばんに服をていねいに詰めた。それらはすべて、彼がいま飛び降りなければならない崖だった。ダルエスサラームの湿った空気のなかで、古い記憶がわきあがるようによみがえった。女性のカンガの見慣れた模様、干してあるクローブのにおい、足のない女が手を広げて小銭をせがむゆがんだ顔。最初の朝、ホテルの壁に自分の影が黒く鋭く映っているのを見て、既視感を覚えた。

その感覚は、タンガに向かって海岸沿いを車で上っていくあいだも消えなかった。マサイ・ステップが緑色と茶色に広がり、その広がりを破るように、ところどころに細い尖塔のような煙がたちのぼっていた。二隻のダウ船がザンジバルに向かって航行していた。なにもかも、かつて目にしたことがあるような気がした。いま、二十年まえの自分が、シャベルやふるいやのみを満載した四輪駆動車で、初めてこの道を走っているような気がした。

変化もあった。ルショートのホテルには英語のメニューが備えてあり、玄関まえには魅惑のサファリツアーに法外な値段を吹っかける客引きがいた。ウサンバラ山地も変わっていた。斜面には階段状のプランテーションが新たに数百作られ、尾根にはアンテナが光っていた。だが、それらの変化は――携帯電話や観光客を乗せるミニバンやチーズバーガーのあるメニューは――問題ではなかった。なんといっても、と彼は考えた。ここはひたいの突きだした最初の人類が歩いた場所であり、そのときからそびえる山々は変わらず、雨のにおいや干ばつのにおいを運んでくる風は変わらないのだから。ガイドブックによると、セレンゲティを大群で移動するウィルドビーストやシマウマを人類が初めて見たのは一九〇〇年になってからだという。百年など、一世紀など、ワードの専門分野では指をぱちんと一度鳴らす程度の時間だ。百年でどれほどの変化があるというのか。あの平原をくりかえし疾走し、生きる術を永遠に若い世代に伝えてきた動物にとって、百年など一瞬にすぎないではないか。

彼は深くおだやかな眠りにつき、数年ぶりに、のどを締めつけられる夢で目覚めることもなかった。ホテルのポーチでコーヒーを飲み、スコーンを食べて出発した。彼女の両親の家は簡単に見つかるだろうと思っていた――何度あの家に車で向かっただろう、五十回ぐらいだろうか――だが、道は変わっており、道幅は広がり、勾配はゆるくなっていた。カーブを曲がり、知っているところに出たと思うと、上るはずの道が急に下り坂になった。交差点に出るはずのところに、プランテーションのゲートがあった。行き止まり、分かれ道、Uターン。

曲がりくねった山道を何日も走りつづけ、会う人ごとに彼女の両親のことを、彼女のことを、プロの写真家が写真を現像しそうな場所のことをたずねた。茶を摘む労働者に、ツアーガイドに、小さな売店の主《あるじ》にきいた。ホテルのフロント係の少年は、現像するために観光客のフィルムをダルエスサラームに送ったことはあるが、フィルムをフロントに預けるのは白人だけだと言った。年老いた女は、ナイーマの両親のことは覚えているが、何年もまえに死んでからは、あの家にはだれも住んでいないと片言でワードに告げた。ワードは老女に昼食をおごり、つぎつぎに質問を浴びせた。どこに住んでいたか覚えていますか。車でどう行けばいいか教えてくれませんか。老女は肩をすくめ、山の方角に漠然と手を振った。なにかを見つけたければ、と彼女は言った。まず失ってみないといけないよ。

予期せぬ展開だった。ひたすら待ち、さまようとは、暑いレンタカーで何時間も過ごすとは、思いもしなかった。道の行き止まりに車を停め、畑につづく小道をたどった。かかとに大きな水ぶくれがいくつもできた。シャツからしたたるほど汗をかいた。それでも、彼女を見つけるにはこうするしかないのはわかっていた。山をめぐる曲がりくねった小道を歩かなければならない。彼の道を彼女の道と交差させる方法を探さなければならない——今回は、彼女は足跡を残さないだろう、白いドレスを身につけることも、みずから姿を現わすこともないだろう。

毎朝、出発するたびに、道に迷う努力をした。杖を持ち、なたを買い、道端にあるスワヒリ語の標識は——バッファローの出没や立入禁止を警告しているらしかった——つとめて無視した。

ふくらはぎにみみず腫れができ、腕は虫さされの跡に点々と覆われた。服は裂けて破れた。上着の袖を引きちぎり、黙示録後の世界の胴着のように身にまとって、そのまま森を歩いた。

歩きつづけて三週間たったある日、ヒマラヤスギの下を通る細い小道に出た。日暮れが迫り、完全に道に迷っていた。その小道の無数のカーブをたどるうちに、どちらが北でどちらが南かわからなくなった。道を登れば山から出るかもしれないし、さらに山奥に入るのかもしれない。彼は方位磁石も地図も持っていなかった。信じられないようなつるのかたまりが、網のように木から垂れさがっていた。姿のない鳥が、森を覆う木の葉の天蓋から彼に向かって叫んだ。彼は密生する草木にふさがれた細い小道を懸命に進みつづけた。

まもなく暗くなり、まわりに夜の音がわきあがった。リュックサックからヘッドランプを出して帽子の上にはめた。霧雨が木の葉を濡らした——大きな水滴が落下し、彼の肩を濡らした。いくらもたたないうちに、道を見失ったことに気づいた。懐中電灯をあらゆる方向に向けた——腐った丸太、ぬうように幹にからまり急速に成長するつる、枝から垂れる巨大なあごひげのようなコケが見えた。アリの大群が一列になって進み、丸太に群がっていた。

もうじき五十歳だというのに、彼は職を捨て、妻と別れ、タンザニアの山中で道に迷っていた。懐中電灯の細い光の筋のなかで、一粒の水滴が赤い花の中心にすべりこむのを見た。二日もすれば、花びらは森の地面に落ちてしおれ、枯れ、最後には溶けてべつのものになることを——木の幹に、木の実に、サンショウウオの足にみなぎるエネルギーになることを——思った。彼は花をつみ、バンダナにそっと包んで、リュックサックの一番上にしまった。

夜どおし歩きつづけた。手探りで道を探し、転び、よろよろ立ちあがった。夜明けが訪れても、夜のあいだとまったく同じ場所にいるような気がした――確かめる方法はなかった。森を覆う木の葉のすきまから雨が勢いよく降りこんだ。体の芯まで濡れた。これまでの人生で学んだことは、突如としてほとんどが役に立たなくなった。歩く、水を見つける、道を探す――それ以外の野心はなんの意味もなかった。彼のある部分は、恐怖を感じるべきだとわかっていた。彼のある部分は、こう言っていた。ここはおまえの場所ではない。おまえはここで死ぬ。

この過ぎ去った年月、彼はなにをしていたのだろう。記憶は過去をたどっていった。机に敷いた革のマットの感触、陶器に銀器が触れる音、バルコニーのあるレストランのワインリスト。つづいて若き日々が現われた。手のなかで重く割れる粘土、珍しいウミユリが埋めこまれた石を見つけたときの喜び、魚の脊椎の化石がある粘板岩のかけら。豪雨に流され、川岸に向かってわめいていたヤギを思い出した。彼はなにも学ばなかったのだろうか。あのむきだしのエネルギーは、崖から飛び降りたときに感じたとてつもない自信は、なぜ消えてしまったのだろう。ここで、この森で、たったひとりで死んだらどうなるだろう。彼の骨はどうなるのだろう。砕けて地面に埋まり、そのまま保存され、ほかの種族の謎になり、やがて彼らが石を掘りかえして謎を解くのだろうか。彼の人生にはまだやり残したことがある。彼が世界と――木の幹や、列になって行進するアリや、回転するように土から顔を出す緑の芽と――分かちあっているものを、まだ目にしていなかった。それは生命だ。生命こそが、すべての生きものを日々世界に漕ぎださせる最初の光だった。

彼は死なない。死ぬわけにはいかない。ようやくいま、生きる方法を思い出しかけていた。彼のなかのなにかが歌いたがっていた。叫びたがっていた。ぼくは完全に道に迷った。どこにいるのかまったくわからない。重なりあった石が、ざらざらした樹皮が、葉に当たる雨粒が、近くで愛の歌をうなるヒキガエルの声が、すべてかぎりなく美しく感じられた。

彼の手のひらほどの白い蛾が一匹、舞うように飛んできて、つるのあいだで向きを変えた。ワードは前進した。

一本の小道が、草木に埋めつくされたごくかすかな道の跡があり、そのわずかな道の先に光が見えた。その夜、イラクサの野原を転びながら延々と進んだ果てに、彼女の両親の家を見つけた。家は低く小さく、かすかに光が灯り、煙突から煙が上って、おとぎ話の小屋のようだった。壁はつるで覆われ、茶畑は野放しの黒いかたまりと化し、ブーゲンビリアとアザミに覆われていた。だが、人の痕跡があった。裏には菜園があり、丸々したカボチャが土に転がり、トウモロコシが高々と育ち、てっぺんから房が垂れていた。窓に二本のろうそくの炎が揺れていた。網戸の向こうに、大きなカシのテーブルと、木製の棚と、カウンターにまとめて置いてあるトマトが見えた。彼女の名前を呼んだが、返事はなかった。

消えそうなヘッドランプの光で照らすと、苗用の温室に上から下まで泥が厚く塗られ、巨大な蟻塚のようになっているのが目に入った。ドアには札が釘で打ちつけてあった。「暗室」とナイーマの字で書かれていた。

　彼はリュックサックを下ろして座った。小屋のなかで、彼女がネガをひとつの薬品槽からべつの槽に移しているさまを、引きあげて、乾かすために干しひもに吊るしているさまを想像した。すべての瞬間が、捕らえられ、フィルムに焼きつけられ、動きを止めていた。彼女のまえには、彼女だけの自然史博物館が姿を現わしていた。

　ほどなく朝日のふちが木立の上に現われ、彼はもつれたつるとアザミの向こうに、整然と弧を描いて並ぶ暗いプランテーションの向こうに目をやり、山を照らす最初の光を見た。小屋のなかで彼女が動く音が聞こえた――靴が床をこする音、注いだ薬品がはねるくぐもった音。巨大な太陽のゆがんだ頂部が地平線に現われた。もしかしたら、と彼は思った。言葉が浮かぶかもしれない。もしかしたら、彼女がドアから出てきたら、言うべき言葉がわかるかもしれない。ごめんよ、だろうか、わかってるよ、だろうか、写真を送ってくれてありがとう、だろうか。それとも、山々をたっぷり照らす光を、ともに眺めるのだろうか。

　彼はリュックサックに手を伸ばし、花をとりだした。しぼんでしまった繊細なつりがね形の花を、そっとひざに置いて、待った。

謝辞

以下の方々に深く感謝を捧げる。ウェンディ・ワイルは即座にそして根気強く熱意を示してくれた。ジリアン・ブレイクは個々の作品をより力強いものにしてくれた。両親と兄弟にはすべてを。ウェンデル・メイヨーとジューン・スペンスは道を照らしてくれた。リスリー・テノリオ、アル・ヒースコック、メリッサ・フラテリーゴ、エイミー・クアン・バリーをはじめとする多くの方々が、時間を割いて初期の段階の作品を読んでくれた。ニール・ジョルダーノからは冒頭の作品に貴重な助力をいただいた。C・マイケル・カーティスからは二番目の作品に貴重な助力をいただいた。ジョージ・プリンプトンからは「世話人」に助言をいただいた。ハル&ジャック・イーストマンはエネルギーを与え、模範を示してくれた。マイク・ゴートリーとタイラー・ランドからは専門知識をご教示いただいた。オハイオ図書館協会からは支援をいただいた。そして最後にウィスコンシン大学創作科に深く感謝する。この援助なしには、この短篇集の多くの作品を書くことはできなかっただろう。余裕があれば、ぜひこちらに寄付していただきたい。

本書を妻のショーナに捧げる。彼女の揺るぎなき信頼と、知性と、愛に感謝して。

訳者あとがき

本書は二〇〇二年にアメリカで出版された、アンソニー・ドーアの短篇集 *The Shell Collector* の全訳です。

ケニアの海の輝きや、冬眠するクマのにおいまで感じられる簡潔で美しい文章、二転三転する意外な展開――どの作品にも短篇小説の喜びが凝縮され、読み終えたあとも、幸せな驚きがいつまでも心に残ります。

いずれの作品も完成度が高く、まるで熟練作家の作品のような印象さえ受けますが、驚いたことに、じつはまだ二十代の新人作家が書いたものです。

作品の舞台は世界各地にわたり、主人公も十四歳の少女から、六十歳を過ぎた学者までさまざまです。まるで神話のような超自然的な力に支配されている作品もあれば、楽しいほら話もあります。

このように多彩な作品が収められていますが、すべてに共通しているのは、自然への畏怖の念です。自然には人間の理性がおよばない巨大な力と美しさがあり、そのなかでは人間は小さく無力な存在でしかないという認識が全体を貫いています。

たとえば「貝を集める人」では、老貝類学者はどれほど研究しても貝の美しさを解明することはできないと悟り、大学教授の地位を捨てて、ケニア沖の孤島でひたすら貝を集めることを選びます。そして「貝を見つけ、触れ、なぜこれほど美しいのか言葉にならないレベルでのみ理解する」ことに、かぎりない喜びを見いだします。

また「ハンターの妻」の、死んでゆく生きものの魂を読みとるメアリや、「ムコンド」の、一瞬の光を写真で切りとるナイーマは、みずからの存在を自然に溶けこませることで特異な能力を高めていきます。その不思議な力は、自分と恋人の人生を大きくゆがめてしまいますが、一方では新たな希望につながるものでもあります。その能力に触れて、いま生きている現実の世界のすぐ横に、異界が、人間の理性を超えた超常的な世界があることにに気づいたとき、新しい生の可能性が開かれるのです。

作品には孤独な人々が多く登場しますが、それは絶望につながる孤独ではなく、むしろ希望につながる肯定的な孤独です。たとえば「たくさんのチャンス」の十四歳の少女が、たったひとりで海でひと夏を過ごして大きく成長したように、登場人物たちは、自然のなかでひとりの時間を慈しみ、内なる世界と可能性を静かに育んでいきます。ほとんどの作品には、見知らぬ土地や夢のような世界が描かれていますが、それでも登場人物に親近感を覚えるのは、人生を肯定し、愛情をこめて自然と人間を見つめる作者の暖かなまなざしがあるからでしょう。だからこそ、登場人物の孤独に秘められた希望が、読み終えたあとも静かに心に残るように思います。

もうひとつ、自然描写の美しさも大きな魅力です。作者の目は、アフリカの密林やモンタナの冬の森のような大自然の情景だけでなく、丘の上を漂う花粉のようなごく小さなものにまで向けられています。とくに「ハンターの妻」で、メアリが事故に遭った男の夢想を読むシーンでは、自転車の後部座席に幼い息子を乗せて走るわずか四行の描写から、光の加減、落ち葉の音、空気のにおいまで感じられ、男が息子に寄せる愛情が、その子を遺して死んでゆく悲しみが痛切に伝わってきます。

作品には釣りのシーンがしばしば出てきますが、作者自身が釣りを趣味にしており、川にいる時間が創作のためのかけがえのない時間になっているようです。あるインタビューでは、釣りに出かけると日常の雑事にわずらわされずにゆっくり過ごせるので、考えごとをしたり、自然を観察したりするにはぴったりだと語っています。川面に映る光、陽の光を受けて輝く雲、袖に止まった虫——小さな自然のひとつひとつが、想像力のもとになっているのでしょう。

ただし、作者は手放しで自然を賛美しているわけでなく、人の生きかたをゆがめ、生命を脅かす負の力もあわせて描いています。また「七月四日」に見られるように、アメリカを世界のなかで相対化して見る視点も持っています。このようなバランスのとれた自然観、世界観が、作品に深みと広がりを与えています。

作者のアンソニー・ドーアは一九七三年生まれ。オハイオ州で生まれ育ち、同州の州立大学の大学院で創作を学び、『アトランティック・マンスリー』『パリス・レビュー』『ゾエトロープ』などに作品を発表しています。

本書は批評家からも読者からも高い評価を受け、ニューヨーク市立図書館ヤング・ライオン賞、大手書店バーンズ&ノーブルのディスカバー賞を受賞したほか、『ニューヨーク・タイムズ』紙や『パブリッシャーズ・ウィークリー』誌などで「二〇〇二年の注目作品」に選ばれました。また「ハンターの妻」は、二〇〇二年度のO・ヘンリー賞受賞作のひとつに選ばれています。

ドーアはアフリカとニュージーランドで暮らしたことがあるほか、旅行経験も豊富で、本書に描かれているさまざまな土地のうち、リベリアとベラルーシ以外は実際に訪れたことがあるそうです。現在はアラスカとカリブ海の島々を舞台にした長篇小説を執筆中とのことです。

超常的な世界などと言うと、なにやらなじみにくく感じられるかもしれません。けれどもどうぞページを開いて、ドーアの文章に誘われるままに、夢のような小説世界を体験していただければと思います。

翻訳にあたっては、新潮社出版部の松家仁之さん、北本壮さんにお世話になりました。また、スペイン語をご教示いただいた青山頼子さんをはじめ、多くの方々に助けていただきました。この場を借りて、深く感謝いたします。

二〇〇三年五月

岩本正恵

The Shell Collector
Anthony Doerr

シェル・コレクター

著者
アンソニー・ドーア
訳者
岩本正恵
発行
2003年6月25日
7刷
2017年8月30日
発行者　佐藤隆信
発行所　株式会社新潮社
〒162-8711 東京都新宿区矢来町71
電話 編集部 03-3266-5411
読者係 03-3266-5111
http://www.shinchosha.co.jp

印刷所
株式会社精興社
製本所
大口製本印刷株式会社

ISBN978-4-10-590035-9 C0397

CREST BOOKS
Shinchosha

停電の夜に

Interpreter of Maladies
Jhumpa Lahiri

ジュンパ・ラヒリ
小川高義訳
デビュー短篇集がピュリツァー賞受賞の快挙。
O・ヘンリー賞、PEN／ヘミングウェイ賞ほか独占。
遠近法どおりにはゆかないひとの心を、細密画さながらの
筆致で描き出す才能。近年のアメリカ文学界最大の収穫。

CREST BOOKS